KB157221

인간시장
1

김홍신 장편소설

사 설 왕 국

인간시장

살맛나는 세상을 꿈꾸며

『인간시장』을 쓰던 1980년대는 참으로 살벌한 시절이었습니다. 군사 계엄으로 신문, 방송은 물론 모든 출판물은 계엄사령부 검열단에서 토씨 하나까지 철저히 파헤쳐 '검열필' 도장을 받아야만 했던, 문학적 상상력의 암흑기요 우리 역사의 질곡이었습니다.

1980년 제 콩트집 『도둑놈과 도둑님』을 계엄사에서 출판금지서적으로 판정하여, 모두 압수당한 뒤 저는 국가원수 모독, 체제 비방, 군 모독이라는 죄로 끌려다녔습니다.

그런 마음고생을 한 후《주간한국》에 연재소설을 쓰게 되었고, 저는 주인공 이름을 '권총찬'으로 지었습니다. 그러나 그마저도 검열에 걸려 할 수 없이 성(姓)만 슬쩍 바꾸어 '장총찬'이라 하였습니다.『인간시장』의 주인공 장총찬은 그렇게 만들어졌습니다.

그동안 거듭 발행을 하면서도 초판본을 수정하지 않고 그대로 출간해 온 것은, 그 서슬 퍼런 시절의 무자비한 가위질 속에서 이런 소설을 쓸 수밖에 없었던 심정과 상상력의 억압에 대한 고통을 알리고 싶어서였습니다.

1981년 초부터 연재를 시작하여 9월에 1권을 출간했는데 두 달여 만에 판매부수가 10만 부를 돌파했고 4권까지 출간한 시점인 1983년에 100만 부를 돌파하여 '대한민국 최초의 밀리언셀러'로 기록되는 영광을 얻었습니다. 그렇게 5년 동안 베스트셀러 최상위권을 계속 유지한 작품의 작가로, '80년대의 전설'이란 닉네임을 얻었지만 빼앗은 자들과 군림하는 자들을 능멸한 죗값은 혹독했습니다. 암울한 시대를 답답해하는 독자들은 열광했지만 빼앗은 자들은 협박, 공갈, 겁박은 다반사요, 심지어는 자식들을 유괴하겠다는 전화에 아내가 아이들을 데리고 도피하기도 했습니다.

1982년에는 배우 진유영 씨가 연극 〈인간시장〉을 무대에 올리려 준비를 모두 마쳤지만, 공연 첫날 공연장인 시민회관(현 서울시의회)이 봉쇄되며 무산되었습니다. 다음 해에는 영화로 만들어졌는데, '인간시장'이라는 제목을 쓰지 못하게 하는 바람에 '작은 악마, 22살의 자서전'이라는 첫 연재를 시작했을 때 사용한 제목을 참고해 지은 타이틀로 상영해야만 했습니다. 그뿐이 아닙니다. 대학가, 노동현장, 군부대, 해외건설현장 등에서는 판매금지가 되는 수모도 당했습니다.

그럴수록 독자들의 줄기찬 성원은 뜨겁기만 했습니다. 독자들의 열렬한 격려가 아니었으면 연재가 중단됐거나 제게 무슨 죄명을 씌어 잡아갔을지도 모릅니다. 연재 도중에 '스물두 살의 자서전'이란 제목을 '인간시장'으로 바꾸는 과감한 결단을 해준 편집국장께는 지금까지도 고마운 마음을 잊지 않고 있습니다.

경제정의실천시민연합에서 시민운동을 하던 저는 『인간시장』의 유명세 덕에 국회의원이 되었습니다. 그러자 독자들이 저를 소설가로 보지 않고 정치인으로 보기 시작했기에 국회의원이 된 순간부터 『인간시장』의 판매는 많이 줄어들었습니다. 그래도 참 행복했습니다. 독자들에게 보답하기 위해 무던히도 애를 쓴 덕에 의정활동평가에서 매년 높은 점수를 얻고 국회에서 '여의도 장총찬'이란 별명을 얻었으며 심지어 '여의도 암행어사'라는 말까지 들었기 때문입니다.

정치를 접고 3년 동안 두문불출한 채, 우리가 잃어버린 소중한 발해 역사를 되찾겠다는 일념으로 『김홍신의 대발해』(전 10권)를 써서 발표하자 비로소 소설가로 다시 돌아왔음을 반겨주는 독자들이 늘기 시작했습니다.

『인간시장』을 쓸 때만 해도 세월이 지나면 세상이 한결 좋아지고 밝아질 거라고 생각했습니다만, 세상은 더 교묘하게 비뚤어지고 잔혹해졌고, 비겁하고 약삭빠른 자와 음흉한 자들과 빼앗은 자들이 국민들의 가슴을 아프게 합니다.

그래서 『인간시장』 후속편을 쓰려고 준비하는 과정에서 다시 그 시절 『인간시장』을 꺼내 세상을 건드려 이 땅이 사람냄새가 진동하고 빼앗긴 자들과 잃은 자들이 살맛나는 세상이 되었으면 하는 생각을 하게 되었습니다.

큰 마음을 내준 해냄출판사의 정성이 참 고맙습니다. 독자들의 큰 사랑을 평생 어찌 다 갚을 수 있겠습니까마는 제 작은 마음을 모으고 모아 더 좋은 글로 보답하겠습니다.

2015년 5월

김홍신

| 차례 |

작가의 말 살맛나는 세상을 꿈꾸며 5

악동일기 11

귀신사냥 24

사설왕국 50

늦대는 야심한 밤에 역사를 만든다 77

방울 달린 생쥐 116

아무도 안 봐요, 왕자님 142

인간시장 168

벼락 치는 밤 209

늦대의 음모 260

하나님 주식회사 273

비밀 324

작가 후기 361

악동일기

기찻길 옆에는 꼬마들이 된통 많았다.

입심 건 동네 청년들은 새벽 기차의 화통 소리에 선잠 깬 어른들이 괜히 이부자락 펄럭여가며 애새끼만 퍼질러났다고 했다.

그러나 그건 청년들이 잘못 알고 있는 것이었다.

꼬마들이 심통 사나운 말썽꾸러기들이긴 했지만 토끼 새끼처럼 얼렁뚱땅 태어난 게 아니라, 정식으로 어머니의 배꼽을 통해 나온 애들이었다.

그런데 나는 기차 화통 소리 때문에 얼렁뚱땅 태어난 놈보다도 더 피맺힌 소리를 들으며 자랐다.

샛강 다리 밑에서 주워온 놈.

나는 여학생 앞에서 부끄러움을 느끼는 나이가 될 때까지 이런 소리를 들으며 자랐다.

"엄마, 날 누가 났어?"

"내가 났지 누가 나."

"어디서 났어?"

"배꼽으로."

어머니는 언제고 주저하는 법 없이 이렇게 명쾌하게 대답했지만 나는 어머니의 말이 반쯤은 거짓말일 거라고 믿었다.

"아빠가 기차 화통 소리 때문에 놀라서 일어나진 않았어? 아빠는 기차 화통 무서워하지 않아?"

"그까짓 걸 왜 무서워해?"

이런 내 질문과 어머니의 대답은 거의 매일 계속되었다. 그래서 내 어린 가슴에도 내가 분명히 어머니 배꼽으로 태어난 정상적인 아이란 생각을 갖게 되었다.

아무리 내가 어머니 배꼽으로 태어난 아이라고 주장해도 어른들은 여전히 나를 샛강 다리 밑에서 주워다 키운, 동냥아치들이나 사는 그런 더러운 곳에서 주워온 놈 취급을 했다. 입심건 그들 말대로라면 우리 아버지는 가위를 쩔그럭거리며 다니는 곰보딱지 엿장수 영감이거나 굴뚝 청소하러 다니는 먹물영감, 땜장이 박씨, 외팔이 동냥아치, 철뚝 건너에 사는 곱추 따위였다.

거기에 대면 우리 어머니는 더 형편 무인지경이었다.

사거리에서 교통순경처럼 팔 흔들며 춤추는 미친년이기도 했고, 공설시장 모퉁이에서 쓰레기 청소하는 할마씨이기도 했다. 떡장수 아줌마나 미나리밭에서 코 박고 죽은 동냥아치, 채소장수 째보아줌마, 남의 걸 채뜨려 먹고사는 삼신벙어리 따위였다.

어른들이 이 가련한 꼬마에게 그처럼 악담을 퍼붓는 데에는 그럴 만한 이유가 있었다.

그들은 대개 나에게 피해를 입고 있는 사람들이었다. 초등학교 다니는 꼬맹이한테 피해를 입는다는 게 말 같지도 않다고 생각할 사람이 있을 것 같아서 밝히지 않을 수가 없다.

나는 기찻길 옆 동네의 왕초였다.

꼬마치고 나한테 코피 터지지 않은 애가 없었다. 그 시절만 해도 검정 고무신짝으로 먼저 콧잔등을 후려쳐서 코피만 쏟게 해버리면 이기는 때였다. 그렇다고 아무한테나 적용되는 건 아니었다.

나 같은 꼬맹이는 상대방에게 맞아 코피가 나면 그 코피를 손바닥 가득 묻혀서 땅바닥에 쓱쓱 문대어 모래가 잔뜩 묻은 손바닥으로 상대방의 따귀를 올려붙이고 만다.

그렇게 되면 녀석의 볼때기에는 내 귀여운 손자국이 닷새쯤 남아 있게 되고 녀석은 그때부터 감히 도전하지 못하게 되는 것이다.

그것이 치고 패고 물고 할퀴는 어른들의 그 악 받치는 싸움질, 못된 것은 죄다 동원해서 싸움의 모범답안이나 만들려는 것 같은, 그런 치사한 어른들과 다른 점이었다.

요즘 꼬마들이야 존경하는 부모님의 수법대로 싸움질을 해야만 효자 소리를 듣게 되지만 그 시절에는 맞고 들어오는 놈, 무조건 지는 놈, 순박한 놈만 존경받던 시절이었다.

그때만 해도 나는 우리나라가 세계에서 가장 크고 잘사는 나라라고 생각했었다. 선생님도 그렇게 가르쳤고 책에도 그렇게 씌어 있었고 우리 부모도 그렇게 알고 있었다.

그래서 하느님 알기를 똥 친 막대기처럼 알았다. 오른쪽 뺨을 맞거든 왼쪽 뺨도 내놓으라니.

그런 걸 믿는 녀석이 나한테 걸렸다간 헌 집 벽 털리듯, 천당 갈 힘도 없게 두들겨 맞았을 게 뻔했다.

지금 내 나이 스물두 살, 아직도 하느님에 대해선 감정이 썩 좋지 않은 나이지만 그래도 그때보다는 비교적 후하게 점수를 주는 나이가 되었다.

하느님껜 죄송한 얘기지만 이왕 말이 나왔으니까 죄다 털어놓겠다.

그때나 지금이나 변치 않는 건 십자가에 발가벗고 있는 예수에게 내가 이 다음에 커서 우연히 부자가 되면 고급 복지로 옷을 해 입힐 생각을 한 것에 대해선 치부책에 꼬박꼬박 적어

됐다가 내가 재수 없게 천당에 가거든 꼭 괜찮은 자리를 내주었으면 합니다.

하느님, 더 솔직히 얘기한다면 나는 예수의 잉태와 출생, 성모 마리아의 숫처녀 임신, 예수의 기적, 그리고 부활과 승천 따위에 대해 아직까지도 의혹을 품고 있습니다.

이게 죄가 되나요?

내가 배꼽으로 태어나지 않았다는 걸 아는 순간부터 하느님은 내게 있어서 공갈쟁이로 전락한 것입니다. 그 점에 대해서 하느님은 언제 한번 나타나셔서 뭔가 털어놓으셔야 할 겁니다.

사내 나이 스물두 살이면 하느님과도 한판 붙어보고 싶은 나이가 아닙니까.

어쨌든 하느님은 지금부터 내가 털어놓는 내 마귀 같은 행위에 대해서 조금만 눈을 감아주셔야겠습니다. 그것이 하느님에 대해 존경심을 철회하지 않는 길이며, 그것만이 내가 하느님을 헐뜯지 않는 유일한 것입니다. 하느님이야 세상일을 무엇이든 다 알고, 어디든 다 계시다니까 빤히 아는 일이지만 말입니다.

나는 어린 시절부터 터무니없이 이 나라의 대통령도 될 거라고 믿었다.

그 당시에 이미 별을 일곱 개나 달고 다녔으니까. 비록 미군들이 버린 깡통을 오려 붙인 것이긴 했지만. 사실 나는 왕국을 세워서 황제가 되고 싶었지만 이 나라에 그런 제도가 없었고 황제학교나 왕초학교 같은 것도 없었기 때문에 할 수 없이 대통령을 선택한 것이었다.

"그 녀석⋯⋯. 한자리는 떼어놓은 당상이다. 저 귀를 봐요. 저런 쪽박귀는 난생첨입니다. 아주머니는 태후자리 앉게 생겼습니다. 내 말이 틀리면 이 손가락으로 장을 지지겠습니다. 부처님도 저 아이를 보면 화들짝 놀랄 겁니다. 소문내지 말고 키우시오. 인물은 소문내서 키우면 꺾입니다. 멋대로 키워도 큰 인물감입니다. 그때 가서 내 말이 맞으면 이 객승을 잊지나 말아주시오."

그러면서 중은 어머니에게 큰절을 올렸다. 나는 다듬잇돌 위에 앉아서 그 중의 뻔질거리는 머리에다 고무총을 쏘고 싶었다.

"나는 왕이 되고 싶지, 그까짓 대통령은 하기 싫어."

내가 큰 소리로 볼이 메어 외친 소리였다. 어머니는 후다닥 뒤주를 열고 양은 그릇으로 하나 가득 쌀을 퍼내어 중에게 공손하게 내밀었다.

"태후가 주신 이 공양은 부처님께 꼭 올리도록 하겠습니다."

중은 또 한 번 합장을 하고 돌아섰다. 어머니도 합장을 했다. 그리고 돌아서서 나를 번쩍 안았다.

"넌 커서 뭐가 될래?"

어머니의 그런 기쁨에 떠는 모습을 그때 이후에 단 한 번도 나는 본 적이 없다.

"왕초!"

사실 난 그때 하느님이라고 대답할 생각이었지만 어머니의 들뜬 표정 앞에 그처럼 엄청난 인물이 되고 싶다고 말할 수가 없었다.

내가 기찻길 옆 동네의 왕초가 된 것은 순전히 어머니 탓이었다. 일주일이 멀다 하고 들랑거리는 그 중대가리 때문에 어머니는 나를 내 멋대로 굴러먹게 했다.

"너는 대장이다. 누구한테든 져선 안 돼. 이겨야 된다. 엄마가 다 책임질 테니까 걱정 말고. 알았지? 넌 대장야. 아무도 널 이길 수 없어. 넌 왕도 될 수 있고 대통령도 될 수 있다. 알았지? 힘으로 안 되면 물어뜯어서라도 이겨야 돼. 엄마가 책임질 테니까. 알았지? 넌 훌륭한 사람이 된다."

어머니는 이렇게 노골적으로 나를 충동질했다. 어머니는 공설시장의 박수무당과 댓골 꼽추 만신과 뻔질나게 들썩거리는 중이 부추기는 대로 나를 들썩거리게 했다.

내가 꼬마대장이 되는 데에는 우리 어머니의 한 많은 투자 없이는 불가능했을 것이다. 꼬마들을 괜히 닥치는 대로 두들겨 패고 검정 고무신짝을 휘둘러대도 어머니는 나를 더욱 부추길 뿐이었다.

"애들이 뭘 알아요? 즈이들끼리 투닥거리는 걸 가지고 뭘 어른이 나서고 그래요. 애들이란 싸우며 크는 거지요 뭐. 뉘 집 자식은 뭐 쌈 않고 큰답니까? 치료해 주면 될 게 아녜요. 뭐 그렇게 분하시면 우리 총찬(總贊)이를 댁의 아드님보고 패주라고 하세요. 애들 쌈질 가지고 너무 그러지 마세요. 누군 뭐 남의 자식이라고 안 귀여운 줄 아세요."

어머니는 매일 이런 식의 말싸움을 했다.

"그래도 너무 하지 않아요. 하루 이틀도 아니고 허구한 날 총찬이한테 맞고 들어오니, 이거 어디 속상해서 살겠어요? 정도가 있어야지요. 어머니가 좀 다스려야지 그냥 뻗대고 그러시면 이 동네에서 애 키울 사람이 어디 있겠어요."

부인네들 대꾸도 대충 이런 식이었다. 그러면 어머니는 부지깽이를 들고 나를 향해 돌진하곤 했다.

"이놈 자식. 이 나쁜 자식. 다시 그럴래, 안 그럴래?"

어머니는 죄 없는 방바닥을 마구 때렸다. 나는 히죽히죽 웃으며 그런 어머니의 연극에 걸맞게 굴었다.

"다시는 안 그래요. 안 그럴게요. 아이고, 그만 때려요. 다시는 안 그럴게요."

뭐 이 정도였다. 그걸로써 어머니와 내 연극은 끝이다.

나는 기찻길 옆에 사는, 화통 소리에 얼렁뚱땅 태어난 녀석들의 왕초가 되었다. 어머니의 전폭적인 후원 속에 그건 너무나 쉬운 일이었다.

내 부하들은 모두 깡통으로 오려 붙인 계급장을 달고 있었다. 누룽지를 갖다 바치는 횟수나 눈깔사탕 들고 오는 횟수, 책

가방 들어다 주는 횟수, 수영하러 가서 옷 지켜주거나, 참외 서리해다 바치는 횟수 따위, 더러는 숙제 대신해 주는 따위로 녀석들의 계급장은 오르락내리락했다.

내게 잘만 보이면 일등병에서 하루아침에 별을 너덧 개나 달 수도 있었고 잘못 보이면 형편없이 강등되기 일쑤였다. 내가 달고 있는 별판 일곱 개만 빼고 꼬마들은 언제고 내 마음 내키는 대로 계급장을 떼었다 붙였다를 했다.

솔직히 말해서 나는 별을 수백 개나 달고 다니고 싶었지만 내 모자가 작아서, 그리고 대장 것만은 별판이 유난히 커서 일곱 개 이상을 달 수가 없었다.

그래서 나는 이 다음에 진짜 왕초가 되면 수십 명의 장정이 모자를 들고 쫓아다닐 수 있게 만들어서 수천 개의 별판을 달아둘 생각을 품었다.

기찻길 옆 동네라고 해서 우습게 보는 사람이 있다면 그거야말로 착각일 것이다. 거긴 아주 엄격한 계급사회이기 때문에 상관의 명령이면 절대복종밖에 없었다. 나이가 어리거나 계집애거나 상관없이 상급자에겐 무조건 경례를 해야 했고 상관의 명령이면 무조건 따라야 했다. 어른들처럼 시시하게 항명을 한다든지, 뒷구멍으로 욕을 한다든지, 조잡스럽게 투서질이나 모함 같은 것을 우리는 하지 않았다.

숨바꼭질할 때도 왕초는 찾아내서는 안 되었다. 깡통차기나 집뺏기놀이나 사닥다리놀이에서도 왕초는 술래가 될 수 없었다. 왕초는 딱지치기나 구슬치기에서도 늘 따야만 했다.

왕초의 명령은 거역할 수 없는 법이었다. 부하들은 총알이 펑펑 나는 훈련소 사격장에서 탄피를 파오기도 했고 불발폭탄을 캐다가 엿장수에게 팔아 돈을 가져와야만 했다.

나는 그런 황제였다. 이를테면 나는 사설(私設) 왕국의 황제였다.

그런 나도 결국 왕위를 버릴 수밖에 없는 사건 앞에 서게 되었다.

그건 내 친구이면서 언제나 계급이 낮은 내 부하의 죽음 때문이었다. 그는 내 아저씨뻘 되는 소년이기도 했다.

교각이 다섯 칸이나 되는 철교 아래에는 물결 깊은 구간이 있었다. 그 철교를 누가 먼저 건너뛰는가, 기차가 어디쯤 왔을 때 철교를 건너뛰는가, 레일 위에 누워서 기차가 달려올 때 누가 제일 늦게 일어나는가, 철교의 침목 끝에서 누가 물구나무를 가장 오래 서는가 따위의 시합을 일주일에 한 번쯤 시키곤 했다.

나는 내 부하들에게 담력을 키우는 훈련을 부단하게 시켰던 것이다. 훌륭한 왕초 밑에 허약한 부하 없는 법이니까.

소년은 그날도 첫 도전에 실패하여 계급이 한 계단 아래로 내려갔다.

소년은 재도전을 했다. 계급이 낮으면 하루 종일 그놈의 상급자의 심부름과 누룽지 수발과 알밤 세례, 술래 따위에 시달리기 때문에 소년은 재도전했던 것이다.

소년은 오랫동안 장질부사에 걸려서 신체가 허약했기 때문에 그리고 나보다 높은 항렬을 가졌다는 내 뒤틀린 심사 때문에 소년의 계급은 낮았다.

기차가 달려왔다. 소년은 철길을 뛰기 시작했다. 시커멓고 못생긴 화통은 마치 소년을 낚아채려는 듯 기를 쓰며 달려왔다.

소년은 침목을 세 개씩 네 개씩…… 정신없이 뛰었고 화통은 그 목청 사나운 소리로 빼각빼각 악을 썼다.

우리들은 박수를 쳤고 동네 어른들은 철교 아래 미나리밭으로 와르르 몰려갔다.

철교는 길었다. 그 높이는 우리들 키의 일곱 길이나 되었고 시퍼런 강줄기의 물은 아가리를 따악 벌리고 있었다.

소년은 빨랐다. 그러나 기차는, 그 더럽게 못생긴 기차는 더욱 빨랐다.

소년은 뒤를 쳐다보았다. 그 순간 소년은 자빠졌다.

"뛰어내려. 빨리 뛰어내려!"

소년의 어머니는 이렇게 악을 썼고 동네 어른들도 따라서 소리 질렀다.

"영구야아 영구야아! 뛰어. 빨리!"

소년의 어머니는 목이 쉬었다.

뛰어내려. 뛰어! 뛰어! 뛰어!

소년은 일어나서 뒤를, 그 화통의 대갈통을 힐끔 쳐다보고 철교를, 한 칸밖에 남지 않은 철교를 뛰기 시작했다.

기차는 쏜살같이 소년을 덮쳤다.

소년은 없어져버렸다.

하느님, 그 소년이 지금은 천당에 있습니까? 말씀 좀 잘 해주세요. 본심이 아니었다고요. 그때부터 난 왕초자리를 내놓게 되었다고요. 어차피 죽을 거 때문지 않고 죽어서 차라리 소년이 행복한 거라고 거짓말이라도 해주세요.

소년은 멍석으로 돌돌 말려서 철길 옆에 사는 꼽추영감 지게로 떠났다.

달도 없는 밤길을 걸어서, 별 무더기만 쏟아지는 수리조합 둑을 따라서, 우리들이 뱀을 잡아 목에 걸고 놀던 산으로 올라갔다. 나는 부하들을 데리고 살금살금 뒤쫓아갔다.

꼽추는 삽질을 했고 우리들은 묘등 아래서 오줌을 누고는 거수경례를 했다. 꼽추는 자꾸만 봉분을 삽으로 때렸다. 소년이 아플 거라고 생각했다. 꼽추는 한참 동안 소년을 때리고 담배 한 대를 뻑뻑 빨았다.

불꽃이 예뻤다, 소년처럼.

우리는 봉분을 실컷 때리고 내려가는 꼽추에게 돌팔매질을 했다. 꼽추는 비명을 지르며 도망갔다.

나는 소년의 무덤 앞에 엎드려 거수경례를 했다. 그러고는 내 계급장, 미제깡통으로 만든 계급장을 무덤 앞에 묻었다.

나는 울지 않았다. 왕초였으니까.

그때부터 한동안 기찻길 옆 동네는 조용해졌다.

코피 나는 녀석도 없어졌고 호박에 말뚝 박는 녀석도, 짚가리에 불 놓는 녀석도, 여선생이 변소에 들어갈 때마다 변기통 밑을 들여다보는 녀석도, 교실의 유리창 도르래와 철골을 빼가는 녀석도, 학교의 철봉과 그네마다 똥칠해 놓는 녀석도, 개구멍으로 극장구경 갔다가 들켜서 영화간판 쓰는 아저씨에게 빨간 페인트로 '축 개구멍'이라고 얼굴 가득히 씌어져 나오는 녀석도, 왕국을 세우기 위해 산속에 굴을 파놓고 무기를 숨겨두는 녀석도…… 모두 없어져버렸다.

그러나 분명한 것은 나는 스물두 살이나 된 지금까지 내가 꿈꾸던 왕국을 포기하지 않았다는 사실이다.

또한 우리 어머니는 비록 내가 4전 3패 1승이란 각고 끝에 이류대학의 대학생이 되었지만 장차 큰 인물이 될 거라는 걸 믿어 의심치 않고 있다.

나는 닥치는 대로 휘젓고 돌아다닐 판이다. 그래서 세상을 좀 더 환히 알고 난 뒤에 내 꿈을 펼쳐나갈 심산이다.

훌륭한 사람이 되려면 그래야 하는 거니까. 훌륭했던 사람과 위인들은 모두 그랬으니까. 동화책에도 위인전에도 역사책에도 모두 그렇게 씌어 있으니까.

귀신사냥

'모친위독급하향요미숙'

하숙집 아주머니가 내민 전보용지에 씌어 있는 내용이었다.

정확하게 열 자. 띄어쓰기도 하지 않은, 못생긴 타자글씨 열 자였다. 아마 기본료만 내기 위한 계집애 동생의 착안이었을 것 같았다.

나는 전보용지를 북북 찢어서 쓰레기통 속에 처박아버렸다.

"총찬이 학생, 집에 안 갈 거여?"

하숙집 아주머니가 이렇게 물었다.

"생각해 보구요."

"생각이 다 뭐여? 어서 가봐야지. 어머니께서 위독하다는

데……."

나는 오래전부터 전보용지와 그 내용에 대해서 믿지 않는 버릇이 있었다. 그것은 순전히 극성스런 우리 어머니 때문이었다. 걸핏하면 모친위독, 급거 하향하라는 전보를 보내곤 해서 이 형편없이 가슴이 여린 외아들을 놀라게 만들곤 했다.

시외전화를 걸어보았자 속기는 매한가지였다.

"말도 마라, 이 자식아. 어쩔어쩔하고 골이 쏟아지려고 해서 밥 한술을 먹지 못하고 있다. 그뿐인 줄 아냐? 눈앞에 있는 게 모두 서너 개씩으로 보여서 픽픽 쓰러지지……. 누가 얘기를 해도 뭔 말인지 통 들리지도 않고……. 에미 죽거든 휘얼휠 춤 추며 젯상 차려라……."

번번히 속는다고 생각하면서 내려가보면 이웃 동네 처녀의 사진을 내놓고 후다닥 장가를 가라고 조르거나, 전화가 있는 집으로 하숙집을 옮기라거나, 새벽에 기차 소리가 들리면 벌떡 일어나서 아들이 내려왔을지 모른다는 생각에 역전까지 달음박질을 한다거나 하는 넋두리를 늘어놓는 게 고작이었다.

내가 전화가 없는 하숙집을 골라 다니는 이유가 바로 어머니의 극성스런 전화질 때문이었다. 때도 없이 전화를 해서 넋두리를 늘어놓는 덴 당할 재간이 없게 마련이었다.

이튿날 오후에 전보 두 통을 한꺼번에 받았다. 어제 것과 똑같은 내용이었다.

나는 할 수 없이 가방을 챙겨 들고 하숙집을 나섰다. 오늘 중으로 내려가지 않으면 어머니가 올라올 게 뻔했기 때문이었다.

나는 군복 입은 사람들을 보면 언제나 그들의 어머니가 자식을 사랑하지 않는 거라고 생각했다.

우리 어머니 같으면 아마 거의 틀림없이 부대 정문 앞에 자리를 깔고서 내 아들 내놓으라고 매일매일 소리칠 것이다. 그렇지 않으면 아예 부대 안에 이부자리를 들고 들어와서 아들을 껴안고 자려고 해서 골치를 썩히다 못해 제대를 시킬 거라고 생각했다.

고속버스 터미널로 가면서 나는 서울이라는 데가 촌놈들 사는 데는 여러 가지 불편한 것 투성이란 생각을 했다. 그렇게 멀리에다가 터미널을 만들 바에야 아예 전국을 서울시내 버스로 통용을 시키는 게 현명할 것 같았다.

표를 끊으면서, 고속버스에 올라타면서도 나는 계속 고속버스를 타고 내려가야 할지 아니면 서울역에 가서 기차를 타고 내려가야 할지를 망설였다.

우리 어머니는 고속버스를 결코 믿지 않는다. 그래서 내가 고속버스를 타고 다니지 않도록 늘 감시를 게을리하지 않는다. 어쩔 수 없이 고속버스를 타게 되면 반드시 운전사 뒷자석에 타라고 당부한다. 만약에 사고가 나더라도 운전사 자신이 죽기 싫어서 운전석 쪽으로 사고를 내지 않는 법이라고 했다.

나는 어머니의 이 사고론을 전폭적으로 지지하는 사람이었다. 그리고 어머니가 어째서 고속버스를 불신하는지에 대해서 약간씩 깨닫곤 한다.

기차는 레일 위로만 달리지만 고속버스는 운전사 마음대로 달리기 때문이란 것과 단거리를 뛰는 고속버스는 너무나 낡아서 언제 어디서 사고가 날지 모를 만큼 고물이란 사실을 잦은 이용으로 간파했기 때문이었다.

교통부가 교통사고부로 개명하기 싫다면 저 무섭게 달리는 공동묘지를 저렇게 두 눈 멀뚱하게 뜨고 내버려둬선 안 될 것이다. 내가 만약 왕국을 세워 황제가 된다면 교통부를 없애고 우마차부를 신설할 것이다.

안내양은 어째서 종아리가 훤히 보이는 짧은 치마와 알몸의 윤곽이 드러나는 꽉 끼는 옷을 입게 되었을까? 저것이 서버스 정신이라는 걸까? 그렇다면 왜 운전사는 반바지에 웃통을 홀렁 벗게 하여 남성미를 보여주지 않는 걸까.

모르겠다. 그런 거야 이 땅에 수없이 많은 여권운동가들이 알아서 할 일이겠지, 뭐.

대문을 열고 들어서는 순간 나는 이번만은 어머니한테 속지 않았다는 것을 알았다.

초췌한 모습, 뭔가 불안한 표정, 저것이 머지않은 곳에 죽음을 둔 늙은 여자의 실상인지 모른다.

"어머니, 늦었습니다. 어디 편찮으세요?"

내가 뛰어들며 어딘가 찔린 듯 상을 찡그리는 어머니의 손을 잡았다. 까칠거리는 손마디에서 나는 어머니가 머지않아한 줌의 흙이 될 거라는 걸 짐작했다.

"총찬아, 이눔 자식아……. 이제사 오냐……."

어디 한군데 물기가 있을 것 같지 않은 어머니 얼굴에 두 줄기 물방울이 생겼다. 어머니는 얼른 돌아누웠다.

"그나저나 저년이……."

어머니는 윗목에 쪼그리고 앉은, 놀란 토끼 새끼처럼 나를 노려보고 있는 미숙이를 가리켰다.

"미숙이가 왜요?"

"저년이…… 글쎄…… 서(혀) 빠지게 갈켰더니…… 퇴학시킨대여……."

"아니 왜요?"

"저년한테 물어봐. 에이구, 이놈의 팔자가 어떻게 되려구. 챙피해서 낯짝 들구 다닐 수가 있나……."

"퇴학이라니? 미숙아, 무슨 얘기야?"

내가 미숙이를 향해 다그치자 미숙이는 고개를 숙이고 벽 쪽으로 더 물러났다. 얼굴빛이 창백해 보였다.

"어떻게 된 거야?"

내 목소리가 의외로 컸다. 하나밖에 없는 계집애 동생이었다. 어머니 나이 마흔에 얻은, 어머니 표현대로라면 부끄러운 망신살이 뻗쳐 낳은 계집애였다.

어머니가 낳은 자식은 미숙이까지 모두 10명이었다. 그러나 모두 낳자마자 잃어버리고 겨우 늘그막에 나 하나만을 건졌다고 했다. 그런 뒤에 생각지도 않게 미숙이를 얻은 것이었다. 어머니가 현대의학의 힘을 빌려 낙태하지 않은 것은 어머니가 독실한 가톨릭 신자였기 때문이었다.

"뵈기두 싫으니까 나가 뒈져, 이년아."

어머니는 이렇게 비명처럼 소리 지르고는 재차 돌아누웠다. 그러고는 가래 섞인 목소리로,

"저것이 웬수라니까. 챙피해서 어떻게 살꼬. 니가 저년 애기 좀 들어봐라. 복장 터져서 난 말 못한다."

그러고는 학교에서 날아왔다는 쪽지를 내 앞에 던졌다.

"이쪽으로 와봐."

내가 일어나자 미숙이는 훌쩍거리며 따라나섰다.

"오빠. 난 아무것도 잘못한 게 없어."

겁에 질린 미숙이의 첫마디였다.

"잘못이 없는데 퇴학을 시켜?"

가라앉은 어머니의 목소리가 안방에서 새어 나왔다.

"말해 봐, 어떻게 된 건지."

"오빠한테 숨김없이 말할 테니까 다 들어보고 내가 잘못했으면 내쫓아도 좋구, 큰 잘못이 없다면 오빠가 해결해 주고 가."

여고 2학년짜리의 입에서 이런 얘기가 나올 줄은 몰랐다. 나는 들었던 막대기를 슬그머니 밀쳐놓고 미숙이의 얘기를 차근 차근 메모하기 시작했다.

미숙이는 울면서 얘기를 했다. 어린애 같기만 하던 녀석에게

서 나는 성숙해지는 여자의 냄새를 맡았다. 위기를 벗어나겠다는 변명치고 너무나 논리가 정연했다. 미숙이가 울먹이며 얘기하는 동안 안방의 어머니는 계속 미숙이에게 욕을 하기만 했다.

"내가 잘했다는 건 아냐, 오빠. 처벌이 너무 지나치고 사실을 확인하지도 않고 무조건 불량학생 취급 당하는 게 억울한 거야. 정말 죽고 싶어."

미숙의 얘기를 듣는 동안 나는 피가 펄펄 끓는다는 걸 알았다.

"알았어. 내가 해결해 줄게. 딴맘 먹지 말고 어머니가 뭐라든 끽소리 말고 있어. 알았지?"

"……."

미숙이는 고개만 끄덕거렸다.

교문 앞에 버티고 서 있는 규율반 학생 두 명의 눈빛이 영 꺼림칙했다. 순진한 여학생의 눈빛이 아니라 부동산 투기와 도리짓고땡에 눈깔 뒤집힌 여편네들처럼 살벌해 보였다. 어쩌면 저 여학생들의 살벌한 눈빛이 수녀가 운영하는 이 가톨릭학교의 융통성 없음을 증명해 주는 것인지도 모른다.

가톨릭학교니까 천주님이 그렇게 시켰겠지, 뭐.

살벌한 교칙을 만들어놓고 여학생들을 마치 수녀처럼 만들려고 하는 저 사랑의 이중성 앞에 미숙이가 희생당한 것이었다.

교장실로 들어서자 훈기와 향기가 한꺼번에 몰려들었다. 난

로의 붉은 불꽃과 한 아름이 넘는 국화송이가 제일 먼저 눈에 띄었다.

"어서 오세요. 미숙이 오빠시지요. 말씀 많이 들었습니다."

어디 한군데 나무랄 데 없는 인자하고 자상한 모습이었다. 깨끗한 피부와 반듯한 용모, 금테 안경알과 빛나는 눈동자, 웃음기 먹은 입술, 사기그릇처럼 윤나는 이빨……. 나이를 도대체 측정할 수 없는 교장수녀였다.

커피 한 잔을 다 마실 때까지 교장수녀는 미숙이를 퇴학 처분할 수밖에 없는 배경설명을 했다. 교장수녀의 얘기와 미숙이의 얘기는 거의 다른 데가 없었다. 다만 미숙이는 미숙이의 입장에서 얘기를 했고 교장수녀는 교장수녀의 입장만을 얘기한 것이 다를 뿐이었다.

"말씀 잘 들었습니다. 저도 미숙이가 잘했다는 말씀을 드리러 온 게 아닙니다. 분명히 미숙이가 교칙을 위반한 건 사실입니다. 문제는 그런 가혹한 처벌을 철회해 주십사 하고 찾아온 것입니다. 학교 밖에서 사복을 입고 돌아다녔다거나 사복을 입고 자전거를 탔다거나 또는 공공연히 남학생을 만났다는 사실만 가지고 퇴학을 시킨다는 건 좀 지나치다고 생각합니다."

교장수녀는 여전히 웃는 얼굴이었다.

"그렇지 않습니다. 미숙이가 세 번씩이나 사복을 입다가 지적을 받았고, 세 번째는 사복 차림에 자전거를 타고 가다가 우리 선생님이 지적을 하니까 그대로 도망가버렸습니다."

"집 문 앞에 잠깐 나갈 때도 반드시 교복을 입어야 하나요?"

"그래야지요."

"그렇다면 여학생은 자전거를 타면 안 되나요?"

"우린 자전거를 못 타게 하진 않습니다. 타고 안 타고는 학생들 자유지요."

"교복치마 입고 탈 수는 없잖습니까? 교복치마를 입고 타서 웃음거리가 되는 것보다는 바지를 입고 타는 귀여운 모습이 보기 좋은 거 아닙니까? 자꾸 그렇게 하니까 여학생들이 어두운 밤에 초등학교 운동장이나 공터에 가서 자전거를 배우는 거 아닙니까. 그렇게 되면 이 학교 학생들의 통행금지인 여덟 시 이후에 자전거를 배운 학생은 통금위반, 사복착용의 죄를 만들어 갖게 됩니다."

교장수녀의 얼굴에는 아직도 웃음기가 그치지 않았다.

"미숙이 경우는 달라요. 세 번째 잡혔을 때 담임수녀님이 벌을 줬는데 도망을 갔어요. 우리 학교에선 있을 수 없는 일입니다. 우리 착한 딸들이 그런다는 건 말도 안 돼요. 더구나 미숙이는 견진까지 받은 천주님의 딸예요. 수녀님을 속이고 도망을 간다는 것은……."

"교장수녀님. 이 학교 교칙에, 이처럼 철저히 교칙대로만 움직이는 학교의 교칙에 담임선생님이 학생을 아침부터 수업이 다 끝날 때까지 교문에 손 들고 벌을 세우는 조문이라도 있습니까? 그 감수성이 예민한 소녀를 전교생이 보는 앞에서, 또 지나다니는 사람들이 모두 볼 수 있게 교문에 손을 들고 서 있게 해서 어쩌자는 겁니까? 그것이 교칙이고 그것이 가톨릭학교의 엄격한 규율이며 이 학교의 자존심입니까? 학생은 학생처럼 자라야지 수녀님처럼 자라기를 강요해서는 안 됩니다. 수녀님들이 수녀님이 되기 위해 배운 대로 가르치는 게 교육이라고 생각합니까? 이 학교는 아직도 식민지 시대의 잔재인 훈육, 지시, 감독, 처벌밖에 없는 셈입니다."

내 목소리가 조금 커졌다. 교장실과 연결된 교무실에서 교감과 미숙이의 담임선생이 건너와서 내 옆에 섰다.

"차마 미숙이 오빠한테 말 안 하려고 했지만……."

교장수녀의 표정이 굳어졌다. 교감이 내게 눈짓으로 대꾸하지 말라는 신호를 보냈다.

"미숙이는…… 자전거를 배우러 나가서 남학생들과 어울렸어요. 동네 사람들이 당직교사한테 신고를 해서 나가봤더니 남학생들과 여학생들이 어울려 놀고 있었어요. 우리로선 최선을 다했었습니다. 더구나 그 점만은 용서할 수가 없습니다. 그리고 교칙에 대해 더 이상 왈가왈부하지 마세요."

조금 전의 표정과는 너무나 다른 찬바람이 도는 냉랭한 얼굴이었다.

"주일날 성당에 와서 성당에 다니는 남학생들과 어울려 노는 건 어째서 처벌하지 않으시나요?"

"그것과는 달라요. 더 말씀 마세요."

"아닙니다. 절대 다르지 않습니다. 그 남학생들은 예배당에 다니는, 기독교 학생회 회원들이었습니다. 그날 그 학생들이 배구시합을 하는데 우리 미숙이가 옆집 사는 친구 부탁으로 인원이 부족한 여학생팀에 들어가 배구를 하고, 시합이 끝난 뒤에 같이 어울려서 놀았습니다. 예배당에 다니는 학생들과 어울리면 퇴학당한다는 게 교칙의 어디에 명시되어 있습니까? 벌건 대낮에 그 애들이 발가벗고 음탕한 장난을 했습니까? 그때 같이 어울린 다른 학교 여학생들은 어째서 멀쩡합니까?"

교감이 내 어깨를 붙잡고 밖으로 밀어내려고 했다.

"가만히 계십시오. 나도 한때 신학교에 가서 신부가 되려고 했던 축입니다. 그리고 복사(服事), 성가대원, 종교 반장, 학생회장까지 한 착실한 신자입니다. 그러나 아무리 내가 신자이지만 이 썩어빠진 교칙과 수녀님의 횡포는 막아야 하지 않습니까? 폭로해서라도 바로잡는 데까진 바로잡아야지요. 이 학교 재단은 수녀님 당신들 것인지 모르지만 저 수많은 학생들은 당신들 것이 아닙니다."

교감과 몇 명의 남자 선생님들에게 끌려 나온 나는 양호실 철침대에 걸터앉아 담배를 피워 물었다.

양호실 문을 열고 들어온 교감의 낯빛이 어두워 보였다.

"안 되겠어요. 한사코 번복할 수 없다고 저러시니……. 어떻게 하면 좋겠습니까? 제 생각엔…… 전학증서를 해드릴 테니…… 어떻게……."

교감은 뭐가 그리도 송구스러운지 두 손을 비비면서 연신 굽실거렸다.

"저도 우리 미숙이를 이런 학교에 다니게 하고 싶지 않습니다. 전학증서 해주십시오."

높다란 계단을 터덜터덜 내려오면서 나는 바짓가랑이를 내리고 오줌을 갈기고 싶었다.

뒤를 쳐다보았다. 성모마리아상이 하얗게 서 있었다.

팔에 안긴 아기예수도 하얗다.

천주님 당신은 아십니까?

차라리 중세 가톨릭처럼 교황이 첩을 얻고 수녀원 마루밑에서 어린애 두개골이 쏟아져 나오고 면죄부를 팔아서 성직자가 부자가 되는 세상이 되게 해주십시오.

당신은 이 세상과 우주를 만들었으니까 모르는 게 없으시다죠.

그렇다면 저 혼자 살아서 히스테리컬한 저 일부 수녀의 행위를 어쩌실 작정입니까?

잘 모르겠다고요? 아마 그러실 겁니다. 당신은 늘 그렇게 애매모호했으니까요.

나는 그 길로 몇 군데를 쫓아다녔다. 신부도, 교육계 인사도,

행정 관료들도 모두 교장수녀의 의사를 존중했다. 이미 결정된 퇴학 처분을 번복하지 않는 것이 교육적 견지에서 타당한 것이라고 했다.

하긴 아무리 스물두 살짜리 사내의 얘기가 타당하다고 해도 그건 결국 애들의 얘기일 것이다.

그날 밤에 나는 약방에 가서 콘돔을 한 다스나 샀다. 그리고 바람을 잔뜩 집어넣어 수녀원 담 너머에 던져버렸다.

신부 앞에 무릎을 꿇었다. 고해소 창살 너머로 신부의 옆모습이 뚜렷하게 보였다.

신부의 귀는 유난히 커 보였다. 매일 남의 죄를 듣기 위해서는 귀가 보통 사람보다 커야 할 것 같았다. 세상 사람들의 죄악을 몽땅 알고 있는 신부는 얼마나 통쾌해 할까. 아마 신부는 세상 사람들이 더 흉악범이기를 고대할지도 모른다.

"죄인에게 강복하소서……. 저는 강간을 했습니다. 강도질도 했습니다. 도둑질도 했습니다. 신공을 바치지 않았습니다. 예배당에 나갔습니다. 밀떡을 받아 넣고는 잘근잘근 깨물어 먹어봤습니다. 그리고 마음으로 수녀를 강간했으며 십자가를 불쏘시개했으며 성모마리아가 숫처녀가 아니라고 생각했으며……."

신부의 눈이 갑자기 커졌다. 그리고 나를 노려보았다. 나는 씨익 웃고 고해소에서 벌떡 일어났다.

"내려온 김에 살풀이나 보구 가거라."

어머니가 짐을 챙기는 나를 붙잡아 앉혔다.

"살풀이는 무슨 살풀입니까. 저 기집애 외삼촌 댁에 맡겨놓으면 어머니 신간 편하고…… 오히려 잘된 건지도 몰라요."

"택일했으니 잔소리 말고 보구 가. 맏상주 없이 어찌 살풀이를 하겠냐."

어머니는 고개를 저으며 상경길을 막고 나섰다.

"차암 어머니두……. 그깐 살풀이한다고 뭐가 돼요?"

"차암이라니, 느이가 이만큼이라도 살아가는 건 다 이 에미가 밤낮으로 신주 모시는 덕이란 걸 알아야 해. 개태골 박수무당하고 할미만신의 살풀이가 당상인 걸 느이가 몰라서 그렇지. 한바탕 휘둘러놓고 나면 잡것들이 범접이나 하는 줄 아냐?"

어머니는 박수무당과 할미만신의 단골손님이었다. 그 무당들의 공수에 어머니의 마음은 언제나 사족을 못 쓰는 편이었다.

아버지가 살아 있을 때만 해도 어머니는 신실한 믿음을 가지고 있었다. 그런 어머니가 아버지의 갑작스런 운명 앞에 나약하고 한 많은 여자로 돌아서버린 것이었다.

"박수하고 만신이 느이들한테 얼마나 공덕을 들이는지 아냐?"

어머니는 내가 대학생이 된 것마저도 무당들의 공덕이고 어머니가 섬기는 신주의 점지 때문이라고 했다.

"어머니, 제발 이제 그만두실 수 없어요? 그놈의 만신이다 박수다 해서 바친 재물만 해도 한재산은 될 게 아녜요. 믿을 게 따로 있지요. 차라리 그 돈 가지고 여행이나 다니시고 구경이나 좀 하세요. 뭐가 더 아쉽다고 자꾸 이러세요."

"저런 저런. 이눔아 우리 신주께서 들으실라. 우리가 무슨 기운으로 지탱하는지 알기나 하고 이러는 거냐? 저눔이 복을 차던져도 분수가 있지."

"살풀이한다고 미숙이가 다시 학교에 가지기를 해요, 제가 갑자기 고등고시에 합격을 하겠어요. 제발 이제 그만 좀 두세요."

"저눔이 삼신벙어리 말문 여는 걸 못 봐서 저러지……. 예끼 이눔아, 우리가 목숨 부지하고 이만큼이라도 지탱하고 사는 게 뉘 덕인 줄이나 아냐?"

"그래서 어떻게 하실 작정예요?"

"아직도 우리 집안에 서양귀신이 붙어서 그러는 거다. 훠이 훠이 내몰아야지 그렇지 않으면 동티 나서 움죽도 못하고 귀신 될껴. 알것냐?"

어머니는 양심적인 판사처럼 단호하게 잘라 말하고 고실댁에게 장거리를 보아오라고 했다.

굿판이 벌어졌다.

징과 장구와 고리짝 두드리는 소리가 동네 전체를 시끌덤벙하게 만들었다. 그 소리들은 내게 아련한 향수 같은 걸 주었다. 서커스를 개구멍으로 들랑거리며 들었던 소리이기도 했고 풍물장수가 숨넘어가듯 지껄이는 음조이기도 했다. 아니, 농악대

패거리의 자발맞은 모둠뛰기인 것 같기도 했고 떠돌이 약장수의 목쉰 소리 같기도 했다.

나는 철둑 위에 앉아서 그 소리들을 듣고 있었다. 옆에 앉은 다혜(茶惠)는 우리 집의 굿거리 장단이 재미있는지 발장단을 치고 있었다.

"나는 저놈의 소리만 들으면 춤을 추고 싶어. 고고나 디스코 따위는 비교도 할 수 없는 율동으로 말야."

나는 다혜에게 우리집의 수치심을 감추기 위해 엉뚱한 소리를 했다.

"누군가 그랬어. 백인종보다 황인종이, 황인종보다는 흑인종이 훨씬 율동 있는 족속이라고. 나도 무당의 장단 소리를 들으면 너울너울 춤을 추고 싶어. 그게 속일 수 없는 핏줄 때문일 거야."

다혜는 그런 식으로 나를 위로하고 있었다. 굿판을 벌여놓고 있는 우리 집에 대해서 다른 말을 하지 않을 작정인 것 같았다.

"백인들이 곧잘 우리더러 유색인종이라고 하지? 다혜도 우리가 유색인종이란 걸 인정하니?"

"태어나길 그렇게 태어난 걸 어떻게 해. 인정할 건 해야지. 찬이는 너무 세상을 부정하는 데 문제가 있어."

다혜도 내 수치스러워하는 심정을 이해했는지 내 말꼬리를 물고 들어왔다.

"난 그렇게 생각하지 않아. 백인을 기준으로 놓고 보면 우리나 검둥이들이 유색인종이지만 우리를 기준으로 놓고 보면 백인은 탈색인종이고 흑인은 유색인종이다. 그러나 흑인을 기준으로 삼으면 우리는 탈색과정의 인종이고 백인은 탈색완료의 인종이잖아. 엄밀하게 따지려면 인류의 조상, 아메바라도 좋고 아담과 이브라도 좋고…… 그들의 혈색이 어떤 것이었는지 찾아내야만 할 거야. 그렇지 않니?"

"말 되네."

다혜는 한마디로 잘라 대답하고 배시시 웃었다.

"무당이 굿거리를 하면 정말 병이 나을까? 난 이해할 수 없어."

"나을 수도 있지. 정신요법으로 가능한 거니까. 의학에도 플라세보 효과라는 게 있잖아. 선교사들이 아프리카 오지에 선교하러 가서 치약을 만병통치약이라고 하니까 그걸 먹고 바르고 병줄이 잡혔다니까. 우리가 흔히 살갗이 긁힌 줄 모를 때는 아무렇지도 않다가 상처를 발견한 뒤에는 따갑고 아프다는 걸 느끼는 것 같은 것 말야."

나는 다혜에게 계속 유식한 척을 했다. 이런 경우를 두고 번데기 앞에서 주름잡는다고 하는 것일 테지만.

"찬이 엄마 같은 신경통 환자도 그렇게 될까?"

"난 잘 모르지만 우리 어머니가 효과를 본다니까 그런 줄만 알아야지, 머."

슬그머니 뒤로 빼는 대답을 할 수밖에 없었다. 어머니가 정말 효과를 보는지 어떤지는 알 수는 없었지만 늘 효험이 있다고 주장하는 데는 반박할 증거가 없었다.

"귀신 본 적 있어?"

다혜는 틈이 벌어진 침목 사이에 돌멩이를 넣으며 물었다.

"귀신?"

나는 도리어 반문하고 고개를 저었다.

"어렸을 때 귀신 잡으로 다녔었잖아?"

"호호호호……."

"그때 귀신 잡다가 뭐 불 싸질러 죽였다면서 귀신 타 죽은 재를 꼬맹이들 이마에 시커멓게 발라주고 그랬잖아."

"그랬었지. 넌 별걸 다 기억하고 있구나. 난 까마득히 잊어버렸었는데."

"잊을 리가 있어! 이래봬도 난 그때 간호대장이었었는데. 별을 다섯 개나 단."

다혜는 그 당시에 간호대장 노릇을 했었다. 지금은 고작 간호학과에 다니는 대학생이지만.

다혜가 우리 동네를 떠난 것은 초등학교 5학년 때였다. 그 뒤에는 단 한 번도 우리는 만나지 못했다.

우리는 대학생이 되었을 때 만났다. 그렇게 만나자고 약속한 것이 아니라 서울운동장에서 벌어진 야구 대항전의 응원을 하다가 만난 것이었다. 그녀는 명문 사립대학교의 응원부원이었고 나는 보통 사립대학교의 응원부원이었다.

귀신사냥 41

고적대 특유의 짧고 새빨간 치마를 입고 하얀 수술을 흔들어대는 그녀를 보는 순간 나는 아랫도리가 경직되는 것 같았다. 어떤 여자라도 허벅지만 보게 된다면 온통 이 세상엔 천사투성이일 것이다. 짧은 치마 입은 천사가 없는 것을 보면 하느님도 여자의 복장에 대해 꽤나 신경을 쓰는지도 모르겠다.

　"공부가 더 안 되는 거 같아서 올라갈까 어쩔까 망설이고 있는데……."

　다혜는 간호원 국가고시를 앞두고 고모님네 집에 내려와 있었다.

　"나랑 같이 가면 되잖아. 나도 다음 주부터 기말고사를 봐야 돼."

　"정확히 언제 갈 테야?"

　"내일 굿판이 끝나니까 모레나 글피쯤 가면 되지, 머."

　다혜는 레일 위를 깨금질로 걸어서 고모네 집 쪽으로 갔다. 나는 그녀의 뒷모습을 바라보며 다혜를 홀딱 마시고 싶었다.

　굿판이 끝났다. 어머니는 군불을 많이 때서 뜨끈뜨끈한 아랫목에 누워 땀을 흘리고 있었고 할미만신은 어머니의 머리맡에 앉아서 소지를 올리고 있었다.

　"일루 돌아누우시게."

　박수무당이 명령조로 어머니에게 말했다. 어머니는 땀을 닦으며 흘끔 내 눈치를 보았다. 박수무당이 괴춤에서 쌈지를 꺼냈다. 그 속에서 침과 침판이 나왔다. 그리고 화장품병과 촛물 먹인 노끈이 한 발쯤 나왔다.

어머니의 허벅지는 천사의 허벅지가 아니었다. 꺼칠한 살갗에 여자다운 매력이라곤 단 한 군데도 없었다. 박수무당은 호주머니에서 한지 뭉치를 꺼내 방바닥에 펴놓았다. 어머니의 신경통 치료 때문에 침자리를 확인할 하지도(下肢圖)였다. 하지도에는 엉덩이에서부터 발목까지의 인체그림이 나타나 있었다. 반점처럼 찍은 점 위에 한자로 풍시(風市), 족삼리(足三里), 현종(懸鐘), 곤륜(崑崙), 신맥(申脈)이라고 씌어 있었고 다른 한지에는 환조(環跳), 은문(殷門), 위중(委中), 승산(承山)이라고 표기되어 있었다.

박수무당이 어머니를 옆으로 누인 자세에서 허벅지 위쪽에 침통을 대고 침을 손가락으로 쳤다. 침통을 빼고 손으로 더 꼭 눌렀다 뺐다. 그러고는 그 부위에 사정없이 침질을 했다.

"참으시게."

어금니를 맞물고 참고 있는 어머니에게 매정하리만큼 침전된 목소리로 이렇게 말했다. 어머니는 눈을 감은 채 꿈쩍도 하지 않았다. 침자국마다 아주 작고 예쁜 핏방울이 맺혔다. 어머니의 허벅지는 그래서 참 예뻐졌다.

할미만신이 화장품병을 거꾸로 들고 그 병 속에 촛물 먹인 노끈을 태우고 있었다.

"붙여."

박수무당의 높낮이 없는 목소리였다. 할미만신이 화장품병을 침으로 쪼은 부위에 붙였다. 어머니가 꿈틀거렸다.

어머니의 하체에는 화장품병이 네 개나 매달려 있었다.

"쯧쯧 악혈이 너무 많네. 그러니 신기가 있을 턱이 있나. 부적 간수 잘 하시게. 이러다 귀신 씌우면 어쩌나."

박수무당은 어머니의 허벅지 여기저기를 만지며 이렇게 말했다. 박수무당이 손을 댈 때마다 어머니의 하체는 이상스럽게 꿈틀거렸다.

나는 박수무당의 턱을 한 대 갈기고 싶었다. 그러나 어머니의 나이와 까칠하고 늙은 어머니의 살갗 때문에 박수무당의 행위를 참고 견딜 수 있었다.

부항이 끝나자 할미만신은 화장품병으로 만든 부항기를 뜯어냈다. 검붉은 피가 배어 나온 어머니의 하체에서 나는 어머니의 죽음을, 한 줌의 자양분 많은 흙을 연상했다. 손으로 핏자국을 닦아 본 박수무당이 엄지손가락으로 부항 놓았던 자리를 꾹꾹 눌렀다. 어머니는 그럴 때마다 가늘게 비명소리를 내곤 했다.

나는 그때 어째서 아버지의 모습을 떠올렸는지 모른다. 건장한 사내, 공사장 감독으로 단련된 팔뚝, 목욕탕에 같이 갔을 때 보았던 그 당당하던 아랫도리, 그렇게 매일 밤 억수로 취해 들어오면서도 동네가 떠나가도록 목청껏 부르던 유행가 소리. 어른 키로 일곱 길이나 된다는 새다리의 난간에서 떨어지고도 한 달이나 버티다 죽은 아버지였다.

나는 어머니 나이를 정확하게 알지 못하고 있다. 마흔아홉에서 쉰서너 살이라는 것만은 분명했다. 십수 년간 시달리고 있는 신경통만 아니라면 도시 여자들처럼 춤바람이 나도 좋을 그런 나이인 것만은 확실했다.

박수무당과 할미만신이 떠났다. 그들 뒤에서 고실댁의 남편이 지게 위에 쌀과 명태와 푸성귀들을 지고 따라갔다.

이튿날 상경하려고 나서는데 어머니는 나를 또 붙잡아 앉혔다.

"아무래도 큰 병원에 가든지 해야 할 모양이다. 더 못 견디게 아프다."

부항 놓았던 자리가 둥글게 검은 진주색을 띠고 있었다.

"효험이 없단 말예요? 침도 맞고 부항도 놨는데요?"

"소용없나 보다. 더 움쩍도 못하겠는 걸 보니."

잔병치레가 심한 어머니였지만 이렇게 엄살에 가까운 하소연을 들어본 적이 없었다. 어머니는 고통으로 일그러져가는 얼굴로 내 바지를 잡아당겼다.

"이눔아, 에미 죽을 모양이다. 이렇게 팽개치고 떠나면 어쩌자는 겨?"

나는 그 길로 어머니를 병원에 입원시켜 놓고 외삼촌을 불렀다. 어머니는 시집식구들보다 친정식구들을 더 신뢰하는 여자였기 때문에 외삼촌 부른 걸 좋아했다.

개태골은 우리 집에서 시오리 길이었다. 박수무당과 할미만신은 개태골 대나무숲이 우거진 산등성이 옆에 나란히 살고 있었다.

"뉘 계십니까?"

내가 마당으로 들어서서 이렇게 소리 질렀다. 마루 밑에 있던 강아지가 깽깽거리며 자지러지게 짖었다.

"워디서 오셨지요?"

박수무당의 딸 같은 계집애가 방문을 열고 대꾸했다.

"박수어른 어디 가셨나요?"

"신주 모시러 가셨는데요."

"만신도 같이요?"

"그런가 봐요."

나는 마루에 걸터앉아 박수와 만신이 어디로 굿판을 벌이러 갔는지 꼬치꼬치 캐물었다. 계집애는 장소를 모르고 있었다.

"아가씨, 어머니는 없어요?"

"돌아가셨죠."

순박해 보였지만 말을 시켜보니까 느물거리는 게 여간내기가 아닌 성싶었다.

"아버지 오시면 방죽거리에서 왔다 갔다고 하세요. 어머니가 굿하고 침 맞은 뒤로 더 심해져서 병원에 입원했다고요. 그래서 돈을 되물리러 왔었다고요. 만약 되물려주지 않으면 손해 배상까지 청구하고 콩밥 먹인다고요. 알았죠?"

계집애는 눈을 크게 뜨고 입을 비쭉 내밀었다.

"웃기지 마요. 우리 아버진 장안 귀신이 다 손 놓은 사람도 살린 사람예요. 그리구…… 병원에 가서 치료하고 병이 안 나으면 병원비 되물려주는 거 봤어요? 귀신 씻나락 까먹는 소리 작작 하고 가요!"

당찬 계집애 목소리였다. 나는 돌아서서 계집애에게 윙크를 했다.

"지금부터 아가씨를 좋아할 거예요. 그러나 아버지에게 반드시 꼭, 정말 꼭 돈을 되돌려 받을 거예요. 두고 보쇼."

계집애는 내 등 뒤에다 대고 썩을 놈, 벼락 맞아 뒈질 놈, 염병할 놈 하며 욕을 했다. 나는 뒤도 쳐다보지 않고 대숲 옆길로 내려갔다.

나는 그길로 다혜에게 쫓아가 며칠만 서울길을 늦추자고 해놓고 철물점에 들러 우악스럽게 생긴 부엌칼 한 자루를 샀다.

숫돌에 대고 10분쯤 칼을 갈자 칼날이 허옇게 섰다. 칼을 신문지에 말아 청바지 뒷주머니에 넣어보았다. 감촉이 싫지 않았다. 사람들에게 무기를 갖고 있는 것처럼 신 나는 일도 드물 것이다.

짐작은 하고 있었지만 박수무당과 할미만신은 만만찮은 인물들이었다. 굿판에서 수십 년을 굴러먹은 늙은이들이라서 내 행위를 어린애 장난처럼 취급했다.

"고얀 놈. 어따 대고 신주돈을 내놓으라 마라냐? 썩 물러가라 이놈. 요절을 낼 테니."

박수무당은 마루 위에 버티고 서서 내게 호령을 했다.

"조놈이 환장한 게 분명하구만. 존엄하신 신주님 앞에서 꺼떡거리다간 성한 다리몽둥이가 작신 부러져 요놈아."

할미만신은 내게 소금을 뿌리면서 악귀 물러가라고 주문을 외기까지 했다.

"당신들은 면허도 없이 침을 놨어요. 당장 고발하면 콩밥 먹는다구요."

"콩밥? 먹여다구 이눔아. 어린 놈이 대왕마마 무서운 줄 모르고 날뛰다간 서 물고 나자빠지지. 아암 나자빠지구말구."

이런 식의 입씨름으로 끝낼 수밖에 다른 도리가 없었다. 그들은 세상에 자기들이 모시는 신주 이외에 무서울 게 없는 사람들이었다.

나는 방법을 바꾸어 밤 열 시가 넘었을 때만 밤마다 찾아갔다. 부엌칼을 마루에 꽂아놓고 매일 밤을 꼬박꼬박 지새우기 시작했다. 마당에 장작불을 지펴놓고 밤을 꼬박 새우며 나는 악다구니를 썼다.

그들은 조금씩 조금씩 기력을 잃어갔다. 점점 악쓰는 소리도 줄어들었고 저주하는 소리도 줄었다. 그리고 신주에게 나를 역벌하라는 소리도 그만두었다.

닷새 만에 박수무당과 할미만신은 꼬깃꼬깃한 지폐 십만 원을 마당에 내던졌다.

"그럼 반타작만 하자."

나는 그 돈을 집어 들었다. 그리고 흐물흐물 웃었다.

그들은 우리 집에서 가져간 돈에서 정확히 반을 내놓은 것이었다.

"네놈 같은 독종은 첨 본다."

할미만신이 땅바닥에 털썩 주저앉으며 내 뒤통수에다 대고 한 말이었다. 박수무당의 딸내미가 멀찍이서 나를 노려보고 있었다.

이튿날 낮에 나는 개태골을 찾아갔다. 박수무당의 딸내미가 화들짝 놀라며 방 안으로 들어갔다. 나는 방문을 열고 들어갔다. 계집애는 방구석에 몸을 사리고 앉아서 나를 어제 저녁 때처럼 노려보았다.

나는 달려들어 계집애 입술을 훔쳤다. 김치 냄새가 났다.

"한 번만 접때처럼 욕지거리를 하면 그 땐 발가벗겨서 홀짝 마셔버릴 거야. 알았어?"

계집애는 입술을 손으로 쓰윽 닦고는 돌아서 나오는 내게 욕지거리를 시작했다.

"염병할 놈, 벼락 맞아 뒈질 놈……."

사설왕국

막차라는 건 늘 사람의 기분을 이상스럽게 충동질한다.

다혜가 굳이 막차를 타고 올라가자고 할 때 내 머릿속에서는 재빠른 주판질이 시작되었다.

이거야말로 절호의 기회인 것이다.

막차가 서울에 도착하면 적어도 밤 열 시 반쯤은 될 것이다. 분위기만 조성된다면 다혜와 나는 어른 연습을 하게 될지도 모르는 것이다. 여자는 어둠과 분위기에 약한 것이니까. 하느님이 태초부터 여자를 그렇게 만들었으니까. 사내들은 언제나 야음을 틈타 역사를 만들어내는 것이다.

이브 할머니. 우리 사내들은 당신을 매우 존경합니다. 부디 후손들에게 사내의 유혹엔 무조건 약해지라고 특별 메시지를 보내주세요.

어차피 그 징그러운 뱀에게 팔아먹은 거 아닙니까. 사내들은 뱀을 많이 먹어서 아담 할아버지처럼 명청하게 목구멍에 걸리진 않습니다. 사내들의 소화능력에 대해서도 믿어주세요. 여자 사냥 잘하는 사내가 진짜 사내라는 걸 이브 할머니는 잘 모르실 겁니다. 그땐 단둘밖에 없었으니까 그럴 수밖에 없었겠지요.

다혜는 처녀일까?

나는 이런 궁금증에 사로잡혀 있으면서도 다혜에게 그따위 질문을 해보거나 사실을 확인하려고 해본 적이 없었다.

나는 여자를 생각할 때마다 늘 우리나라에도 남녀평등이 빨리 되어서 여자들에게도 병역의무를 주었으면 한다. 물론 나는 그때 신체검사의 책임자였으면 좋겠다.

더 솔직하게 말한다면 나는 백제의 의자왕이나 연산군 할아버지나 고려의 요승 신돈 같은 양반들을 조금씩 존경하고 있는 셈이다.

다혜가 처녀든 아니든 나는 상관하지 않지만 그녀를 홀딱 마시고 싶은 마음은 처음 만날 때부터 변치 않은 내 솔직한 심정이다. 그러나 이왕이면 처녀이기를 바란다.

"병원에 있으니까 여자들만 불쌍해 보여. 여자들이 그렇게 악 받쳐가며 낳은 애들이 결국 남자의 성씨를 따르게 되고……. 애인끼리 서로 좋아하다 보면 남자는 멀쩡한데 여자는 뱃속에 혹이 생기고……. 왜 하느님은 여자의 배를 그렇게 학대하는 아이디어를 생각했을까? 하느님이 남자라 그랬을까."

언젠가 병원 앞에서 기다리다 지쳐버린 내게 다혜는 이런 식으로 미안함을 얘기했다. 어떤 소녀의 낙태 때문에 늦었다는 평계였다.

"만약 남자에게 애를 배게 했다면 볼만했을 텐데……."

다혜는 또 이런 말을 했다.

"볼만했겠지."

나는 이렇게 대답해 놓고 어려서 어머니가 나를 꼭 배꼽으로 낳았다고 우기던 생각을 하고 피식 웃었다. 사내가 임신한다면 사내들 배꼽이 더 볼만하게 생겼을 것 같았다.

"굳이 여자보고 애를 낳으라고 할 테면 평등하게 여자는 낳기만 하고 통증이나 악쓰는 소리는 남자들에게 대신 시켰으면 되었을 걸……."

다혜는 뭐가 그리 억울한지 내내 그런 소리를 했다. 내가 병원 입구에서 한 시간 가까이 떨고 기다리던 것이 미안해서 그런 것만은 아닌 것 같았다.

"그 어린 게 불쌍해……."

치한에게 못된 짓을 당한 소녀의 하소연을 다혜가 직접 들은 모양이었다.

"걱정 마. 내가 지금 하느님 되는 법을 연구하고 있으니까 곧

간단히 그런 걸 해결해 줄 수 있어."

"제발 그렇게나 좀 돼봐."

다혜가 빈정거렸다. 늘상 들어서 면역이 되었을 텐데도 가끔은 내 황당한 소리를 삭여 들으려고 하지 않았다.

"하느님을 투표 같은 걸로 뽑게 될 날도 머지않았다구. 그땐 무슨 수를 쓰더라도 당선될 거야. 부정, 테러, 위협, 공갈, 사기 다 동원해서라도. 그래서 다혜의 소원부터 풀어줄게, 까짓 거. 여자에겐 잉태를, 사내에겐 이마나 코 끝에 혹이 생기게 해버릴 테니까."

다혜가 까르륵거리며 웃었다. 내가 생각해도 기막힌 아이디어였다.

여자는 피임약, 남자는 혹 안 나는 약. 제약회사 사장들 엉덩이 들썩거릴 이 제안을 하늘에 계신 하느님은 당분간 도용하지 마십시오.

그리고 세상의 사내들 역시 이런 기막힌 아이디어를 가진 나를 무시함으로 해서 코 끝과 이마에 혹을 달고 다니는 불행한 사태를 야기시키지 말라.

하느님. 제게도 기회를 좀 주시죠? 저 스물두 살짜리 여자와 사고를 낼 수 있게 은총을 내려주소서. 그래야만 하느님이 더 존경받으실 수 있을 겁니다.

고속버스 시간은 약간 지연되었다. 병원에서 절대 안정을 취하라고 당부했는데도 어머니는 차부까지 쫓아 나와 계속 내게 말을 걸었다.

"코 베어 간다는 서울 놈들 조심혀. 반반하게 생긴 지지배들은 거들떠도 보지 마. 그 여수 같은 지지배들 꿰차고 다녔다간 신세 조질 테니까. 샥시감은 그저 이 에미가 알아서 골라놀 테니까. 알것냐?"

나는 고개를 끄덕거렸다. 한마디라도 말대꾸를 했다가는 서울 지지배들이 왜 여수이며 사내의 밑천까지 홀딱 뽑아가는지를 차근차근하게 또 설명할 것이기 때문에 이럴 때는 잔말 말고 가만히 있는 게 상수였다.

"느이 아버지 봐라. 그 실한 양반이 여수 같은 지지배한테 홀려가지고……."

그 뒷얘기는 들으나 마나 뻔한 얘기였다.

어머니가 서울 지지배를 유별나게 싫어하는 데는 아버지의 난봉기가 순전히 서울 지지배 때문이라는 거였다. 나도 몇 번인가 그 여자를 만난 적이 있었다. 그러나 지금까지 비밀로 지키고 있을 수밖에 없었다. 만약 지금이라도 그 사실을 털어놨다가는 당장 핏줄이 어떻고 느이네 장씨 가문의 조상이 어떻고 하며 나를 공박할 것이기 때문이었다.

"하숙방이 추우면 밤에 몰래 나가서 연탄불구멍을 홀딱 빼내버려라. 주인이 뭐라고 하면 연탄값 더 주면 되지. 그리고 창문에 구멍을 크게 뚫어. 너 하나 믿고 사는데……, 복장 터지게 하지 말구. 알것냐?"

어머니는 내 고속버스 좌석이 운전사 쪽으로 중간쯤 되는지 검표원에게 두 번씩이나 확인하고는 들깨 볶은 것과 인삼가루를 넣은 보따리를 챙겨주었다.

"난 앉아서 구만 리 보는 사람여. 서울서 무슨 짓 하는지 다 아니까 허튼수작 말고 공부나 열심히 해야 혀. 떡하니 판사 돼 가지구 내려와야 돼. 혼자 산다고 날 업신여긴 년들하고 돈 떼 먹고 튄 년들하고…… 몽땅 잡아다가 콩밥 멕여줘야 돼. 그래야 이 에미의 가슴앓이하고 신경통이 낫는 겨. 알것냐?"

"걱정 마세요. 어서 들어가세요."

내가 고속버스에 올라타면서 이렇게 대꾸했다. 어머니는 들리지도 않는데 계속 뭐라고 얘기를 하고 있었다.

어머니는 만신패거리들과 무당패거리들 때문에 서울에 있는 자식 일을 죄다 알고 있는 듯했다. 참으로 끔찍스러운 일이었다. 앉아서 구만 리 보는 양반이 곗돈 떼먹고 도망간 여편네들이 어디 있는지도 모르다니 원.

"내 웬수 갚아주려면 공부만 열심히 해야 혀. 알것냐?"

어머니는 고속버스 승객들이 모두 들으라는 듯 큰 소리로 말했다. 승객들이 웃었다. 나는 그들처럼 웃고 말았다.

어머니는 내가 판사가 되기만 하면 그동안 혼자 산다고 깔본 사람들을 죄다 콩밥 먹일 수 있다고 믿는 여자였다.

내가 아무리 그렇지 않은 거라고 설명해 보아야 알아들으려고 하지도 않을 뿐 아니라 판사라면 춘향전의 이몽룡이처럼 대번에 제 마음대로 되어버리는 거로 알았다. 춘향전의 구성이 엉터리라고, 과거에 급제했다고 바로 암행어사가 되지 않고 적어도 십 년쯤 걸려야만 어사가 되는 거라고 얘기해도 믿지 않았다.

"춘향전은 잘못된 거예요. 암행어사가 설사 되었다 하더라도 곧바로 남원으로 내려가서 즈이 애인부터 구해내는 그런 암행어사는 있지도 않았고 있어서도 안 되고……. 그렇게 되면 우리나라 사람 몽땅 판사공부 하라구요. 그건 말도 안 돼요. 소설이니까 그렇지요."

언젠가 나는 이렇게 어머니를 공박하고 나섰다.

"변사또 그눔 자식이 춘향이를 죽이려는 판에 웬수 시원하게 갚은 게 얼마나 잘한 일이냐?"

어머니의 대답이었다. 나는 속으로 웃었다. 내가 판사가 되어 어머니의 원수를 갚아야 한다는 어머니의 저 가당찮은 소원에 대해 더 이상 무슨 말을 할 수 있으랴.

먼저 자리를 잡고 앉은 다혜가 눈을 찡긋해 보였다. 나도 맞받아 찡긋해 보였다. 어머니가 그걸 알았다간 다혜의 머리끄덩이가 어떻게 될까? 아버지를 잡아먹었다는 서울 샥시 초선이가 당하듯 할 게 뻔했다.

자리를 잡고 앉자 어머니는 창 밖에서 손을 흔들며 들리지도 않는데 계속 얘기를 하고 있었다. 다혜도 창 밖에 서 있는 여자와 손짓 발짓으로 얘기를 하고 있었다. 어머니의 얘기는 들으나 마나 뻔한 것이었다.

"난 앉아서 구만 리를 본다……."

대충 그렇게 시작해서 또 끝에는 여수 같은 지지배 상종하지 말 것과 창문에 구멍 크게 뚫으라는 것 따위일 것이다.

다혜는 창 밖의 고모와 얘기를 하고 있었다. 어머니와 다혜의 고모는 마치 벙어리들이 수화하는 것 같았다.

어머니가 다혜를 쏘아보았다. 눈빛이 매서웠다. 어머니는 이미 내 옆자리의 여자에게 경계심을 품은 것 같았다. 천만다행한 것은 다혜가 어렸을 때 같은 동네에 살았던 초등학교 선생님 딸이라는 걸 전혀 눈치채지 못하는 점이었다.

— 저놈의 눈살이 요사스러운 것 같으니. 내 아들이 누군 줄 알기나 해? 판사여, 판사. 함부로 눈꼬리를 쳤다만 봐. 머리 끄덩이를 휘휘 저어버릴 테니까. 그뿐인 줄 알아? 콩밥 멕여버릴 테니까.

그런 눈초리였다. 어머니 옆에 서 있는 다혜의 고모 눈초리도 매섭기는 매한가지였다.

— 너두 사내라구 눈꼴이 시게 생겼구나. 수작 걸었다간 어떻게 되는지나 알아? 수술하는 칼로 성하지는 못할 것이다. 걔는 간호원이라구.

뭐 대충 그런 것 같았다.

고속버스는 천천히 움직였다. 창 밖의 두 여자는 점점 멀어졌다. 다혜는 숨을 길게 내쉬고 배시시 웃었다. 익다 만 옥수수처럼 하얀 이가 고와 보였다. 시집가서 애를 낳으면 새끼들 이빨만은 좋을 것 같았다. 나처럼 엉망진창인 이빨을 가지면 여자하고 입맞춤을 할 때도, 이빨 냄새에 신경을 쓰게 되는 것이다.

"빌어먹을……. 다혜네 고모는 마치 나를 여자 도둑놈 쳐다보듯 한단 말야. 그렇게 걱정이 되면 아예 따라나서지 않고. 오기로라도 다혤 델구 살아봐야겠다."

다혜가 키득거리고 웃다가 정색을 했다.

"자기네 엄마는 뭐 별수 있는 줄 알아? 날 사내 사냥꾼으로 보던 눈치든데 멀. 난 오기로라도 거들떠보지도 않겠네. 자기만 한 남자는 서울 가면 쌔구 쌨다구. 안 그래?"

나는 대꾸 없이 웃기만 했다. 다혜의 말이 그 순간에 어째서 옳은 것같이 느껴졌는지 모르겠다.

언제부터 전해 내려온 얘기인지 모르지만 남남북녀(南男北女)란 말이 있었다. 그런데 아무리 생각해도 그 말은 시의에 맞지 않는 고어인 것만 같았다. 요즘은 중남중녀(中男中女)라고 해야 옳을 것 같았다. 서울 중심가를 벗어나면 날수록 확실히 미남미녀를 찾아보기가 힘드는 것이다.

일제시대에 말마디나 하면 감옥으로 가고 얼굴이 반반하면 유곽으로 간다고 했지만 지금은 말마디나 하고 얼굴이 잘나면 무조건 서울 한복판으로 가는 것 같았다.

그러나 나는 다혜의 말에 크게 신경을 쓰지 않을 생각이었다. 길거리를 걷다가 무수히 마주치는 정다운 연인들을 보라고. 남자와 여자가 둘 다 잘생긴 거 봤어? 어차피 한쪽은 기우는 게 상대성원리라는 거야.

"이번엔 엄마가 후다닥 장가가라고 조르지 않았어?"

다혜가 불쑥 물었다.

"서울 지지배, 여수 같은 지지배 조심이나 하랬어. 샥시감은 어머니가 알아서 챙겨놓겠다니까 머."

"스물두 살짜리 철없는 남자 데리고 살 여자가 누군지 한심하네."

"한심할 거 없어. 나하고 살 여자라면 어차피 한심하긴 매한가지일 테니까."

"말도 된다."

다혜는 빈정거렸다. 그것이 어쩌면 여자 특유의 질투심인지도 모른다.

"춘향이하고 몽룡이 봐. 열여섯 살짜리들의 첫날밤 작태를 봤어? 모르면 몰라도 춘향이하고 몽룡이는 섹스의 전과자들이라구. 그렇지 않고서야 첫날밤에 그런 기교를 부릴 수 있어?"

이렇게 시작해서 우리들의 춘향전 논쟁은 시작되었다. 다혜는 주로 춘향의 정절과 몽룡이의 끈질긴 첫사랑을 실현시키는 것에 대체로 만족을 표시했고 나는 그 둘을 음탕한 족속으로 전락시켰다.

내 가슴속에는 복안이 있었다. 춘향이와 이몽룡이를 자꾸 음탕한 인간으로 규정함으로써 다혜의 핏줄 속에 음란기가 생기기를 바라는 것이었다.

나는 다혜를 정말 마시고 싶었다. 곡선으로만 구성되어 있는 그녀를 정말 갖고 싶었다. 물론 내가 여자의 육체에 대해 전혀 쑥맥은 아니었다. 돈을 주고 여자를 사보기도 했고 어쩌다 눈이 맞아서 내 엄지발가락으로 여자의 속옷, 그 요술헝겊 같은 걸 벗겨도 보았다. 그러나 아무리 해도 여자의 육체는 모르는 것 투성이였다.

하느님. 남자와 여자를 왜 하필이면 그렇게 만들어놨습니까? 어차피 한 사람씩 짝을 지어줄 바에야 태어날 때부터 둘을 한 덩어리씩 만들어놓으면 나같이 그놈의 여자병에 걸려 고민하는 사람이 없을 거 아닙니까.

나는 가끔씩 내 자신이 음란증환자가 아닌가 하는 생각을 하곤 했다. 희대의 색한이었다는 카사노바와 로마의 일군단을 상대해도 끄떡이 없었다는 메살리나와 같은 음란의 피를 받은 걸까.

모르겠다. 사내 나이 스물두 살이면 대개 그렇게 되는 건지 아니면 유독 나만이 그런 생각을 하는 것인지.

세상 모든 사람들은 너무도 도덕적이고 정숙해서 그런지 어느 누구도 친족을 빼고 모든 여자를 다 갖고 싶다고 고백한 사람은 없었다. 그저 인간답게만 살아왔다고 말했을 뿐이었다.

설마 그럴 리야 없겠지만 그런 위선을 지니는 것이 진짜 인간다운 거라고 사람들이 생각하는 건 아니겠지.

솔직한 게 죄라면 몰라도 솔직한 게 죄가 아니라면 나는 감히 하느님 앞에 이런 고해성사를 하고 싶다.

하느님, 저의 이 음란증을 고쳐주세요. 세상 모든 여자를 갖고 싶은 이 어처구니없는 사내를 처벌해 주세요.

우리는 휴게소에서 잠깐 내려서 커피를 한 잔씩 마셨다. 휴게소에 고속버스가 설 때는 으레 내려서 커피라도 한 잔씩 하는 버릇이 든 것 같았다. 그래야 완행버스를 탄 사람과 뭐가 달라도 다르다는 것인지 모르겠다.

아무튼 요즘은 자기 입맛에 당기는 음식을 싸가지고 다니며 먹는 사람은 쪼다가 되어버린 것이다. 하긴 장가를 가서 자기 마누라하고 외식을 즐기는 걸 마치 근사한 저녁 파티에 초대되었을 때 도시락 싸가지고 가는 것처럼 기피하는 사내들이 아직도 득시글거리는 유교적 전통사회에서 바깥나들이 때만은 기어코 탈색인종 흉내를 내는 습성이 있는 것 같다.

"내 돈이 없어졌어요. 내 돈이 없어졌다구요. 아이고 이를 어째. 운전사 아저씨 내 돈요……. 내 돈이 없어졌어요."

갑자기 비명소리 같은 여자의 앙칼진 소리가 뒷자석에서 들려왔다.

휴게소를 마악 빠져나가려던 고속버스가 멈추었다. 운전사와 안내원이 뒷좌석으로 가서 여기저기를 찾아보았다.

돈을 잃었다는 여자는 계속 앙칼진 소리로 이십만 원을 잃었다고 떠들고 있었다.

"화장실에 가기 전에 분명히 있었어요. 올라와서도 무심히 봤지요. 핸드백은 그대로 있었으니까요. 손수건을 꺼내려고 보니까 글쎄 이십만 원을 묶어놓은 게 없어졌잖아요."

"그러니까 귀중품 잘 간수하시라고 몇 번이나 안내방송을 했잖아요."

안내원이 신경질조로 말했다.

"그런 소리 말고 좀 찾아줘요. 큰일 나요. 어서요. 누가 그럴 줄 알았나요."

그러면서 여자는 승객들을 무섭게 훑어보았다. 승객 가운데 도둑놈이 있는 거라고 단정하는 눈치였다.

"빌어먹을……."

나는 그 순간에 기분이 썩 좋지 않았다. 내가 소지한 현금이 여자가 잃어버렸다는 일만 원권 지폐 스무 장이었기 때문이었다. 만약 조사가 시작되면 현금의 내역에 대해 설명하기가 애

매한 돈이었다.

무당한테서 받은 십만 원을 어떻게 설명해야 한단 말인가.

나는 자리에서 일어났다. 뒷자석으로 가서 재빨리 20만 원을 그녀의 반코트 안주머니에 넣어버렸다.

조금 후에 그녀는 소리를 질렀다.

"찾았어요. 여기…… 미안해서 어쩌죠?"

나는 웃었다. 어차피 내릴 땐 내 주머니 속으로 들어올 거니까 걱정될 거 없었다.

내 솜씨가 어떤지 한판 보여줄 셈이었다.

"여러분 죄송합니다. 제가 코트 주머니에 넣은 걸 모르고 그만……. 정말 죄송합니다. 기사 아저씨 미안합니다."

여자가 몇 번이고 이런 말을 했다.

"거 똑똑히 간수하쇼. 생사람 잡을 뻔했잖소."

나이가 제법 들어 보이는 사내가 투정 섞인 목소리로 말했다. 나는 자리에서 일어나서 스무 명 정도밖에 안 되는 승객들을 다시 주욱 훑어보았다.

나는 두 사내를 점찍었다.

'쌔애끼들. 너희들 오늘 공쳤다.'

혼잣소리로 이렇게 말한 나는 그 두 녀석의 눈짓 신호가 무엇을 말하는지 대번에 눈치챌 수 있었다. 한 녀석은 다른 패에게 해결이 의외로 잘됐으니 안심하고 돈을 챙기라는 것 같았다.

'쌔애끼들. 여기 할배가 타고 있다는 걸 좀 알아라. 내 솜씨를 보여줄 테니 어디 한번 당해봐라.'

그들은 소위 이동소매치기들이었다. 만약 내가 잘못 짚었다고 해도 염려할 건 없었다. 그 여자 돈을 내가 다시 챙기면 되는 판이니까 말이다. 꾼들 것보다는 천만 배나 쉬운 일이었다.

"소매치기가 도로 넣어놓은 거 아닐까? 그 여자가 코트를 안 찾아봤을 리가 없잖아? 안 그래?"

다혜가 내 옆구리를 슬쩍 건드리며 낮은 목소리로 말했다.

"내가 넣어놨어."

"뭐라고?"

"쉿! 내가 넣어놨대니까. 진짜 소매치기는 지금 뒷자리에서 회심의 미소를 짓고 있어."

"그럼 왜 잡지 않고…… 아는 애들야? 의리 지키는 거야?"

"생판 모르는 놈들야."

"그런데 왜 자기 걸 넣어놔?"

"내릴 때 본전 찾아가지고 내리면 되잖아. 가만히 있어. 모른 체하고. 쟤들이 눈치채고 깊숙이 감추면 가엾게도 그 여자 돈을 챙겨야 하니까."

"차암. 그런 짓 다시는 않는다 해놓구선."

다혜는 입맛을 쩍 다시고 돌아앉았다.

"내 호주머니 돈이 마침 이십만 원였어. 쟤들처럼 한패가 있으면 절대 발각되지 않지만 나는 꼼짝없이 도둑으로 당분간

몰릴 수밖에 없게 돼. 귀찮잖아. 내 돈을 그 여자에게 주고 그 여자가 잃어버린 걸 내가 찾아가지면 되잖아."

"용감한 시민상 줘야겠네."

다혜가 또 빈정거렸다. 다혜는 내 솜씨를 어느 누구보다도 잘 알고 있었다. 그래서 더 두려워하고 있는 것이었다.

"소매치기는 잡아서 벌 받게 하는 게 차라리 인간적인 거 아냐? 도로 뺏는다고 뭐가 해결돼?"

"그 말이 맞아. 그러나 사회는 그렇지 않아. 잡아넣으면 기술이 더 뛰어나서 나오고 더 큰 소매치기가 돼."

"그게 두려워서 안 잡아?"

"아니."

"그럼."

"잡아넣어도 바로 나와. 효과가 없어. 오히려 기술만 더 뛰어나게 만드는 꼴이 돼. 손목을 자르거나 사형을 시킬 수는 없잖아? 그들을 둘러싸고 있는 사회적 병폐, 이를테면 그들과 연결이 되어 있는 경찰이나 그들을 부려먹는 두목을 고발해 보았자 득이 없는 사회풍조, 그 짓을 해먹지 않고는 살 수 없는 그들의 환경과 일부만 잘사는 사회 속에 그들이 품고 있는 적개심 같은 것, 또 능력이나 성실한 대로 살지 못하는 기회주의자나 아부꾼, 협잡꾼, 파렴치한 족속들이 더 잘사는 풍토를 탓하지 못하는 주제에 그 작은 도둑놈들을 내 손으로 어떻게 잡아? 그렇다고 내가 휴머니스트라거나 코스모폴리타니즘에 빠

진 놈은 아냐. 그리고 조금씩 섞여 살아야 세상은 재미있을 것
같애."

"아휴 그 요설 또 시작하네."

다혜는 귀를 막는 시늉을 했다. 수도 없이 들어온 내 요설을
그녀는 언제나 이해하려는 편이었다.

고속버스는 시속계를 들여다보지 않아도 시속 120킬로미터
쯤으로 달리는 것 같았다. 휴게소에서 버린 시간을 찾기 위한
것 같았다.

"고속버스 안에 가게를 차려놓으면 소매치기를 당하지 않았
을 텐데. 고속버스 회사도 이익금이 생겨서 이런 고물차를 끌
지 않아도 되고……."

"그거 기찬 아이디어인데. 그 아이디어 제공해 보지그래.
누가 알아. 평생 무료탑승증을 주거나 가게의 운영권을 주게
될지?"

다혜가 나를 충동질했다. 정당하게 돈벌이하는 문제가 나오
기만 하면 흥분한다는 걸 알기 때문이었다.

정당하지 않은 방법으로 돈을 버는 일이라면 벌써 한밑천
크게 잡았을 거라는 것도 다혜는 알고 있었다. 부당한 방법을
익히고 솜씨를 보이는 데 있어서만은 천재라는 걸 그녀는 잘
알고 있었다. 조금 전에 돈을 잃은 여자의 반코트 속에 이십만
원을 넣어줬다는 사실을 알고도 걱정하지 않을 정도로 그녀
는 내 여러 가지 솜씨와 실력을 인정하고 있었다.

"구미가 당기는데⋯⋯."

"그렇게 해서 부동산 장난해서 느닷없이 떼부자가 된 졸부들처럼 돈 벌면 어따 쓸 거야?"

"나도 치질 걸린 놈처럼 어기적거리며 걸으면서 서민의 목줄을 한 십 년쯤 졸라버리게 쌀이나 연탄을 몽땅 사버릴까?"

"사설왕국은 어쩌고?"

다혜가 입을 비죽 내밀고 말했다.

"⋯⋯."

나는 사설왕국 얘기만 나오면 숨이 가빠지는 것 같았다. 여기서 내 꿈을 얘기하라면 이 글을 천년 동안 써도 지면이 모자랄 것이다.

나는 글을 쓸 기회가 있을 때마다 세종대왕을 속으로 무지무지하게 저주하곤 한다. 글자가 과학적이고 세계적인 창조라고 떠들어대지만 현대에 맞게 과학화하기에 너무 어렵게 사각형 속에 들어가는 글씨체인 한문자를 본떴다는 게 기분이 나빴다. 로마 글자처럼 풀어쓰거나 스물몇 개의 자형만 가지고 타자를 치게 하거나 활자를 만들 수 있게만 했던들⋯⋯.

'가' 자에는 기역이 하나이고 '꽤' 자에는 기역이 두 개, '꽥' 자에는 기역이 세 개⋯⋯.

생각만 해도 복잡하기 한이 없다. 입으로 말하는 대로 척척 활자가 되는 컴퓨터도 만들 수 없고⋯⋯.

어쨌든 나는 악역(惡役)을 맡기 위해 태어난 놈인지도 모른다. 하느님이 인간 세상에 별의별 역을 다 만들어놓고 즐기는 거겠지만 하필 나를 악역으로 선택했는지 모르겠다.

여보쇼, 하느님. 당신은 장난꾸러기죠? 그렇지 않고서야 나처럼 괜찮은 사내를 부당한 수단만 쓰면 성공하게 만들진 않았을 거 아뇨.

우리 하느님 자리도 선거해서 뽑읍시다. 당신 혼자만 언제까지 할 거요. 힘 없고 착한 사람만 천당에 데리고 가는 이유를 이제야 알 것 같습니다. 그래야 반역하는 친구들이 없을 테니까 그랬겠죠. 그러나 난 달라요. 무슨 짓으로든지 천당에 꼭 가서 당신하고 한판 붙어볼 참입니다.

"좌우간 나는 돈 벌면 제일 먼저 일류대학교부터 세울 거야. 다혜, 네가 다니는 학교 따위와는 비교도 할 수 없는 대학교. 전교생 모두에게 장학금을 주고, 생활비까지도 주고, 정말 선생 같은 선생만 뽑아다 놓고 공부하게 할 거야. 졸업하면 취직은 물론 집도 한 채씩 주고 자동차도 한 대씩 주고."

"흥분하지 마."

내가 그 얘기만 나오면 어떻게 흥분하는지 다혜는 잘 알고 있었다.

"흥분하는 게 아냐. 실현할 거야."

"흥분하면 약도 없어. 정신병원에 수용되는 게 그중의 나은 대우일걸."

"정신병원? 내가 왕국을 세우면 정신병원도 없어져. 정신병 걸릴 이유가 없어질 테니까."

"당장 본전 찾을 생각이나 해."

다혜는 아무리 내 실력을 믿지만 뒤에 있다는 소매치기 두 명에게서 본전을 찾을 일이 걱정인 모양이었다.

"쳐다보지 마. 안심을 시켜야 돼. 내려서 보면 알아. 결과는 이미 난 거니까."

"그러다가 저 가엾은 여자 거 도로 털지는 않겠지?"

다혜가 이런 걱정을 하기도 했다.

"나는 대학교를 세우면 절대 일등 한 놈들은 뽑지 않을 거야. 꼴찌서부터 뽑을 거다. 일등 하는 녀석들보다 꼴찌 하는 녀석들이 훨씬 싸가지가 있어. 공부만 잘해가지고 도대체 뭘 어떻게 하겠다는 거야? 그런 녀석은 빤해. 공부벌레가 돼가지고 철학이라곤 나부랭이도 없고 싸가지도 없고 허튼 자존심만 가지고 뭘 했느냐 말야. 결국 우리가 이 모양 이 꼴로 사는 건 그 일등한 새끼들 때문이란 말야. 우리가 어째서 일본애들한테 그런 치욕을 겪었는지 알겠어? 일제치하가 34년 11개월 19일인데도 굳이 36년이라고 우기는 치들하고 고구려의 저 광활한 영토를 당나라에 빼앗기고 그걸 고마워해서 당태종 앞에 임금이 쫓아가 머리를 조아리고 수치스럽기 짝이 없는 노예국이 된 신라의 문화만 찬란하다고 우기고 그걸 삼국통일이라고 떠드는 치들, 독립운동이 마치 33인만이 주역인 것처럼 떠들면서 그 33인이 거의 모두 민족 배반자라는 걸 숨기는 치들, 조선조의 당파싸움 때문에 우리가 이 꼴이 되었다고 부르짖는 치들과 우리 국민은 팽이처럼 때려야만 말을 듣는다고 부르짖는 식민지사관에 물든 치들이 누군지 알아? 모두 일등 한 놈들이라구."

어쨌든 나는 일등 하는 사람보다 꼴찌 하는 사람을 좋아하는 게 사실이었다. 일등만 인정해 주고 신문에 사진 내주고 하는 게 속이 뒤틀려 보기 싫었다.

"꼴찌만 사는 나라. 그거 볼만하겠다. 이 지구 상에서 가장 근사한 나라가 되겠는걸."

다혜가 느물거리는 투로 말했다. 나는 대꾸 없이 담뱃불을 붙였다. 너무나 내 속을 드러낸 것 같아서 조금은 쑥스러웠다. 한 번도 일등을 해보지 못한 나였기 때문이었다.

물론 나는 언제나 일등을 해보려고 몸부림을 쳤었다. 그러나 하느님은 나의 일등을 눈꼴이 시어서 보지 못하는 것 같았다.

하느님. 걱정 마세요. 이젠 절대로 일등 하려고 꿈도 꾸지 않을 테니까요. 하느님 선거만 빼고 말입니다.

"자기가 꼴찌니까 남들도 꼴찌만 하라는 거야? 그런 독선이 어디 있어."

내 옆구리를 세게 찌르면서 다혜는 웃었다. 그리고 속삭이는 소리로 이렇게 말했다.

"하긴 꼴찌들만 살면 피곤하지는 않겠다. 그렇지만 돌대가리들만 살면 나라 꼴이 뭐가 될까? 문명이 가면 갈수록 퇴보만 할 거 아냐."

"얼마나 좋아. 문명은 퇴보해야 돼. 전쟁도 칼과 창과 활 가지고 하고……. 꼴찌라고 모두 돌대가리인 줄 알아? 진짜 꼴지는 일등보다 머리가 더 좋은 거야. 그리고 꼴찌들만 살면 쌈질도, 투서질도, 전쟁도, 공갈, 사기, 파렴치 따위도 없을 거야. 어차피 사람은 죽어. 그렇게 아웅다웅하면서 죽어봐. 모두 지옥밖에 더 가? 우린 지금 하느님 술수에 넘어가고 있는 거야. 그럴 바에야 차라리 이놈의 세상에 돌대가리만 사는 게 낫지."

나는 다혜 옆구리를 찔렀다. 다혜는 키득거렸다. 매력 있는 여자. 마시고 싶은 여자. 하느님이 만든 것 가운데 제일 그럴듯한 것이었다.

"마치 인류를 구하려는 사람 같애."

"난 물론 종교도 새로 만들 거야."

"자기도 사실 일등을 하고 싶은 거지? 그렇지?"

다혜는 내 가슴을 정확히 찌른 것이었다. 그러나 나는 고개를 저어 보였다.

난 정말 미치도록 일등을 하고 싶었다.

그러나 난 알았다. 일등을 하기엔 틀려먹었다는 걸.

일등을 하려면 어릴 때부터 잘 길들여져야만 한다. 한 번이라도 좋은 학교에서 일등을 하면 내내 일등이 되지만 나처럼 시골 똥통학교나 다니고 말썽이나 피우고 자란 놈들은 결코 일등을 할 수가 없는 것이다.

나처럼 못난 부모들의 저 무서운 교육열과 치맛바람과 과외바람을 보라.

물론 우리 어머니도 마찬가지였다. 당신 자신이 못 배운 한을 내게서 풀어보려고 저렇게 터무니없는 안달을 하고 있는 것이었다.

고속버스가 서울에 거의 다 오도록 우리는 일등과 꼴찌 논쟁을 계속했다. 검문소를 통과하고 나자 의자 깊숙이 몸을 기대며 뒷자리를 흘낏 쳐다보았다.

두 녀석은 전혀 모르는 사이처럼 따로따로 앉아서 담배를 피우고 있었다. 만약 검문소 순경이 녀석들을 수상하게 보아서 데리고 내려간다면 내가 도리어 공치게 되는 것이었다.

"내릴 때 다혜가 먼저 내려. 난 녀석들하고 함께 내릴 테니까."

"괜찮겠어? 자신 있어?"

염려스러운 표정이었다.

"걱정 마. 내 짐을 가지고 내려."

"난 공범자가 되기 싫은데."

"공범자는 내 의식뿐야."

"날 실망하게 하지 마."

"물론."

고속버스가 천천히 터미널로 들어갔다. 안내원이 차가 완전히 멈출 때까지 앉아 있으라고 했지만 갈 길이 먼 막차 손님들은 벌써 짐을 챙겨 들고 나섰다.

"어서, 먼저 내려."

내가 다혜의 등을 밀어 내보내고 천천히 일어났다. 녀석들이 일어났다. 한 녀석은 키가 컸고 한 녀석은 작았다.

두 녀석 가운데 키가 작은 녀석을 뒤지면 틀림없이 성공할 것 같았지만 혹시 몰라서 두 녀석 다 뒤질 생각이었다.

키 작은 녀석이 먼저 나섰다. 나는 녀석의 뒤에 바짝 붙었다.

키 작은 녀석은 내가 제 호주머니를 마음대로 뒤져보고 있는 것도 모르고 있었다.

"쌔애끼. 좀 더 깊은 곳에 감추지 않고……."

나는 녀석의 호주머니에서 정확히 이십만 원을 빼내어 내 호주머니에 넣었다. 그러고는 걸음을 늦춰 키 큰 녀석이 내 옆을 스쳐 지나갈 때까지 기다렸다. 키 큰 녀석은 작은 녀석보다 예민해 보였다.

키 큰 녀석에게 또 붙었다. 녀석은 내가 달라붙은 걸 조금 꺼리는 동작을 했다.

'아무리 그래 봐야 소용이 없어. 어차피 네 지갑은 내가 빼낼 테니까.'

나는 속으로 이렇게 말했다. 하느님이 내 솜씨를 지금 관찰하고 있다면 아마도 기절하겠지.

녀석의 지갑을 빼내 뒷주머니에 넣고 창밖에 서 있는 다혜에게 손을 흔들어 보였다. 성공했다는 내 신호를 그녀는 빨리 알아챘다.

"성공이지?"

내가 내려서자 다혜가 팔짱을 끼며 물었다.

"녀석들 지갑까지 빼버렸어."

"알아줘야겠군. 혹시 내 건 빼간 거 없어?"

"앞으로 빼갈 거야. 한두 개가 아니라 다혜를 몽땅."

"히힛!"

어디 그럴 자신이 있으면 해보라는 투였다. 나는 정말 언제고 다혜를 모두 훔쳐올 생각이었다. 육체는 물론이고 정신까지 남김없이 훔쳐올 생각이었다.

"좀 더 빨리 가자. 쟤들 노는 꼴을 좀 봐야 하니까."

우리는 걸음을 빨리했다. 키 작은 녀석이 뒤를 힐끔 쳐다보고 난감한 표정을 지었다. 큰 녀석이 뒤를 똑같이 바라보고는 고개를 저었다.

"이제사 돈 없어진 걸 안 거야. 공친 걸 안 거지."

"쟤들 기분이 어떨까?"

"유쾌하진 않겠지. 뭐라고 위로를 좀 해주고 싶은데."

"참아. 그러다가 괜히……."

다혜가 팔짱을 더 꼭 끼었다.

"지갑도 돌려줘야 하고……. 작은 녀석이 변명이라도 하게 해야지 않겠어?"

"관둬. 제발 관둬."

"아무 일도 없을 거야. 쟤들도 할배는 알아보니까."

나는 다혜의 팔짱을 풀고 천천히 녀석들에게 다가갔다. 녀석들의 눈빛에서 살기가 돌았다. 나는 호주머니에서 지갑을 꺼냈다.

"어이 형씨들, 이거 당신들 거 아녀? 좋은 지갑을 버리고 다녀서야 쓰나."

내가 지갑을 던졌다. 키 큰 녀석이 안주머니를 만지고는 놀라는 표정을 지었다. 작은 녀석의 손이 허리께로 들어갔다. 일전을 불사할 태세였다.

"지갑 가지고 곱게 가시지그래. 어디가 부러지면 당분간 밥벌이도 못할 텐데. 안 그런가? 내 말이 틀렸나?"

"형씬 누구요?"

키 큰 녀석은 눈치가 빨랐다. 그렇게 묻는 데는 그 나름의 계산이 섰다는 증거였다.

"나야 돌팔이지. 그러나 형씨들 정도는 가지고 놀아줄 수가 있어. 솜씨를 봐서 할배 같지 않은가?"

그리고 나는 천천히 돌아섰다. 키 작은 녀석이 칼을 꺼냈다. 나는 다시 천천히 돌아섰다. 키 큰 녀석이 작은 녀석을 막았다.

"형, 참을 거요?"

작은 녀석이 식식거렸다. 나는 작은 녀석에게 다가갔다. 녀
석은 칼을 들고 내게 덤볐다.

한 번, 두 번, 녀석은 고꾸라졌다. 그리고 나뒹굴었다. 키 큰
녀석이 무릎을 털썩 꿇었다.

"불쌍한 사람은 털지 마."

돌아섰다.

다혜가 배시시 웃었다. 다혜, 넌 내 거다. 널 훔칠 거다.

늑대는 야심한 밤에 역사를 만든다

다혜, 널 훔치고 싶다. 아니 나는 오늘 밤에 우리들의 역사를 꼭 만들 테다.

우리는 부지런히 걸었다. 택시정류장 쪽은 한산한 편이었다. 나는 다혜가 눈치채지 않게 시계를 들여다보았다. 다혜가 굳이 집으로 가겠다고 한다면 말리기 어려운 시간이었다.

하느님, 밤이 늦었습니다. 제발 다혜를 오늘 밤만이라도 내게 묶어놓아 주십시오.

갑자기 발목이 삐어도 좋고 복통을 일으켜도 좋습니다. 한 방에서 잠잘 수 있게만 해주신다면 다혜를 내 것으로 만들겠습니다.

　다혜는 부지런히 걸었다. 내가 조금 늦춘다고 해서 상황이 바뀔 만한 촉박한 시간은 아니었다.

　"다혜."

　나는 조금 크게 불렀다. 다혜는 뒤돌아섰다. 그 순간에 나는 할 말을 잊어버렸다. 아니 그녀의 큰 눈망울을 보는 순간 가슴속에 있던 말을 할 수가 없었다.

　'널 몽땅 갖고 싶다.'

　나는 이렇게 속으로만 말했다. 다혜는 다시 걷기 시작했다.

　"다혜. 저 아줌마가 아까 그 아줌마 아냐. 얘기 좀 걸어볼까?"

　나는 어떻게 하든 시간을 끌어볼 속셈이었다.

　"저 아줌마가 그런 걸 고마워할 줄 알아? 괜히 그랬다가……."

　"고맙다는 인사를 받고 싶어서가 아니라 저 아줌마 자신이 너무나 의아해하는 문제를 풀어주고 싶어서 그래."

　"세상은 조금씩 모르면서 사는 게 현명한 거야."

　다혜는 이렇게 말하고 빙그레 웃었다. 통상 내가 사용하던 말을 흉내 냈기 때문이다.

　"인생은 짧은 거예요, 다혜 씨."

　"사람 산다는 게 다 그런 거예요, 총찬 씨."

우리는 이런 식의 말싸움을 하며 걸었다. 돈을 잃었던 여자와의 거리는 상당히 가까워졌다.

"난 보통 사람과 달라. 신문에 은행강도 사건이 날 때마다, 은행에서 털린 액수가 천만 원 정도이고 사람을 다치게 하지 않은 자식들이라면 나는 왠지 은근히 그 녀석들이 잡히지 않기를 빌어. 돈이 억수로 많은 은행이니까 그까짓 것이야 푼돈으로 결손처리를 하면 될 것이고……. 형편 무인지경인 한 놈쯤은 잘살 수 있고……."

"솔직히 말한다면 찬이가 은행을 기가 막히게 털고 싶은 거 아냐?"

"이크 들켰네."

나는 이렇게 대답했고 다혜는 깔깔거리며 웃었다. 정말 나는 다혜 말처럼 은행을 털고 싶었다. 외국 영화에 나오는 그런 은행갱과는 수법이 다른 기가 막힌 방법으로 말이다.

"아주머니, 돈을 찾게 돼서 다행입니다. 큰일 날 뻔하셨어요."

잰걸음으로 걷던 여자가 나를 힐끔 쳐다보고 핸드백을 꼬옥 쥐고 씨익 웃었다.

"그러게 말예요."

경계의 빛이 뚜렷했다.

"어디까지 가시죠?"

"다 왔어요. 집이 가까워요."

그녀는 나를 경계하기 위해 거짓말을 하고 있었다.

"어서 가. 늦었단 말야."

다혜가 나를 끌었다. 다혜다운 행동이었다. 내가 그녀에게 충격을 주는 게 싫었던 모양이었다.

"자아, 그럼 안녕히 가세요."

우리는 그녀를 앞질러 택시를 탔다.

"어디 갈 거야?"

택시에 타자마자 내가 물었다. 다혜는 말없이 시트에 깊숙이 기댔다.

"명동으로 가자. 한판 신나게 흔들어서 응어리를 풀어볼래? 정신위생학적으로 좋잖니?"

"꼬시네."

다혜는 싫지 않은 듯이 대답했고 운전사는 스물스물 웃었다.

명동 거리는 썰물 때의 바닷가 같았다. 명동 중심에서부터 사람들이 바깥으로 빠져나가기 위해 초저녁 때보다 더 복작거렸다.

"일단 이 보따리나 좀 맡겨놓고 따지자."

나는 보따리를 아는 가게에 맡겨놓고 홀가분한 기분으로 나왔다.

자정이 가까워졌다. 번화했던 조금 전까지의 명동 거리는 말끔히 과거를 잊은 것 같았다. 가로등 불빛마저 군데군데 이가 빠져서 더 을씨년스러워 보였다. 과연 통행금지라는 것이 무섭긴 무서운 모양이었다.

그 숱한 사람들이 모두 어디로 가버렸단 말인가?

도망가버렸을까? 아니면 숨어버렸을까? 아니 어쩌면 그 빼앗긴 네 시간이 억울해서 악착같이 찾아먹기 위해 눈에 띄지 않게 숨어 있는지도 모른다.

우리들의 하루에서 네 시간씩을 압류해 버린 저 비극의 그림자. 나는 이 네 시간 동안에 다혜를 내 것으로 만들어야 하는 것이다. 현명한 사내들은 이 통행금지를 얼마나 잘 이용하는지 모른다.

그리고 현숙한 여자들은 이 네 시간 동안에 자주 그럴듯한 핑곗거리를 만들 수 있는 것이다.

우리나라의 사랑의 역사는 어쩌면 저 통행금지라는 중매쟁이 때문에 수월해진 건 아닐까?

우리들이 골목길로 들어서자 여관 간판이 깜빡거리고 있었다. 고장난 형광등을 일부러 갈지 않았는지도 모르겠다.

"저놈의 형광등은 왜 갈아치우지 않는 거야? 우리를 유혹하려고 그러는 것인지도 몰라."

다혜는 내 말에 아무 대꾸도 하지 않고 시계를 보았다.

"지금 엉큼한 생각하고 있는 건 아니겠지."

다혜는 항상 눈치가 빠른 여자였다.

"엉큼하다니……."

나는 이렇게 부정해 놓고 다혜가 만만찮은 여자라는 게 싫었다. 그까짓 정조가 뭐가 대단하다고. 인생은 짧은 거예요, 다혜 씨. 어차피 죽어버리면 한 줌의 흙인 거예요. 살아 있는 동안 모든 건 해치워야 해요. 노세 노세 젊어서 노세. 늙어지면 못 노나니…….

"편히 잠을 자겠니, 아니면 밤새 흔들어버릴래?"

마음이 약해진 나는 다혜에게 선택권을 주었다. 다른 여자라면 내가 이처럼 허약해질 리가 없었다. 무슨 짓을 하더라도 역사를 만들어버릴 것이다. 그러나 다혜에게만은 차마 그렇게 할 수가 없었다.

"쉬고 싶지만……. 늑대와 단둘이 쉬느니 차라리 피곤하고 싶어."

"그건 피차 마찬가지다. 나도 여수 같은 여자한테 홀리고 싶진 않아."

얼떨결에 이렇게 말을 받았다. 다혜는 큰 눈을 더 동그랗게 뜨고 반격을 할 태세였다.

"그러나 난 여수 같은 여자를 좋아해."

내가 재빨리 말을 바꾸었다. 다혜가 피식 웃었다. 그 여우 같은 여자라는 소리가 기분 나쁜 것만은 아니라는 걸 그녀도 알고 있었다.

우리 어머니 표현대로라면 여우 같은 여자는 모두 예쁜 여자를 지칭하는 것이기 때문이었다.

"그럼 가자. 우리들의 체중을 아낌없이 줄여보자."

내가 앞장서서 고고홀의 간판이 보이는 쪽으로 갔다.

"뭐 하러 일찍 들어가려고 그래? 좀 더 걷지."

다혜가 느릿느릿 걸으며 대꾸했다. 시간은 조금 여유가 있었다. 자정이 임박한 명동 거리는 정말 우리 두 사람에겐 기분 좋은 거리였다. 무섭게 득시글거리던 명동이 이렇게 한산할 수 있을까?

두 바퀴쯤 명동의 골목을 돌았다. 분침과 시침은 거의 자정 근처로 가 있었다.

"어이 여우 씨, 이젠 적당한 곳으로 들어갑시다. 더 돌아다니다가는 파출소로 끌려가서 현금을 압류당하고 욕지거리를 퍼 먹고 정강이나 따귀를 무상으로 빌려주게 됩니다."

"그래요 늑대 씨. 나는 유상으로라도 정강이나 따귀를 빌려 주긴 싫은데요."

"역시 우린 천생의 연분이네요."

"늑대와 여우는 비슷한 거니까요."

"썩 잘 어울리는 한 쌍이지요."

"쉿!"

다혜가 손가락을 입에 대고 조용히 하라고 했다. 멀찍이에서 방범대원 두 명이 걸어오고 있었다. 다혜는 얼른 시계를 들여다보았다.

"아직 오 분 정도는 남았어."

다혜가 안심이 된다는 듯이 말했다.

"다혜는 자신이 차고 있는 시계를 너무 신임하는군."

"비교적……"

"이럴 때 우리들의 시계는 아무런 쓸모가 없어. 방범대원의 시계 맘대로인 거야."

"내 시계는 아침에 라디오에 맞춘 거야."

"우린 방범대원의 시계를 존중해야 돼. 현명한 사람은 그 정도는 알아야지."

"통행금지는 정확히 자정부터야. 우린 악착같이 남은 시간을 돌아다닐 권리가 있어."

"그건 다혜 마음속으로 정한 의무지 권리가 아냐."

"어쨌든 우리는 법을 지키고 있는 정당한 보행자야."

다혜가 야무지게 말하고 또박거리며 걸었다.

방범대원이 가까이 왔다. 그들은 우리들을 자세히 쳐다보았다. 나는 그 순간에 방범대원의 시계가 고급품이기를 바랐다.

우리도 시계를 보았다. 방범대원은 씨익 웃고 지나갔다. 우리도 씨익 웃었다. 정확히 통금까지는 삼 분이 남아 있었다. 그들의 시계도 그랬던 것 같았다.

"찬이가 왕국을 세우면 통금 같은 건 없어지겠지?"

다혜가 잰걸음으로 걸으며 물었다.

"아무렴. 통행금지는 사내들에게 핑곗거리만 주는 거야. 그리고 도둑놈에게 묵시적 활동시간을 준 것이 돼버렸어. 처녀를 훔친 경험을 가진 사내들은 반대하겠지만……. 아니 어쩌면 처녀를 빼앗긴 여자들도 반대할지 모르지만."

"경험 많은 사내하고 다니니까 배우는 게 많아서 좋아."

"날 너무 그렇게 취급하지 마. 나도 한때는 너무 순진해서 여인숙이란 데가 여자들만 자는 곳이라고 생각한 적도 있었어. 그리고 나도 사내지만 세상의 모든 사내들이 모두 늑대 같은 놈들이라고 생각했었고 모든 여자는 마치 천사가 되려다 만 것처럼 착각해 본 적도 있었어. 그러나 난 철이 조금씩 들면서 사람이 어우러져 사는 게 참 별게 아니라는 걸 알았지. 늑대와 여우가 얼크러져 사는 것과 다를 게 없다는 걸 배웠어. 그래서 난 보통 늑대는 되지 않겠다고 맹세했어. 늑대 가운데 가장 탁월한 늑대, 왕초 늑대가 되고 싶었어. 그런데 알고 보니 나보다 잘난 늑대가 너무나 많아. 이런 통행금지 따윈 우습게 아는 늑대를 볼 때마다 나는 초라하게도 한 마리의 작은 새가 되고 싶어. 걸리지 않고 집에 갈 수 있기만을 바라는 형편없는 늑대라는 걸 분통 터지게 시인하게 돼. 약이 올라 미치겠어. 나는 도깨비가 가지고 다닌다는 요술방망이나 요술 램프, 열려라 참깨 하면 열리는 그런 동굴을 갖고 싶어. 아냐 그렇지 않아도 좋아. 무협지에 나오는 도사만큼만 장풍실력이 있었으면 좋겠어. 난 우리 어머니가 나를 판사 되라고 비는 마음을 알 것 같애. 나는 나보다 잘난 놈은 사그리 쓸어버리고 싶어. 내가 최고이고 싶어. 여자는 모두 그냥 살아 있고 사내들만 어느 날 갑자기 몰살하고 나만 살아 있을 수만 있으면 좋겠어. 그렇게라도 난 왕초이고 싶어. 제기랄, 얘기해 놓고 보니까 내가 쪼다일세."

"알긴 아는구나."

다혜가 내 발작증세 같은 황당한 소리를 가볍게 받아넘겼다.

우리가 호텔 쪽으로 방향을 바꾸자 멀리서 호루라기 소리가 외마디처럼 들려왔다. 시계를 보았다. 자정이 깜박 넘은 시간이었다.

"찬이는 춤을 잘 춘다고 생각해?"

"준수한 편이지."

표를 끊고 들어서면서 나는 아련히 내 춤솜씨가 어째서 준수한 편이라고 자찬하는지를 생각했다.

처음 대학교에 들어갔을 때부터 나는 서울 놈들을 무조건 미워하는 편이었다. 나보다 잘나 보이는 놈들이었기 때문이기도 했고 내가 촌놈이라는 자격지심 때문이었다.

신입생 환영회가 열렸다.

호화스러운 무대 위에 텔레비전에서나 보았던 가수와 악대가 얼크러졌다. 서울 놈들은 뼈가 없는 것처럼 잘도 흔들어댔고 하나같이 혀 꼬부라진 노래들만 불러댔다.

계집애들도 남학생들과 어울려 그놈의 엉덩짝을 뱅글거리며 돌렸고 출렁거리는 가슴으로 디스코를 추었다.

내가 그때처럼 촌놈이란 것에 약이 올라 주눅이 든 적이 없었다. 나는 구경을 하다 말고 밖으로 나와서 소주 두 병과 쥐포를 사 들고 잔디밭으로 갔다.

서울을 싹 불 질러 버려야돼. 로마의 황제 네로를 우리는 존경해야 돼. 저런 싸가지 없는 것들이 사는 서울을 왜 여태 그냥 둔 거야.

하느님은 사기꾼야. 불바다를 약속해 놓고 여태 뭐 하는 거야.

소주 두 병을 홀짝거리며 다 마시고 난 나는 빨갛게 된 얼굴을 꼿꼿하게 세우고 강당으로 들어섰다.

서울 놈들에게 져선 안 돼. 절대 안 돼. 내가 어떤 놈이라는 걸 보여줘야 돼. 제까짓 것들이 춤을 추면 얼마나 잘 추고 노래를 부르면 얼마나 잘 부른다는 거야.

내가 누군 줄 알아? 성은 장가(張哥)이고 이름은 총찬이야. 꼽추춤, 병신춤에다가 각설이타령과 육자배기를 뽑아놓으면 제까짓 것들이 기죽지 않고 배겨.

나는 무대 위로 뛰어올라갔다. 사회자가 느닷없이 뛰어올라온 나를 제지하고 나섰다. 나는 사회자를 불러 귀를 잠깐 빌려 속삭였다.

"나한테 까불면 배때지에서 빨랫줄 나와. 끽소리 말고 시작해."

아주 들릴까 말까 한 작은 속삭임이었다. 사회자는 슬그머니 마이크를 넘겨주었다.

"각설이타령!"

나는 소리를 버럭 질렀다. 악대가 전주곡을 넣는 사이에 나는 춤을 추었다. 학생들이 까르륵거리며 웃었다.

나는 목청을 뽑아 각설이타령을 읊기 시작했다. 학생들이 박자를 맞추며 박수를 쳤다.

봐라, 이 자식들아.

나는 정신없이 흔들어댔다. 학생들이 뛰어나와 템포가 빨라진 각설이타령의 곡조에 맞춰 디스코를 추었다.

사회자가 내게 와서 나지막한 소리로 그만둬달라고 사정했다. 나는 그런 사회자의 턱을 갈겼다. 사회자가 벌렁 뒤로 나자빠지자 악대의 음악이 일시에 멈췄다.

"이런 우라질 새끼들 풍악을 울리란 말야!"

그래도 악대는 가만히 있었다. 어쭈! 이것들이 날 촌놈으로 봐.

"야 이 거적 같은 새끼들아. 그 서양 깽깽이를 울리란 말야! 내 말 안 들려?"

나를 노려보고 있는 악대를 향해 돌진한 나는 닥치는 대로 마이크를 휘둘렀다.

녀석들은 악기를 팽개치고 도망갔다. 사회자도, 가수도, 앞줄에 앉아 있는 신사복 차림의 어른들도 모두 도망가버렸다.

"야 이 서울 놈들아! 몽땅 덤벼라. 머리통을 까부셔버릴 테니까."

나는 악을 쓰며 마이크를 휘둘렀다.

조금 후에 좌석에서 도망가지 않은 패거리들이 콩나물 대가리처럼 일어났다.

첫눈에도 썩 독기가 있어 보이는 패들이었다. 나는 가슴이 철렁 내려앉는 걸 알았다. 저렇게 말 한마디 없이 걸어서 여유 있게 나를 향해 오는 놈들이라면 보통 깡치가 센 놈들은 아닌 성싶었다.

'저놈들이 말로만 듣던 진짜 서울 깡패들이구나.'

나는 그때 그런 생각을 했다. 싸울 때 웃통 벗어 들고 소리치는 놈은 무서워할 필요가 없지만 저렇게 소리 없이 달려드는 놈들은 보통내기가 아니라는 걸 나는 알고 있었다.

그 패들은 내 멱살을 옭아 쥐고 밖으로 끌고 나갔다.

그 뒷얘기는 여기서 차마 할 수가 없다. 나도 자존심만은 악착같이 살아서 꿈틀거리는 놈이니까.

아무튼 인간은 서로 사랑해야 한다. 그렇지 않으면 나를 건드린 녀석들처럼 묵사발이 되는 수밖에 없는 것이다.

하느님, 하느님은 어디든 계신다니까 그때의 장면을 소상하게 보았겠지요. 그리고 낄낄거리며 웃었죠. 기분이 얼마나 좋으셨습니까? 박수를 치며 좋아했겠죠.

하느님. 제발 우리 사람끼리 사랑하게 내버려두세요.

나는 그때부터 그놈의 서양춤과 서양노래를 배우느라 용돈과 시간과 육체를 마구 써먹었다. 그렇게 해서 얻은 것이 반쯤 서울 놈 흉내를 낼 수 있게 된 것이다.

고고홀의 조명은 지옥과 천당의 불꽃이 얼크러진 것처럼 마구 흔들리고 있었고 음악은 귀청이 따가울 정도로 시끄러웠다.

다혜는 불빛 속에서 요염하게 보였다. 앞가슴 단추가 금방 떨어질 것같이 팽팽한 육체에 작은 지진이 일어나고 있었다. 내 아랫도리가 꿈틀거렸다.

하느님, 기필코 이 여자를 오늘 밤 해치우고 싶습니다. 꼭 훔치겠습니다.

현란한 불꽃놀이였다. 그리고 고막이 얼얼하도록 따가운 곡조들이 살갗마저 흔들리게 할 것 같은 분위기였다. 고고홀 실내를 쩌렁쩌렁 울리게 하고 난 음률은 술상과 술병과 의자까지도 흔들어놓을 것 같았다.

빈자리가 없어서 우리들처럼 합석한 사람들도 많았다. 조명 때문에 흔들고 있는 사람들은 모두 잘생긴 사람들뿐이었다. 특히 하얀 원피스 차림의 여자들은 금방 하강한 천사들 같았다. 천계(天界)의 신선들이 어우러졌다고 하는 표현이 적당할 것 같았다.

숨이 가빠지지 않고 못 배기는 곳, 아무라도 들어서기만 하면 선남선녀가 되는 그런 곳이었다.

"여기 와보면 하느님이 실패한 것 가운데 하나가 태양이라는 걸 알게 돼. 인간은 어둠 속에서 가장 아름다운 거야."

다혜의 귀청 가까이에 대고 소리 질렀다. 소리 지르지 않고는 서로 의사소통을 할 수 없는 곳이었다.

"늑대는 야심한 밤에 역사를 만들지."

땀을 닦으며 다혜도 큰 소리로 대답했다. 나는 그녀에게 늑대라는 소리를 들을 때마다 기분이 좋았다. 그것은 마치 귀여운 여자가 '자기는 도둑이야'라고 새벽녘에 지껄이는 것과 같은 느낌이었다.

성숙한 여자는 늑대를 좋아하고 미숙한 여자는 늑대를 경멸하는 것이었다.

여자의 귀 가까이에 입김을 불어넣어주고 싶은 사내라면 마땅히 고고홀에 가야 한다. 서로 귀를 빌려주고 입김을 나누어주지 않을 수 없기 때문이다.

"밤새 흔들 자신 있어?"

"나는 흔들러 온 게 아냐. 마음도 몸도 유연해지고 싶어서 온 거야."

"오랜만에 다혜가 진실만을 얘기했군. 절대 공감할게. 좋은 아이디어가 떠올랐어. 그동안 고민하던 거였는데……. 내가 왕국을 세우면 감옥을 없앨 거야. 죄지은 놈들을 모두 끌어다가 초호화판 고고파티를 열어줄 거야. 먹고 마시고 놀고 흔드는데 진저리를 칠 때까지 계속해서."

"그렇게 꼴찌들만 사는 나라에 무슨 죄인이 생겨?"

"너무 살기가 좋아서 생기는 죄니까 우려할 건 없어. 일테면 예배당 가는 길에 넘어져 다치면 그 목사를 고발한다거나 담배를 많이 피워서 건강이 나빠졌을 때 전매청을 걸어 고소한다거나, 농사가 너무 잘되어서 몇 년간 농사일을 하지 않아서 생긴 비만증 때문에 농수산부를 걸어 고소한다거나…… 아니면 너무 예쁜 여자 때문에 생긴 마음의 산란증 때문에 그 예쁜 여자를 고발한다거나 하는 죄 말야."

"내가 졌다."

다혜는 짤막하게 대답하고 템포가 빨라진 음악에 맞춰 몸을 신나게 흔들었다.

여자가 흔들릴 때마다 더욱 아름다워지는 것이 분명했다. 여자들에게 저 아기 도시락(유방)이 없다면 어떻게 될까? 양장점과 미장원과 목욕탕과 화장품을 만드는 회사와 요술헝겊 같은 여자 속옷 만드는 회사, 보석, 장신구, 뾰족구두, 거울, 손수건, 칫솔, 유행이라는 단어…… 모든 게 필요 없을 것이다. 아니 어쩌면 여자들은 코뚜레를 하고 밭갈이를 하고 있을지도 모른다.

아무튼 여자는 하느님을 믿어서 손해날 게 없다.

"쟤들은 왜 저렇게 흔들고 싶어 할까. 흔들지 않으면 누가 잡아가나?"

다혜 자신은 모처럼 들렀지만 다른 사람들은 매일 저렇게 흔드는 게 아니냐는 것 같았다.

"선생님 말씀 잘 듣고 공부 잘하고 나면 할 짓이 없잖아."

"요새 선생님 말씀 안 듣고 공부 못하는 애가 어디 있어?"

"하긴 그렇지."

"그렇지만 저렇게 밥만 먹고 밤새 흔들어서 어쩌자는 걸까?"

"세상이 점점 빨라지니까 적응-훈련을 하고 있는 거겠지, 머. 원자탄, 수소폭탄, 공해, 폭력, 지진, 빙하시대…… 모두 한 방이면 우린 끝장이야. 우리 윗사람들이 젊었을 땐 그렇게 급하진 않았지만 지금 우리는 급해. 언제 어디서 한 방 맞을지 모르거든. 그러니까 살아 있는 동안 모든 걸 해치워야 해. 빨리빨리 후딱후딱 살아야 돼. 이제 생명보험은 하느님한테 들어야 돼. 좌우간 급해."

"그래서 저렇게 정신없이 흔드는 거란 말야?"

"그렇다니까. 코 큰 애들이 미쳤다고 전속력을 놓고 내달리고 홀딱 벗고 지랄들 하는 줄 알아?"

"히힛!"

다혜가 괴성을 지르며 빠른 몸짓을 했다. 그녀의 이마에 땀방울이 맺혀 있었다. 조명을 받은 땀방울은 그녀의 이마에 보석을 달아주었다.

큰 소리로 얘기를 하고 나자 목이 말랐다. 방앗간 기술자가 평소에도 목청이 큰 이유를 알 것 같았다. 우리는 서로 목마르다는 것을 알고 있었다.

나는 그녀를 마시고 싶었고 그녀는 맥주를 마시고 싶었을 것이다. 우리는 그럴수록 더 몸을 흔들었다.

"곰뱅이춤이나 꼽추춤 한번 보여주지그래?"

여자는 분위기에 약한 법이었다. 흥겨워진 다혜가 나를 충동질했다. 인간은 언제고 주인공이고 싶어 하는 동물인 것이다.

나는 음악이 바뀌자마자 기묘한 동작으로 내 신체를 병신처럼 만들었다. 곱사등이에 절름발이 흉내였다. 그러고는 점점 무대 중앙으로 나갔다.

내 기묘한 동작선과 율동, 그리고 표정과 모둠뛰기하는 동작을 바라본 사람들은 하나둘씩 자리를 비켜주었다.

나는 무대 중앙에 섰다. 다혜가 재빨리 웃옷을 벗어 내 등허리에 찔러 넣어주었다. 조명이 밝아지며 나를 따라왔다. 다혜가 탱고리듬을 따라 내 주위를 돌기 시작했다.

나는 사정없이 흔들었다. 아프리카 토인들의 춤사위에서부터 코 큰 애들의 날렵한 춤사위까지도 섞어 만든 내 독특한 모둠뛰기 춤이었다.

머리와 어깨와 팔다리가 제각기 흩어져 놀았고 뱃속 깊숙이에서 뻗어 나오는 괴성까지 질렀다. 원숭이 떼거리가 꽥꽥거리는 건 아무것도 아니었다. 사람들은 우리 두 사람만 무대에 남겨놓고 모두 제자리로 돌아갔다.

열정의 춤은 끝났다. 박수 소리와 휘파람 소리가 진동했다. 나는 다혜를 번쩍 안아 가볍게 입 맞추고 무대에서 내려왔다. 다혜는 그 순간에 입술을 빼앗겼는지조차 모르는 것 같았다.

자리로 돌아와 앉자 우리 두 사람이 밤새워 마실 만큼의 술병이 들어왔다. 부잣집 자식들도 이웃을 사랑할 줄은 알았다.

다혜의 얼굴이 약간 험상궂은 표정으로 바뀌었다. 입술이 도둑맞았다는 걸 안 것 같았다.

"비겁해."

매몰찬 한마디였다.

"난 정당해."

"……."

다혜는 나를 무섭게 노려보았다.

"그렇게 억울하면 파출소에 신고하면 되잖아. 여기 아주 파렴치한 입술 도둑놈이 있다고. 그러나 순경 아저씨는 나를 처벌하진 않을 거야. 현명한 순경 아저씨라면 다혜의 입술에 철조망을 처주겠지. 입술에 지뢰를 묻어놓든가."

"정말…… 도둑…… 노에다 미음(ㅁ) 같으니라구……."

"도둑놈. 조오치. 난 다혜에게만은 도둑놈이고 싶어. 아주 철저한 도둑놈, 다혜 거라면 하나도 남김없이 훔쳐올 수 있는 실력을 갖고 싶어."

"취했군."

다혜는 모든 것을 내 취기로 돌려버리려고 했다.

"술에 취한 게 아니라 다혜한테 취한 거야. 다혜, 사내가 여자한테 한판 승부를 걸자고 달려들 땐 그 사내의 진정 같은 걸 이해할 줄 알아야 돼."

다혜는 꼿꼿이 앉은 채로 거푸 맥주만 마셨다. 나도 다혜처럼 말없이 맥주잔만 거푸 비웠다.

"더 있을 거니? 나가자."

내가 먼저 침묵을 깨뜨렸다. 다혜가 빙그레 웃었다.

"아깐 미안했어. 그러나 비겁한 건 사실였잖아?"

"남의 입술을 훔치는데 누가 훔치겠다고 선전포고하겠어. 그런 사내는 거지한테 돈을 줘도 되느냐고 묻는 사내와 같은 거지."

"지금 통행금지 시간인데 어딜 나간다고 그래?"

"지루하고 답답하잖아."

"그렇긴 하지만 나갈 수가 없잖아."

"까짓것 나가보는 거야. 이왕이면 우리들의 빼앗긴 4시간을 악착같이 찾아먹는 거야. 어떻게 생겼는지도 봐둘 필요도 있고. 안 걸리기만 하면 벌금만큼 돈을 버는 거고."

호텔과 연결된 비상구를 열고 밖으로 나오자 찬바람이 골목길로 쏴아 밀려오고 있었다. 뎅구는 휴지들과 고장난 형광등 불빛밖에 움직이는 게 없었다.

"명동에는 숨을 곳이 많아. 도시 계획이 잘못된 게 이럴 땐 고맙지."

내가 성큼성큼 앞장서자 다혜가 주춤거리며 따라왔다.

"팔짱을 꼭 껴. 귀신이 나오기 전에는 결코 혼자 도망가지는 않을 테니까, 염려 마."

"귀신이 나오면 튀겠다는 거야?"

"그건 그때 가봐서."

"귀신 잡는 소년이 말 아니게 됐네."

큰길로 조금만 올라가면 파출소가 있기 때문에 우회전 해서 골목길로 돌아가야만 했다. 골목길도 끝까지 보였다. 아무도 얼씬거리는 게 없었다.

우리가 길을 건너 골목길로 꺾어 돌자 앞골목에서 발자국 소리가 들렸다. 다혜가 숨소리를 죽이고 나를 더 힘주어 잡았다.

"방범대원인가 봐."

"우리는 도둑이 아니니까 방범대원을 무서워할 필요가 없어."

"피이! 아까는 방범대원 시계까지 조심해야 한다고 해놓구선."

"어쨌든 수고하시는 그들을 피곤하게 하거나 놀라게 할 필요까지는 없겠지."

우리는 건물 계단 옆에 바짝 붙었다. 아무리 생각해도 우리는 건물의 벽처럼 납작해지기를 지금 바라고 있는 것이었다.

"난 이럴 때마다 투명인간이고 싶어."

"쉿!"

다혜가 내 입을 막았다. 방범대원 두 명이 걸어오고 있었다. 우리는 숨을 죽이고 벽에 붙어 있었다. 방범대원은 우리 앞을 그냥 지나쳐 갔다.

"수고하시는 저 아저씨들에게 복을 내려주소서."

다혜가 속삭이는 소리로 이런 기도를 했다.

"다음 골목에서 또 만나면 그런 소리 않게 되겠지."

우리는 골목으로 골목으로만 우회했다. 명동 골목은 언제

보아도 친근감이 가는 곳이었다. 파출소를 끼고 우회하여 다시 큰길까지 돌아 나왔을 때 우리는 다시 숨을 수밖에 없었다. 이번에는 순경 아저씨였다.

"높은 사람한테 얘기해서 순경 아저씨들 고생 좀 시키지 말라고 해야겠어. 밤에 감기 걸리면 어쩌려고 자지도 못하고 돌아다니게 해."

다혜가 여유 있는 목소리로 이렇게 말했다. 순경은 천천히 걸어서 우리들 곁을 스쳐 지나갔다. 다혜가 말없이 순경의 뒤통수에다 대고 절을 했다. 나는 그런 다혜를 끌어안았다.

"소리 지르면 들켜. 벌금 내고 재판 받고!"

낮은 목소리였지만 위엄 있게 한마디를 했다. 다혜는 내 가슴에 안긴 채 어이가 없다는 듯이 웃었다.

"앞으론 결코 저녁 일곱 시 이후에 단둘이 있진 않을 거야."

다혜가 몸을 빼내며 말했다.

"나는 그놈의 통금을 자꾸 어길 거야."

그러나 우리는 난처했다. 골목길이 많은 곳까지는 무사히 빠져 나왔지만 큰길에서 성모병원을 다 지나갈 때까지는 숨을 만한 곳이 없었다.

"날 따라와, 빨리."

나는 다혜의 손을 잡고 빠른 걸음으로 걸었다. 성모병원 울타리에 바짝 붙어 좌우를 살핀 뒤에 다혜를 먼저 넘어가게 했다.

우리는 여유 있게 성모병원과 명동성당의 울타리를 타고 걸었다.

"누구요?"

수위실에서 목청 굵은 소리가 튀어나왔다.

"바람 쏘이러 나왔어요. 하루 이틀도 아니고 지겨워서 원⋯⋯."

내가 능청스럽게 대꾸했다.

"입원실요?"

"예, 삼백삼 호요. 환자도 환자지만 이러다가 우리도 환자 되겠어요."

수위는 우리를 위아래로 훑어보고 졸린 듯 하품을 했다.

"어서 올라가쇼들. 감기 들면 정말 입원하게 될지도 모르니까요. 신혼이신 모양인데⋯⋯ 안됐습니다."

수위의 상상력을 나는 존경하고 있었다. 다혜가 어깨를 들썩거리며 키득거렸다.

쪽문으로 들어가 지하실 쪽 계단에서 막아놓은 출입금지판을 치우고 내려갔다. 지하실에는 응급실이 있었다.

"여기서부턴 다혜가 나를 인도해 봐."

일단 병원으로 들어왔기 때문에 다혜에겐 안도감이 생긴 것 같았다. 병원 일이라면 자신이 있을 것 같았다.

"난 아직 간호원이 아냐. 간호학과 졸업생일 뿐이지."

"그럼 내가 하자는 대로 할 거야?"

"나를 훔치려 드는 것 빼곤 뭐든지."

"정말 내가 훔치면 안 되겠니?"

"난 순결하고 싶어. 그것만은 도둑맞고 싶지 않아. 날 그렇게 봤다간 다시 못 만나게 될 거야."

"도둑맞지 않고 훔치지 않고 서로 주고받을 수도 있잖니?"

"언어의 유희지. 그 얘기는 더 하지 마. 부탁야. 이 이상 더 하지 마. 알았어?"

"……."

나는 고개를 끄덕거렸다.

하느님.

뭐 뾰족한 수가 없겠습니까? 여자 마음이 후딱 돌아서버리는 알약 같은 거나 부적, 굿, 최면술 따위라도 말입니다. 하느님, 당신이 인간을 만들었다니까 잘 아시겠지만 사내 나이 스물두 살이라면 얼마나 마음과 몸이 급한지 알 거 아닙니까.

하느님. 나도 알 만큼은 아는 사내인데 도대체 여자의 마음을 알 수가 없습니다. 여자들은 정말 마음과 몸이 급하지 않은 겁니까? 웬만하면 알려주세요. 혹시 하느님도 여자 마음은 모르는 거 아닙니까?

"어딜 가려고 그러는 거야?"

삼일로 육교를 건너며 다혜가 불안한 듯이 물었다.

"성모병원 시체 안치실."

"영안실엔 왜?"

"무사하고 편케 밤샘하자면 최적의 장소니까. 다혜도 도둑맞지 않을 장소지."

"하필 영안실엔……."

"간호원이 그까짓 시체를 무서워하다니. 시체는 한 줌의 흙일 뿐야."

다혜가 고개를 갸우뚱거렸다. 그리고 갑자기 손뼉을 쳤다.

"아하! 노름하러 가는 거지? 그렇지?"

다혜는 내 속셈을 알아챈 것이었다.

"노름이란 표현을 쓰지 마. 돈이 많아서 주체할 수 없는 사람의 짐을 조금 덜어주러 가는 거니까."

용돈이 궁해지면 내가 더러 돈을 마련하러 가는 곳 가운데 하나가 종합병원의 시체 안치실이란 얘기를 언젠가 다혜에게 한 적이 있었다.

"다혜. 같은 일이라도 이렇게 생각해 봐. 세계는 한 가족이다. 우리의 이웃이 죽어서 그 가족들이 슬퍼하는데 우리가 이근처까지 와서 그냥 갈 수는 없잖아. 경건한 마음으로 들어가서 문상객들이 덜 외롭게 같이 놀아주는 거라고 생각해."

"저러다가…… 내가 죽어도 저럴까?"

"지금 죽으면 너무 슬퍼서 따라 죽을 거고 나하고 결혼한 후에 죽으면 더 슬퍼서 따라 죽을 거고……."

"공갈치는 데 세금도 붙지 않으니까 철판 깔고 하는 게 남보기도 좋지."

"그러지 마. 나도 순정은 있다구. 마누라가 죽었을 때 슬피 울다가 화장실에 들어가 새장가 갈 것이 좋아서 혼자 키득거리며 웃을 놈은 아니라구."

"조금만 따."

"물론이지. 그들도 같은 인류인걸."

나는 시체실의 그 우악스런 철제 서랍 속에 누워 있는 시신 위에 노자를 놓고 나오는 사내였다. 물론 그의 짠지 같은 생전의 동료들 돈이지만.

어쨌든 문상객들이 돈푼이나 있는 사람들이었으면 좋겠다. 날이 밝으면 공민학교 애들의 학용품과 동화책을 사줄 만큼만 딸 수 있게 말이다.

화투판이라면 어디든 좋았다. 화투가 서너 판만 돌면 나는 화투의 패를 모조리 읽을 수 있기 때문에 내 마음먹기에 따라서 그 판을 흔들어놓을 수 있었다.

다혜는 알고 있었다. 내가 계룡산에 들어가서 화투공부를 제대로 했다는 사실을.

그때 화투뿐 아니라 소매치기와 백 장 묶음의 새 돈을 세면서 감쪽같이 두 장쯤 감출 수 있다는 것을······.

"딴 돈 가지고 허튼 데 쓰진 않겠지."

다혜가 육교의 계단에 서서 내게 손가락을 내밀었다. 나는 손가락으로 약속을 해주었다.

하느님, 조금만 따지겠습니다. 홍길동 아저씨와 임꺽정 아저씨가 설마 지옥에 가 있지는 않겠죠?

"쉬잇! 저기……."

다혜가 영안실 쪽 길을 가리켰다. 방범대원이 걸어오고 있었다.

"눈 감아. 그리고 내 손을 살짝 잡고 따라와. 더듬거려야 돼. 눈먼 안마사를 생각해야 돼."

"봉사, 안마사……. 흐훗."

다혜가 눈을 감고 더듬거리기 시작했다. 방범대원이 우리를 발견한 것 같았다. 다혜는 조금 심하게 더듬었다.

"금방 눈먼 봉사 같애. 조금 능숙하게 해. 눈을 너무 꼭 감아도 안 돼."

내가 속삭이듯 말했다. 더듬던 다혜의 동작이 조금 좋아졌다.

"그냥 지나갈까?"

다혜가 걱정스러운 듯이 물었다.

"눈먼 사람들에게까지 통행금지가 적용될 필요는 없잖아. 낮이나 밤이나 같은 걸 머. 통행금지란 눈 뜨고 돌아다니는 사람에게나 필요한 거니까."

"양심적인 판사 하나가 가련하게 썩고 있네."

"알아줘서 고마워."

방범대원이 가까이 왔다. 나는 꾸벅 절을 했다.

"방범대원 아저씨야, 미스 서."

내가 다혜의 귀청 가까이에 큰 소리로 말했다. 다혜가 꾸벅 절을 했다.

"미안해요, 아저씨, 맨날 늦어서……."

방범대원이 다혜의 얼굴을 바짝 들여다보고 고개를 약간 흔들었다.

"못 보던 앤데."

"털보네 집에 새로 온 아가씨예요."

내가 재빨리 대답했다.

"꼰대보고 우리 배고파죽겠다고 해라."

"아저씨가 직접 얘기하세요. 잘못했다간 우리만 미움 받아요."

"한번 간다고 그래."

"예, 수고하세요."

우리는 돌아서서 걸었다. 방범대원이 뒤통수에다 대고 물었다.

"오늘도 쪽바리였냐?"

"누가 아니랍니까? 그 새끼들 죄다 옴 걸렸나 봐요. 긁어주지 않으면 자빠져 자질 않아요."

"으흐흐흐……."

방범대원의 웃음소리가 묘하게 들렸다. 다혜가 눈을 뜨고 키득거렸다.

시체 안치실 문을 열고 들어서던 다혜가 나를 흘끔 쳐다보고 한쪽 눈을 찡긋해 보였다.

"고양이라도 한 마리 울었으면 좋겠다."

"으스스한 소리 하기 없기."

다혜가 장난스럽게 내 옆구리를 쳤다.

시체 안치실로 들어섰다. 아무도 우리를 눈여겨보지 않았다. 그들은 슬퍼하고 있거나 졸고 있지 않으면 화투판에 신경을 쓰고 있었다. 술상을 벌여놓고 망자에 대한 얘기를 하는 사람들조차 졸음기가 있었다.

오직 두 눈 똑바로 뜨고 있는 것은 노름패거리밖에 없었다.

향내가 콧속을 매캐하게 했다. 담배 연기마저도 향내가 났다. 망자의 대형 사진 네 개가 놓여 있었고 꽃바구니가 유독 큰 자리의 사진은 밝게 웃고 있는 사진이었다.

망자 자신이 죽었다는 사실에 만족하고 있는 것이나 아닌지 모르겠다. 그렇지 않으면 망자가 살아 있을 때 딱 한번 저 사진을 찍을 때만 웃었는지도 모르겠다.

"분향이나 하고 신세를 지지그래."

자리에 아무렇게나 걸터앉은 다혜에게 이렇게 말했다.

"누구한테 해?"

"제일 젊어 보이는 사진 앞에. 저 웃는 사진이 제일 젊은 것 같잖아."

"그러다가 감춰놓은 애인으로 오해받아 머리끄덩이 잡히게."

"누가 알아. 상속이라도 조금 떼어 받을지?"

나는 넓지 않은 좌석을 여기저기 기웃거려보았다. 이왕이면 판돈이 큰 곳을 골라잡을 셈이었다. 한 방에서 밤샘을 하자면 어느 쪽 문상객이든지 가릴 필요가 없었다.

죽은 자를 옆에 두고 살아 있다는 걸 자축하기 위해서 약간 의 금전적 손실을 초래하는 건 기분 좋은 것이었다.

"난방도 잘 됐것다, 향내도 좋것다, 숙식 일체 무료것다, 한 숨 자둬."

"설마 뒷돈 대달라고 깨우진 않겠지?"

"내가 저 철제 서랍 속에 들어가는 한이 있더라도 그런 불 상사는 일어나지 않을 거야."

"누가 알아? 그 도사들이 여기에도 있을지."

"벌써 손 놀리는 거 봐뒀어. 여기는 전부 아마추어들뿐야."

"아무튼 내일 아침에 나는 행복하고 싶어."

"물론이지."

나는 흔쾌히 대답하고 일어섰다. 다혜는 목도리를 베개 삼 아 누웠다.

갑자기 어머니 생각이 났다. 딱지치기나 구슬치기를 해서 잃 고 오면 우리 어머니는 화를 냈지만 신주머니 가득 따가지고 오면 등을 토닥거리며 즐거워했다. 그래서 나는 무슨 짓을 하 든지 딱지나 구슬을 따오기만 했다. 실력으로 안 되면 망치라 도 들고 나가서 꼬마의 머리통을 후려쳐서라도 따가지고 왔다.

내 사전에 잃는다는 건 없어. 아암, 없고말고. 나는 무조건 따야 돼. 오늘 밤도 마찬가지야. 만약 잃게 된다면 그들의 호주머니 속에 내 손가락이 들어가는 불상사가 생겨도 할 수 없어.

하느님, 눈 좀 감아주십쇼. 이 넓은 놈의 세상에 볼 것도 많은데 하필 이런 시체 안치실을 보진 않겠죠. 이 시간에 얼마나 구경할 게 많습니까. 촬영해 두었다가 볼만한 것들이 얼마나 많겠습니까.

내가 약간의 현금을 챙긴다고 해서 하느님이 손해날 건 없지요. 부동산 투기에 목숨을 바친 저 기라성 같은 졸부들을 좀 보십시오. 선량한 서민들의 목줄을 십 년쯤 졸라버린 졸부들은 그냥 두면서 이까짓 노름판에서 약간의 현금을 챙긴다고 눈을 흡뜨고, 치부책에 죄명을 기록하고, 사후의 심판대에서 보자고 이를 갈아서야 쓰겠습니까.

하느님, 나를 섭섭하게 하지 말고 아가리가 큰 도둑놈들이나 좀 두 눈 똑바로 뜨고 보십쇼.

어느 해 여름방학이었다.

나는 어머니의 간섭을 피해서 연고가 닿는 암자로 갔다. 그 암자에는 나 말고도 고시공부를 하러 온 사람이 다섯 명이나 더 있었다. 암자에는 귀 어두운 보살 한 사람을 빼곤 모두 큰 뜻을 품고 들어온 사람들밖에 없었다.

그러나 나는 며칠 되지 않아서 우리 여섯 사람이 모두 고시

공부를 하러 들어온 것이 아니라는 걸 알았다.

그들은 나보다 서너 살씩 위였다. 그 가운데 맏형 노릇을 하는 동주(東注) 형님은 소매치기 두목이었고 둘째형 노릇하는 성근(聖根)이 형님은 전문적인 노름꾼이었다. 나머지 형님들도 역시 오토바이 전문털이의 두목이거나 금고털이의 명수급에 속하는 사람이었다.

나는 어린 나이였지만 그들을 존경했고 그래서 그들의 귀여움을 받았다. 그들 역시 내가 고시공부하러 온 학생이 아니라는 걸 쉽게 알아차렸고 그들과 어울릴 수 있는 소양이 있다는 걸 인정해 주었다.

동주 형님은 새벽부터 칼 쓰는 연습과 호주머니 뒤지는 연습을 했고 성근이 형님은 꼭두새벽부터 화투장을 쥐고 갖가지 묘기를 연습하곤 했다.

차라리 그들은 경건해 보였다. 그들은 또 화투라는 낱말이나 소매치기, 금고털이 따위의 낱말은 쓰지 않았다. 대신 화도(화투의 도)라거나 빌림굿(남의 호주머니 속에 있는 걸 빌린다는 뜻)이라거나 하는 말을 썼다.

화도이건 빌림굿이건 내겐 관심이 많은 것이었다. 형님들은 내게서 호신술을 배웠고 나는 화도나 빌림굿을 배웠다.

그들은 기술자를 만드는 데도 엄숙한 규율이 있었다. 새벽 네 시에 일어나서 무릎 꿇고 앉지 않으면 절대로 기술을 가르쳐주지 않았다.

내가 형님들에게 배운 바로는 그것은 노름이라거나 소매치기라고 결코 할 수가 없었다. 정말 도를 깨우치려는 신선과 같은 생활이었다.

"신선 되기가 어려운 게 아니다. 신선에는 하늘에만 사는 천선, 심산 유곡이나 동굴 속에 사는 지선, 세상에 살다가 죽은 다음에 신선이 되는 시해선(尸解仙)이 있다. 그중에서도 선탈(蟬脫)이 있지. 이것은 옷을 입고 있는 그대로 끈 하나 단추 하나 풀지 않고 몸뚱어리만 표 안 나게 홀딱 빠져나가는 것이다. 또는 감옥에 잡혀가거나 호송 도중이거나 간에 수갑이나 포승줄을 조금도 건드리지 않고 몸을 빼내어 사라지는 걸 말한다. 물론 득선하는 길은 길고도 험난하지만, 하면 되는 것이다."

동주 형님은 가부좌를 틀고 앉아서 미동도 하지 않고 이렇게 말을 시작했다. 나는 가슴이 콩닥거리며 뛰기 시작했다. 선탈할 수 있는 경지, 그런 신선이 될 수 있는 길이 있다는 걸 처음 들었던 것이다. 나는 정말 신선이 되고 싶었다. 가슴속이 찌르르 감전되는 것 같았다.

"득선은 아무나 되는 게 아니다. 첫째, 도골(道骨)로 태어나야 한다. 도골을 타고 난 사람은 국가에 등용되지도 못하고 시험이나 진급이나에 항상 실패하는 사람, 즉 재주나 기량은 남보다 뛰어나지만 늘 실패하는 사람이 대개 도골이다."

나는 속으로 박수를 쳤다. 만약 그런 경우가 도골이라면 나는 분명히 도골인 것이다.

가슴이 부르르 떨렸다. 첫 번째 관문을 통과했다는 충격이었다.

"둘째는 수덕(修德)이다. 모름지기 덕을 쌓아 공덕으로 인격을 형성해야 한다. 셋째는 지성무욕(至誠無慾)으로 뜻이 굳세고 참을성이 많아야 하며 정성이 지극하고 사리사욕이 없어야 한다. 넷째는 박식(博識)해야 한다. 사통팔달할 지식을 익혀 막히는 게 없어야 한다. 다섯째는 우사(遇師)라 해서 반드시 스승을 만나야 한다. 신선에 관한 기록은 보통 읽어서 해득하기 어려워 명산대천을 찾아다니다가 길이 있어 스승을 만나면 득도할 수 있게 되는 것이다."

나는 노트에다 필기를 하면서 동주 형님의 말 한마디 한마디를 흘려보내지 않았다. 이렇게 내가 진통하는 걸 보니 나는 드디어 득선하는 길을 찾은 것인지도 모르겠다.

"가장 중요한 것은 득선을 위한 수련이다. 첫째는 보정(保精)으로 심성의 단련이며 둘째는 인기(引氣)로 여러 가지 호흡법이며 복이(服餌)는 여러 가지 선약을 복용하는 것이다."

심성단련을 하면 정신과 육체가 자유롭게 분리되어 행동할 수 있고 보정을 잘 하려면 깨소금, 참기름, 설탕, 꿀, 커피, 쇠고기 등 맛이 진한 걸 먹어서는 안 된다고 했다. 또한 신선은 가슴이나 배로 호흡하는 게 아니라 수련을 통해 발꿈치로 숨을 쉬어야 한다고 했다.

그리고 꼭두새벽에 일어나 심성단련을 하는 이유는 복일기

법을 익히기 위해서 그런다는 것이었다.

복일기법이란 이른 아침에 해가 뜨기 전에 동쪽을 향하고 앉아서 눈을 감고 주먹을 힘껏 쥐고는 해 뜨기를 조용히 기다린 뒤에, 해가 뜨면 아래윗니를 아홉 번 부딪치는데, 햇빛이 다리 끝까지 비추게 되면 그 동안에 마흔 다섯 번의 심호흡을 하고 침을 아홉 번 삼키며, 이를 다시 아홉 번 부딪친다고 했다.

"이건 선약이다. 명심해서 복용해라."

동주 형님이 준 환약은 복령(茯苓) 가루와 생밤 가루, 송엽 가루 등 몇 가지를 섞어 아홉 번씩 찌고 말리고 또 찌고 말린 거라고 말했다.

그 외에도 형님들에게서 배운 신선이 되는 법은 너무나 많았다.

나는 얼마나 열성으로 실천하고 수련을 했는지 모른다. 그때의 열정에 사로잡힌 수련은 지금 생각해도 후회가 되지 않는다. 그만큼 득도한다는 건 오묘한 매력이 있었다.

나는 가끔 밖에 나가서 형님들한테 배운 실력을 연습해 보곤 했다. 더러는 형님들이 지켜보는 자리에서 실력발휘를 해 보이곤 했다.

"넌 대성할 싹수가 있는 놈이다."

"넌 역시 도골야. 넌 득도할 수 있어."

"우리 시대에 가장 탁월한 놈이다."

형님들은 아랫동네의 주막집에 가서 동네 청년들에게 보인 화도나 산 너머 절에 가서 유흥객들에게 보인 빌림굿을 보고 그런 칭찬을 아끼지 않았다.

"화도나 빌림굿을 하는 건 득도의 수단으로 선택한 거지 결코 남을 해하려고 배운 게 아니어야 한다."

내가 암자에서 어머니에게 붙잡혀 내려올 때 형님들이 한 말이었다. 정말 그때 나는 암자에서 내려갈 생각을 하지 않았다. 학교도 때려치우고 형님들과 함께 득선의 경지에 빠질 각오였었다.

우리 어머니. 존경하지 않고 못 배길 어머니의 극성이 아니었던들…… 나는 형님들 말처럼 벌써 대성했을 텐데.

물론 요즘도 가끔 써먹는 수가 없잖아 있었다. 득선의 경지는 아니지만 약이 오를 때면 가끔씩 써먹곤 했다.

도깨비 시장에 가서 바가지를 쓰고 돌아설 때라든지, 영화가 선전한 것보다 지나치게 엉터리였다든지 하면 장사꾼 호주머니와 극장의 기도 아저씨 호주머니에서 본전 정도는 챙겨 가지고 나오곤 했다. 또는 은행에 갔다가 불친절한 아가씨를 만나기나 하면 그냥 나오기는 싫었다. 천 원권 백 장 묶음을 내줄 때 나는 아가씨가 보는 앞에서 돈을 꼭 세어본다.

"아가씨 두 장이 모자라는데요."

그러면 불친절한 아가씨는 은행을 뭘로 보느냐는 듯이 불쾌한 표정으로 돈을 낚아채어 두 번이나 세 번씩을 세고 더 고개를 세게 흔들고 만다. 결국 그 아가씨는 내게 두 장을 더 주게 된다.

"고맙습니다, 아가씨. 친절하게 해주셔서."

나는 돌아서서 나온다. 그리고 소매 속에 곱게 네 번 접어 넣은 두 장을 팔랑거리며 웃는다.

그래서 사람은 언제나 친절할 필요가 있는 것이다. 특히 나를 만나면 말이다.

스팀 박스가 있는 마룻바닥 옆에는 꽤 큰 판이 벌어져 있었다. 섯다판이어서 큰 재미를 보기 전에 적당히 일어서지 않으면 눈치채이기 쉬울 것 같았다. 도리짓고땡이거나 고스톱 판이라면 전혀 눈치채지 않고 챙겨 넣을 수 있겠지만 그런 판은 판돈이 적은 게 흠이었다.

나는 옆에 끼어서 담배도 권하고 술잔도 권하며 얼굴을 익히기 시작했다. 그들이 내 무료함을 알아줄 때까지 그것을 계속할 수밖에 없었다. 그리고 그들이 단일팀인지 아니면 적당하게 섞인 팀인지도 알아낼 필요가 있었다. 단일팀이라면 끼어들기가 쉽지 않을 것이기 때문이다.

"형씨도 심심할 텐데 끼어보지 그럽니까."

사람 좋아 보이는 뚱뚱한 사내가 술잔을 석 잔째 받더니 내게 말을 걸었다.

"일루 끼쇼. 어차피 귀신하고 한 방에서 새울 바에야 산 사람끼리 뭉칩시다."

술이 거나해진 턱이 뾰족한 사내가 술잔을 내 코끝에 내밀며
말했다.

"글쎄요, 심심하긴 한데…… 밑천도 작고……"

"아따. 젊은 사람이…… 따면 될 거 아뇨."

너 잘 걸렸다. 아암, 잘 걸리고말고.

나는 뚱보 옆에 끼어들었다. 서너 판 돌리기 전에 화투장을
알 수 있을 것 같았다. 이 친구들은 손톱으로 표를 내도 모를
것 같았다. 프로가 한 사람쯤 끼어 있다면 다른 방법을 쓸 수
밖에 없지만, 전혀 그럴 필요가 없을 것 같았다.

화도에는 원칙 같은 게 있다. 큰 판은 먹고 작은 판은 잃어
주어야 한다. 그리고 처음에는 잃어주고 후반전에 챙겨야 한
다. 또 딸 때는 소리 없이 따고 잃을 때는 소리 내며 잃어야 하
며 언제나 좌중에게 눈치채이지 않게 고액권 같은 걸 챙겨 넣
어야 한다.

더러는 어리숙하게 족보를 잃어버려서 병신 소리도 들어야
한다. 뿐만 아니라 돈 잃은 사람에게 약간의 현금을 무상으로
주는 아량도 가져야만 한다. 그래서 잃은 자의 적개심이나 눈
초리를 피해두는 것이 돈을 챙기는 데 편한 것이다.

나는 이 몇 가지 원칙을 철저히 지켜나갔다.

새벽녘에 나는 내가 시작할 때의 계산만큼 소리 없이 챙겨
졌다는 걸 알았다. 다혜에게 신호를 보냈다. 다혜는 빙그레 웃
으며 손가락으로 동그라미를 그려 보였다.

"빨리 가서 삼촌 모셔와. 엄마가 장례 절차 때문에 상의할 게 있대. 옆 골목에 가면 삼일 여관이라고 있어. 이백육호야. 당숙하고 아저씨들도 빨리 오라고 해."

다혜가 내 어깨를 잡고 이렇게 말했다. 나는 주저하는 표정을 지었다.

"빨리 갔다 오쇼."

뚱보가 거들어주었다. 나는 기지개를 켜며 일어섰다.

바깥 바람은 차가웠다. 날이 뿌옇게 밝아오고 있었다. 우리는 팔짱을 끼고 보무도 당당하게 걸었다.

"다혜가 행복할 만큼 땄어."

"어련할라구. 나 해장국 먹고 싶어."

"아마 해장국 백 그릇 값은 될 거야."

"히야! 반타작해야겠는데."

"안 돼. 이건 약속대로 학용품 살 거야."

"······."

다혜는 내 팔을 더욱 꼭 꼈다. 그녀의 젖무덤이 팔꿈치에 물씬하게 닿았다. 그러나 나는 초조해하지 않을 작정이었다. 다혜는 내 것이 될 테니까.

우리는 신호등을 무시하고 길을 건너갔다. 해장국집 앞까지 우리는 뛰었다.

해장국이여. 그대에게 신의 가호 있으시라.

방울 달린 생쥐

"학생, 건너와서 텔레비전 좀 봐."

주인 아주머니가 수돗가에서 큰 소리로 말했다. 컬러 텔레비전을 설치해 놓았으니 구경을 하라는 것 같았다.

"그렇게 공부만 하면 병나요. 쉬엄쉬엄 해야지. 어여 건너와 봐."

일주일이 넘게 바깥출입을 않고 방 안에만 있으니까 주인 아주머니도 답답해보였던 모양이었다.

아주머니는 은근히 며칠 전부터 컬러 텔레비전 자랑을 해왔다. 아무리 보아도 사십만 원에 가까운 목돈을 써가며 컬러 텔레비전을 살 형편이 아닌 집 같았는데 무리를 한 모양이었다.

하긴 흑백 텔레비전 수상기가 무섭게 번질 때를 생각하면 돈 가치로 보아 비싼 것만은 아닌 것 같았다.

"볼만해요?"

나는 건성으로 물으며 안방으로 갔다. 무엇인가 자랑거리가 있는 여자를 만족시켜 줄 필요도 있는 것이었다.

호화판 결혼과 마담뚜를 비판하는 방담 프로가 진행중이었다. 변호사와 대학교수, 의사와 가정주부, 그리고 젊은 남녀 대학생이 서로 주고받으며 사회풍토를 개탄하고 있었다.

변호사는 결혼할 때 구리반지를 교환했다고 했고 대학교수는 단칸 셋방에서 책을 베개 삼아 잤다고 했다. 의사와 가정주부는 신혼여행도 갈 형편이 못 되어 남산을 한 바퀴 돌고 치웠다고도 했다. 대학생 두 사람은 더 신랄하게 기성세대들의 허례허식을 비판하고 나섰다.

나는 그들이 미워졌다.

조금 더 솔직하게 얘기하자면 그들이 모두 나보다 잘나 보였기 때문이었다. 텔레비전에 얼굴을 내미는 사람들을 나는 대체로 미워했다.

텔레비전에 나오면서도 내게 미움을 받지 않는 사람은 만년 죄인이거나 식모, 내시이거나 머슴, 그렇지 않으면 무용수이거나 합창단원 정도였다. 좌우간 주인공이거나 미남 미녀라면 언제든 기회가 닿을 때 내게 턱을 빌려주어야 할 것이다.

나는 평소에도 나보다 잘생기거나 잘나 보이거나 똑똑한 녀석들을 무지무지하게 미워한다. 다른 사람들은 흔히 자신보다 잘난 사람을 존경하거나 좋아한다고 하지만 나는 그렇지 않다. 나는 나보다 나은 놈들을 골탕 먹이고 싶어 미치겠다. 나보다 못나고 가난한 녀석들을 나는 차라리 존경한다.

더 솔직하게 말하자면 나는 우리나라에서 나보다 나은 녀석들을 아주 없애버리고 싶다.

나는 자주 오천여만 민족 가운데 등수를 매긴다면 몇 번째쯤 되는 사내인가를 생각하곤 한다. 그리고 항상 중간은 넘을 거라고 생각해 왔다. 늙은이와 애들을 빼고, 소수의 여자와 대학교에 못 다닌 사람을 빼고, 나보다 가난한 사람과 서울에 살지 못하는 사람을 빼고…… 그러면 천만 번 안에는 분명히 들어갈 것도 같았다.

그렇게 따져 나가다 보면 나보다 잘난 사람이 또 너무나 많았다.

통상적인 사회적 관념으로 보아서 일류대학 출신과 재학생, 판검사와 변호사, 의사의 숫자와 교수의 숫자, 부자의 숫자와 아버지를 잘 둔 자식들, 고급 공무원과 큰 회사의 간부들, 자가용차를 가진 사람들과 외국여행을 한 번이라도 한 사람들……. 그들을 무슨 이유로 한꺼번에 없앨 수 있단 말인가.

그렇게 따져보면 백만 번도 넘는 등수의 인간밖에 되지 않는 것 같았다. 나는 이 따위 생각을 할 때마다 형편없는 술고래였던 아버지까지 미워하곤 한다.

아버지, 난 말입니다. 내 새끼가 나처럼 이따위 고민이나 하며 살게 하지는 않겠습니다. 만약에 그렇게 될 것 같으면 새끼를 낳지 않을 작정입니다.

어쨌든 내가 제일 미워하는 부류는 역시 판사와 검사와 변호사들이었다. 내가 법과대학생이라는 걸 아는 사람은 짐작을 하겠지만 그들은 언제나 내가 일류대학교 학생이 아니라는 사실을 확인시켜 주곤 했다. 일류대학교 학생이 아니라고 고등고시에 합격시키지 않는 법은 없지만 합격자 발표란을 보면 언제나 나를 기 죽이곤 했다.

문교부 장관이여, 제발 대학교도 평준화시켜 주세요. 심지뽑기라도 좋고 은행알을 돌려서라도 좋습니다. 지금처럼 대학들을 취직수단으로 여길 바에야 그 편이 낫잖습니까.

요새 젊은이들이 출세주의에만 혈안이 되었다고 탓하지 마십시오. 사회가 젊은이들을 그렇게 만든 것입니다. 출세한 자만 인정받고 잘사는 풍토를 누가 만들었습니까? 가진 자와 권 자만이 인정받았던 이제까지의 사회를 누가 만들었습니까?

나는 한때 신선이 되려고 했었습니다. 그런 내가 차츰 출세를 하고 싶어 안달을 하고 있습니다. 우연히 쓰레기통에서 고등고시 시험문제지라도 주워서 판검사가 되고 싶은 것입니다. 이왕이며 출세해서 목을 깁스한 것처럼 빳빳하게 세우고 치질 걸린 놈처럼 어기적거리며 걷고 싶은 것입니다.

그러나 나는 분수를 압니다. 알고 싶어 안 것이 아니라 살다 보니 결코 나 같은 놈이 출세할 수 없다는 걸 슬프게도 깨달은 것이지요. 그래서 나는 작은 왕국을 세우고 싶은 겁니다.

나는 공평 사회를 만들 것입니다.

무엇이든지 해먹고 싶은 대로 할 수 있게 심지뽑기로 하든지 일일 윤번제로 할 생각입니다.

'저희 나라는 참으로 이상한 습속을 가진 것 같습니다. 그까짓 혼수장만을 잘했다고 행복한 결혼이라고 단정하는 이유를 모르겠습니다. 본래 저희 나라가 그랬던 건 아닙니다. 무분별한 외세 문물과 자존심을 팽개친 물질주의……'

컬러 화면 속의 의사는 호화스러운 혼수와 젊은이들의 의식과 소갈머리 없는 기성세대의 풍조를 공박하고 있었다.

나는 그 순간에 의사의 대머리를 한 대 갈기고 싶었다.

"저런 싸가지 없는 새끼 보게."

내가 흥분해서 이렇게 소리 지르자 주인 아주머니가 왜 그러냐고 물었다.

"저 자식이……. 저희 나라가 뭐야? 우리나라가 제놈 혼자 거란 말야?"

"왜? 뭐가 잘못됐어?"

아주머니는 이해할 수 없다는 듯이 반문했다.

120

"우리나라라고 해야 맞지요. 나라와 태극기만은 저희 나라, 저희 태극기라고 해선 안 돼요. 저건 겸손해서가 아니라 줏대가 없어서 그래요. 저런 게 우리나라를 대표하는 지식인이고 저런 게 유명한 의사라니……."

그것 말고도 그 의사에게 기분 나쁜 점이 많았다.

공중전화 앞에 서서 한참을 망설였다. 유금동(柳金東) 박사에게 전화를 걸어서 내게 돌아올 정신적 위안이 얼마나 클 것인지 자신이 없었기 때문이었다.

"유금동 박사님 계십니까?"

"어디시죠?"

고운 목소리의 여자가 상냥하게 물었다.

"시청자인데요……. 텔레비전을 보고 전화드렸습니다. 좀 바꿔주시죠."

"그러세요. 그런데 지금 진찰중이시라 바꿔드릴 수가 없는데 어떻게 하죠? 다음에 걸어주시겠어요?"

나는 전화기를 놓았다. 돌아서서 잠시 또 망설였다. 그리고 다시 다이얼을 돌렸다.

"여기 방송국입니다. 유금동 박사님 좀 바꿔주세요."

"그러세요, 잠깐 기다리세요."

아까의 그 여자 목소리였다. 나는 내 짐작이 맞았다는 것에 기쁨을 감추지 못했다.

"유금동올시다."

굵은 목소리, 낯익은 목소리가 들렸다. 나는 헛기침을 두 번이나 하고 얘기를 시작했다.

"박사님이 말씀하신 걸 방금 본 시청자입니다. 뭐 하나 여쭐까 하고요."

"그래요? 바쁘니까 빨리 말씀하세요."

"이해가 잘 안 되는 건데요……. 아까 말씀 가운데…… 저희 나라라고 하셨지요? 그건 분명히 잘못된 거 같습니다. 우리나라라고 해야 옳지 않습니까? 나라와 태극기만은 낮춤말을 붙여 저희 나라, 저희 태극기라고 하면 안 되잖습니까."

"실례지만 선생은 누구시오?"

불쾌한 목청이었다.

"K대학 학생입니다."

"K대학? 도대체 뭐가 잘못됐다는 거요? 학생이면 공부나 해요. 이따위 쓰잘 데 없는 전화질로 시간 낭비하지 말고."

"박사님, 이건 분명히……."

더 얘기를 할 수가 없었다. 그쪽에서 전화를 먼저 끊었기 때문이었다.

나는 다시 동전을 넣고 다이얼을 돌렸다.

"출타하셨습니다."

상냥한 목소리였지만 매몰찬 거절뿐이었다. 나는 동전을 열 개도 더 소비하며 끈질기게 걸었지만 나중에는 상냥한 목소리의 여자마저 내 목소리를 확인하고는 끊어버렸다.

"이런 우라질……."

나는 앙심을 품었다. 그냥 둘 수가 없었다. 저런 건 은행원의 불친절이나 과대 선전을 한 영화관보다도 더 그냥 둘 수가 없었다.

류금동 의원.

썩 세련된 간판 밑에 서서 나는 너절하게 걸려 있는 작은 간판들을 읽었다. 의학박사, 전문의, 의료보험 지정병원, 상담실 운영……. 나는 그놈의 '류' 자를 박박 긁어내고 자꾸 '유'라고 써놓고만 싶었다.

아마 유금동 박사는 국문학 박사 학위까지도 가졌는지 모르겠다. 맞춤법 통일안이나 문법을 새로 만들었단 말일까. 유명한 사람은 성씨를 마음대로 바꾸어도 되는 것일까? 아마 그런 모양이었다.

하기사, 한때 이씨보다는 리씨를 알아주던 때도 있었고 국어학자들이 군말 없이 그렇게 쓰던 때도 있었다.

나도 이름이 좀 나면 성씨를 고쳐야지. 뭐라고 고치면 될까? 장(張)가니까 외국 배우처럼 쟝가로 고치든 쨍가로 고치면 되겠지, 뭐.

반 시간 넘게 기다려서 비로소 진료실로 들어갈 수가 있었다. 나는 진료권을 끊으면서 이까짓 일에 너무 내 정열을 소비하는 게 아닌가 하는 후회를 해보았다. 그러나 나는 소비하기로 결정하고 말았다.

분명히 나는 불의를 보고 그냥 있지 말라고 배웠다. 동화책에서도 위인전에서도 교과서에서도 그렇게 배운 것이다. 그러니까 지금 나는 배운 대로 행하는 것뿐이다.

텔레비전이나 지면을 통해 낯익은 얼굴보다 훨씬 몸집과 혈색이 좋은 것 같았다.

"어디가 어떻지요?"

가운 위로 걸쳐진 청진기를 꽂으려 들었다. 도수 높은 안경이 코끝에 걸려 금방이라도 떨어질 것 같았다.

"여기저기 성치 못한 것 같아서요."

유 박사는 청진기를 내 가슴에 대어보고 눈과 혀까지 자세히 들여다보았다.

"이쪽이 아픕니까?"

진찰대에 뉘어놓고 아랫배를 지그시 누르며 물었다.

"진찰하시고 알아맞혀야 하는 거 아닙니까?"

내가 웃으며 이렇게 말했다. 유 박사의 낯빛이 약간 굳어졌다. 청진기를 떼고 다시 옆구리께를 눌렀다.

"여긴 괜찮아요?"

"힘껏 누르면 아프고요……. 살짝 누르면 아플 리가 없지요."

유 박사는 잠시 내 눈을 뚫어져라 쳐다보았다.

"여긴 병원입니다. 농담이나 장난하는 곳이 아닙니다. 진찰

받으러 왔으면 구체적으로, 상세하게 얘길 해야 합니다. 아시겠어요?"

유 박사의 표정은 근엄했다. 나는 여전히 웃었다.

"술이나 담배를 많이 하나요?"

조금 전보다 더 부드러워진 목소리였다.

"박사님, 아프니까 온 거 아니겠습니까? 괜히 돈지랄하러 오는 사람이 어디 있겠어요, 유명한 박사님이니까 진찰해 보시고 병줄을 알아맞힌 뒤에 처방 주는 게 원칙 아닙니까? 환자가 어디가 어떻게 아픈 줄 알면 병원에 왜 오겠습니까. 모르니까 온 거지요. 안 그렇습니까?"

유 박사가 청진기를 떼고 나를 무섭게 노려보았다.

"이 사람이 왜 이래. 젊은 사람이 보자 보자 하니까……."

몹시 언짢은 목소리였다.

"사실이 그렇잖습니까? 박사님이 텔레비전에도 자주 나오고 하니까, 또 제일 유명한 분이니까 용한 줄 알고 찾아오는 게 아니겠습니까. 절 실망시키지 마시고 어디가 어떻다든지, 무슨 약을 먹으면 낫는다든지……. 아니면 아무리 약을 써도 뒈질 수밖에 없다든지……. 말씀해 주세요."

유 박사는 자리에서 벌떡 일어났다.

"김 간호원, 김 간호원."

밖에다 대고 이렇게 소리 질렀다. 간호원이 뛰어와 유 박사 옆에 섰다.

"이 사람 내보내. 어서!"

노염이 풀리지 않았는지 간호원에게 큰 소리를 했다.

"잠깐만요, 박사님. 설마 이대로 내쫓지는 않겠지요? 진찰받으러 온 사람인데요. 진찰권도 끊었고……."

"어서 내보내!"

유 박사의 목소리가 더욱 커졌다.

"이거, 놔요, 난 아직 진찰이 끝나지 않았단 말예요. 진찰 받다 말고 나가란 법이 어디 있습니까."

내가 간호원의 손을 뿌리치고 이렇게 대들었다.

"여봐, 젊은이. 보아하니 돈 사람 같지는 않은데……. 신성한 병원에 와서 그런 법이 어디 있나?"

타이르는 듯한 말투였다.

"제가 이 신성한 병원에 와서 행패 부린 게 뭡니까? 아프니까, 유명한 박사님이니까, 찾아온 거 아닙니까. 오장육부 안 아픈 곳이 없이 모두 아프니까 온 겁니다. 그런데 저보고 어디가 어떻게 아프냐…… 그걸 알면 왜 옵니까? 약방에 가서 약이나 사 먹지요. 박사님처럼 유명한 사람도 모르는 걸 낸들 어떻게 압니까? 안 그래요? 그걸 알면 내가 의사 노릇 하지 여길 뭐하러 와요."

나는 담배를 한 대 피워 물고 진찰대에 눌어붙어 앉았다.

유 박사의 표정이 험해졌다.

"당장 나가! 어서 썩 나갓!"

진찰실이 쩌렁쩌렁 울리는 소리였다.

"나라가면 못 나갈 것도 없지요. 의사가 박사님 한 사람만은 아니니까요. 히포크라테스가 웃겠습니다."

나는 진찰대 옆에 걸어놓았던 웃옷을 걸치고 진찰대에 기댄 채 입을 열었다.

"진정한 의술은 환자 곁에서만 존재하는 겁니다. 유명하신 박사님."

더 얘기를 계속할 수가 없었다. 유 박사가 내 목덜미를 낚아 채어 밖으로 내던졌기 때문이었다. 유명한 사나이라서 힘도 센 것 같았다.

하긴 우리나라를 통째로 대표하는 인물이니 힘도 세어야겠지, 뭐.

문을 밀고 나와서 간판을 다시 쳐다보았다. 류금동 의원이란 간판이 나보다 훨씬 컸다. 간판이 너무 크다 싶었다. 그리고 '류' 자를 쳐다보는 순간 묘한 생각이 떠올랐다.

저런 양반은 아무개여사배 쟁탈전 전국 무슨무슨 대회가 있으면 만사를 제쳐놓고 출전할 것 같았다.

아무개여사배 쟁탈전을 배 위로 올라가는 대회로 착각할지 모르니까.

저런 별종 양반네들만 탓할 건 아니다. 화장품 이름과 과자 이름과 술 이름, 장난감과 의상, 음식과 생필품 이름이 모두 국적불명인 판에 그래도 외제 성씨를 선택하지 않은 것만 봐도 기특한 일이지.

이럴 바에야 차라리 우리나라의 국어를 없애고 일본어나 영어를 국어로 채택하는 용단을 내리는 게 어떻겠습니까?

그래서 후세에 그 이름이 찬연히 빛나실 의향이 없으신지요.

나는 병원을 두 바퀴나 돈 뒤에 천천히 병원 옆의 다방으로 올라갔다. 나는 유 박사가 나를 내쫓은 것에 대해 후회하게 만들고 싶었다.

유 박사는 한 마리 작은 생쥐이고, 나는 발톱 긴 고양이일 수밖에 없었다. 생쥐의 목에다 나는 예쁜 방울을 매달아놓고 나온 셈이었다. 유 박사 자신이 자신의 목에 방울이 매달려졌다는 걸 아마 곧 알게 될 것이다.

의료법에 분명히 환자의 진료를 거부하면 구속, 벌금 또는 의사면허증을 박탈할 수 있다고 명시되어 있기 때문이었다.

전화를 걸었다. 간호원인 듯한 여자가 세 번이나 끊었다. 네 번째 전화에 유 박사가 불쾌한 목소리로 등장했다.

"여봐, 학생. 더 장난하면 경찰을 부를 테니 그런 줄 알아!"

"경찰요? 제발 좀 불러주십쇼. 부탁입니다."

"이놈 자식……. 정말."

식식거리는 표정이 선하게 떠올랐다.

"진정하시고 들으세요. 조금 전에 분명히 유 박사님은 환자의 진료를 거부했습니다. 난 보사부와 경찰에 고발하겠습니다.
명백한 의료법 위반이라는 걸 아세요? 신문, 텔레비전 뉴스가
좀 볼만하겠군요. 경찰을 빨리 부르세요. 옆 건물 다방에서 고
발장을 쓰면서 기다리고 있을 테니까요."

전화를 딸깍 끊었다. 생쥐가, 방울 달린 생쥐가 정신없이 계
단을 뛰어오르겠지.

나는 생쥐를 좋아한다.

특히 목에 작고 예쁜 방울, 소리가 짤랑거리며 나는 방울을
단 생쥐를 좋아한다. 숨으려고 하면 할수록 방울 소리가 더 예
쁘게 나기 때문이다.

"여기 쌍화차 두 잔 더 주세요."

나는 차를 더 시켜놓고 담배를 빼어 물었다. 생쥐의 목에 방
울을 매달아놓은 고양이의 여유 같은 것이었다. 어차피 찻값
과 담배값은 생쥐가 계산할 테니까 진찰권 끊은 값은 되돌려
받게 되는 것이다.

생쥐가 올라왔다. 상기된 얼굴이 귀여웠다. 그는 안경을 벗
어 건성으로 닦고는 내 앞에 무겁게 앉았다.

살찐 생쥐, 방울 소리도 예쁜 생쥐, 더구나 유명한 생쥐.

이럴 때 고양이는 마음이 후해야 한다. 어차피 생쥐는 고양
이의 노리개인 것이다 초조한 것은 생쥐이지 고양이가 아니다.
관용을 베풀지 못하는 강자는 강자가 아니다.

"학생. 이럴 수가 있나? 이렇게 사람을 골탕 먹일 수가 있나?

다른 사람도 아니고 배운 사람이……."

"박사님, 진료를 거부한 건 박사님이지 제가 아닙니다. 저는 환자일 뿐입니다. 내 몸속의 어디가 썩었는지 곪았는지 모르는 가련한 환자입니다."

"이 사람아. 누가 환자가 아니랬나? 신성한 병원에 와서 진찰하는 의사를 그렇게 약 올릴 수가 있느냐 말야. 배운 사람 아닌가. 한번 바꿔놓고 생각해 보세. 그리고 진료 거부니 고발이니 하면 어쩌자는 건가? 설사 내가 화가 나서 그랬다손치더라도……. 배운 사람이면 이치적으로……. 마구 몰아붙여서야 쓰나? 안 그런가?"

유 박사는 목청을 낮추고 얘기했다. 나는 그런 유 박사의 번들거리는 이마를 쳐다보며 느물스럽게 웃었다.

도대체 내가 대머리를 싫어하는 까닭을 알 수가 없었다. 우리 아버지가 대머리였기 때문에 나도 대머리가 될 확률이 많겠지만 어쨌든 싫었다. 나는 싫은 것도 많았다.

일테면 예수의 턱이 뾰죽하게 나왔다든지 불상의 눈매가 길게 찢어졌다든지 돌하루방처럼 턱살이 넓적하다든지 마치 먹는 대로 살찌듯 뚱뚱하다든지 하면 무조건 싫었다.

"어쨌든 저는 진찰받으러 갔다가 거절당한 사람입니다. 그건 분명하잖습니까? 의사의 진료 거부. 있을 수도, 있어서도 안 되는 거죠. 저는 학교에서 불의를 보고 지나치는 건 비겁한 거라고 배웠습니다."

"이 사람아. 오죽하면 내가 자네 말마따나 진료 거부를 했겠나. 한번 바꿔놓고 생각해 보게. 배운 사람이 이래서야 쓰겠나. 나도 배우는 자식이 있고……."

"박사님은 불의를 보고 참으라고 가르치십니까?"

"누가 그렇게 가르치겠나. 이건 얘기가 다르지 않은가. 우리 둘만 있었던 것도 아니고 간호원이 그 옆에서 다 들은 걸세."

"그래서 진료 거부가 아니란 말입니까?"

"그게 어째서 진료 거부인가, 이 사람아."

"결론만 말씀하세요. 진료 거부였는지 아니었는지."

"그렇다면 어쩔 텐가?"

유 박사는 역정의 빛이 뚜렷했다.

나 같으면 이런 상황에서 이 정도로 나오진 않을 것 같았다. 더러워도 달래놓고 보는 게 상책일 것 같았다.

"의사의 진료 거부는 의료법에 따라 우리나라 법대로 처벌받아야겠지요."

"이 사람이……. 우리나라 법이 그렇게 만만한 줄 아나?"

"왜 이 자리에선 저희 나라라고 하지 않으시죠?"

유 박사가 잠시 멈칫했다. 그러나 이내 말문을 열었다.

"나를 고발하겠다는 건가?"

"그럴 생각입니다."

나는 가볍게 대답했다.

"여봐, 학생, 뭘 원하는지 알겠네. 그렇게 내가 호락호락 넘어갈 줄 아나? 어림도 없는 소리 말게. 어디 해볼 테면 해보게. 학생의 행위는 잘못이 없고 나만 잘못했다고 할 줄 아는가? 어디 한번 해보게. 뜻대로 되는지. 이 사람아. 의사생활 몇십 년에 자네 같은 공갈사기꾼을 한두 번 치른 줄 아나? 어디 해봐!"

"빽이 좋으신 모양이죠?"

"그런 건 없어. 그러나 자네 같은 사람 잡아넣는 건 문제도 아냐. 당장 연락해서 뿌리를 뽑을 수도 있어."

"뿌리요? 알렉스 헤일리하구 킨타 쿤테하고 말입니까?"

"이 사람이 보자 보자 하니까……."

"의료사고 판례집도 봤고 의료법도 봤고 법의학도 봤습니다. 또 진료 거부에 대한 판례도 봤구요. 법대생이 그쯤은 알 거라고 생각지 않습니까? 저는 아직 어려서 법정에 서는 공부는 못해봤습니다. 경험 삼아 법정에 서는 공부 좀 해보겠습니다."

나는 일어섰다. 물론 그가 붙잡으리란 걸 짐작하고 있었다.

"여봐, 학생."

격앙된 목소리였다. 그러나 비굴한 음률이었다.

"얘기는 끝났잖습니까?"

나는 느물스럽게 대답했다. 느물스럽지 않은 고양이는 고양이가 아닌 것이다. 먹이를 놓고 그것을 허겁지겁 먹어치우는 건 쥐새끼의 생리이지 고양이의 생리는 아니다.

"잠깐 일루 앉아봐."

"명령입니까?"

"글쎄, 잠깐 앉아서 얘기 좀 해보자니까 그러네."

"그거야 어렵지 않지요."

나는 못 이기는 체 주저앉았다. 유 박사가 아주 어여쁜 처녀였으면 훨씬 좋았을 것 같았다. 아니 다혜였어도 좋을 것 같았다. 그렇다면 방울 달린 생쥐라고 표현하지 않고 나무꾼에게 날개 옷 빼앗긴 선녀라고 표현했을 것이다.

"자네, 정말 나를 고발하려고 이러나?"

"어른한테 장난하려고 이러시는 줄 아셨습니까?"

"앞뒤 재어보지도 않고 막무가내로 이러면 무슨 해결이 있을 거 같은가?"

"좋은 해결, 판례집과 신문, 방송에 기삿거리를 주게 되겠지요."

"내가 그렇게 물러 보이나? 자네를 그냥 둘 줄 알아? 당장이라도 손쓸 데가 없어서 이러고 있는 줄 알아? 자네의 잘못된 생각을, 그런 공갈배나 하는 행위를 하고 있는 자네를 일깨워주려고 그러는 거야. 어따 대고……. 사람 봐가며 공갈치구 다녀!"

그는 만만찮은 사람이었다. 내 계산대로라면 벌써 엎드려 빌었어야 마땅했다.

"박사님. 되레 저를 벌 주시려는 모양인데 그건 오산하신 겁니다. 우리나라에서 저만큼 빽 좋은 사람이 없습니다. 그걸 모르시는 모양이지요?"

"빽! 자네 지금 누굴 뭘로 보나? 어디 해보세. 자네 빽이 무슨 빽인지 좀 보세."

"우리나라에서 제일 센 빽은 정당한 국민 이상은 없습니다. 전 바로 그런 놈입니다."

유 박사가 어처구니가 없었는지 웃었다. 이 당돌한 녀석이 머리가 약간 모자라는 걸 거라고 단정하는지도 모르겠다.

"차암! 내 이런······."

유 박사는 조금 여유가 생겼는지 담배를 피워 물었다.

"박사님, 의사의 진정한 가치는 환자 곁에서만 이루어지는 것이지 텔레비전이나 라디오나 신문에서 이루어지는 게 아닙니다. 지금 박사님은 저를 돈 놈이라고 생각하고 있겠죠? 법정에서 만나면 그때 제 정신감정까지 받아보지요. 그러면 이 터무니없게 생긴 놈이 얼마나 찰거머리 같은 놈인지 알게 될 겁니다. 저한테 얄팍한 잔수를 쓰지 마세요."

나는 재차 일어났다. 유 박사는 내 소매 끝을 잡았다.

"이거 놓으세요. 점잖고 유명한 분이 왜 이러세요?"

"학생, 여봐. 우리 사내답게 까놓고 얘기해 보세. 뭘 원하는지······. 아니면 나보고 어쩌라는 건지······."

나는 찻잔을 빙글거리며 돌렸다. 잠깐 뜸을 들여놓을 필요가 있었기 때문이었다. 어른들은 간교해서 확실하게 해두지 않으면 도리어 당하기 때문이었다.

"제가 원하는 게 있다는 걸 어떻게 아시죠?"

"말해 보게."

"어떻게 아셨냐니까요?"

"자네 사람 잘못 봤어."

그는 여간해서 덫에 걸려들려고 하지 않았다.

"어려운 건데도 들어주시나요?"

"말해 보라지 않는가."

말투는 그랬지만 한풀 꺾인 것이 분명해 보였다.

"며칠 전에 방송하면서 우리나라라고 하지 않고 저희 나라라고 했었죠? 그리고 어떤 대학생한테 그따위 전화질을 하지 말라고 호령하신 거 기억 나세요?"

"……."

유 박사는 눈을 깜박거리며 다소곳이 듣고 있었다.

"그 학생, 시시한 그 대학생이 바로 접니다. 그렇다면 박사님은 이제부터 제가 계획적인 놈이라고 몰아붙이실 차례겠죠. 그러나 박사님은 현명하셔서 그렇게 나오시진 않을 겁니다."

"……."

유 박사의 볼이 실룩거렸다. 화가 났다는 그의 표정일 것 같았다.

하느님, 지금의 내 행위가 못된 것입니까?

이 땅에는 얼마나 멋진 의사가 많다는 걸 하느님도 아시죠. 그런데 소수의 의사들은 돈독이 올라 인술은 팽개치고 상술만 가지고 산다는 걸 또 아실지 모르겠습니다.

하느님, 혹시 의사는 이발소에서부터 시작된 거나 아닌지 모르겠습니다. 이발소 문 앞에 보면 빨강색과 하얀색이 조화된 간판이 아직도 사용되고 있지 않습니까. 빨강색이 피요, 하얀색은 붕대일 것 같습니다.

의사도 이발사 아저씨처럼 칼을 들고 할거하여 치료하고 있습니다. 그런데 세월이 지나다 보니 분업화되어 의사와 이발사가 갈라진 거나 아닌가 해서 묻는 겁니다.

하느님, 의사는 칼을 들고 사람의 몸을 할거해도 어째서 상해죄로 처벌받지 않습니까? 호주머니에 칼을 넣고 다니다 걸려도 처벌받는 세상에 말입니다.

하느님, 혹시 하늘나라에도 의사가 있는지요. 하느님에게도 주치의 같은 게 있겠지요. 하느님이 너무 늙어서 주치의가 애깨나 먹겠습니다. 웬만하면 하느님 자리 내려놓고 내려오세요. 세세년년 해먹어서 어쩌자는 겁니까. 민주주의 좀 합시다.

"다음 주 같은 프로에 나가서 지난주에 우리나라를 저희 나라라고 말한 것을 정정할 수 있습니까?"

"이 사람…… 그걸 어떻게……."

"비겁하게 살지 마십시오. 나라조차 낮추어 부른 박사님이 잘못을 인정 않고……. 그게 무슨 대수입니까? 그까짓 명예가 대단한 겁니까? 실수나 잘못을 감추고 사는 게 명예입니까?"

"나 혼자서 만드는 프로가 아니고 피디하고 상의도 해야 하고……."

"그렇겠죠. 대(大) 방송국이 사과하는 말을 하게 놔두지 않는단 말이겠죠. 그렇다면 그 프로 그만 나가면 될 거 아닙니까. 꼭 텔레비전에 나가야만 환자의 진찰을 잘하는 겁니까?"

"차암……."

"어려우시면 그만두십쇼."

나는 발끈 성깔을 돋우었다.

하느님, 이런 작자를 혼내주지 않고 뭐 하십니까. 하늘나라에는 암행어사 같은 것도 없습니까? 옛날에는 곧잘 그 즉석에서 처벌도 하고 세상을 홀딱 뒤집어놓곤 하시더니.

직업에 '사' 자 들어가는 사람들 좀 제발 유심히 봐주세요. 의사, 변호사, 목사, 판사, 검사, 박사……. 그들이 엉뚱한 짓을 하면 죄 없는 인간들이 곤욕을 치르게 됩니다.

하느님, 제발 똑똑한 사람 몇 명만 골라서 암행어사를 제수해주세요. 그것이 싫으시다면 나 같은 사람에게 청소부장관 자리라도 시켜주세요. 싸가지 없는 놈들 싹싹 쓸어낼 테니까요.

하느님, 기억나세요?

내가 고등학교 졸업하고 처음에 일류대학교 법학과에 시험친 일 말입니다.

시험지를 받아놓고 나는 몇 줄 쓰지 못하고 옆눈질을 할 수밖에 없었습니다. 왜 그렇게 어렵고도 어려운 문제만 출제를 하게 했습니까. 옆자리의 수험생들은 어째서 작은 글씨, 그나마 가리고 쓰게 했습니까. 내가 판검사가 되어 정의롭고 진실되게 재판하는 게 싫으셨나요?

커닝이라도 하게 하셔야죠. 하느님에게 공부 좀 시켜드리지요.

커닝에는 일곱 가지가 있습니다.

첫째가 저돌형으로서 커닝 없이 세상 살맛이 안 나는 무리가 있으며, 둘째는 대범형으로서 책이나 사전을 펴놓거나 스커트 속의 허벅지에 커닝페이퍼를 스카치 테이프로 붙여놓는 것이며, 셋째로는 애교형으로서 눈흘기기·목빼기를 주로 사용하는 것이 있고, 넷째로 눈치형으로서 출제위원에게 정답을 유도하는 질문을 던져 답을 찾는 것이다. 그리고 다섯째는 동정받기로 답안지에 장문의 편지를 써서 점수를 구걸하며, 여섯째는 사후 처리형으로 백지를 낸 후에 선생 집에 술병을 들고 가는 것이며, 일곱째는 케세라세라형으로 연필을 굴리거나 같은 번호에 무조건 동그라미를 치는 것입니다.

공무원의 돈독커닝, 국회의원의 현찰커닝 당선, 지도자의 사대주의커닝, 국민의 세금커닝하는 무리들, 혼자만 애국자인 척하는 애국커닝, 근로자의 임금을 넘보는 사장족의 자린고비커닝, 사람의 병을 내팽개치고 호주머니만 노리는 고등소매치기커닝, 국민이 낸 세금으로 장사해서 돈 번 재벌들이 그 이익금으로 부동산만 사들여 서민의 목을 한 십 년쯤 졸라버린 저 가증스런 살인커닝, 하느님을 팔고 부처님을 팔고 신(神)을 팔아서 부자된 자칭 하느님 비슷하고 부처님 닮고 혼자만 법 없이도 사는 저 간교하고 음험한 커닝, 커닝, 커닝······.

하느님, 하느님도 좀 이런 건 제발 알아두쇼. 백문이 불여일견이랬으니 한번 내려와보시든가.

나 같은 꼴찌들도 좀 먹고살게 해주쇼.

오죽 시험 치를 때 답답하면 내가 답안지에 큼지막하게 이렇게 썼겠습니까. 출제위원들 벼락이나 맞아라.

하느님, 앞으로 내가 별의별 짓을 다 하더라도 두 눈 꼭 감고 계세요. 여태 그러했듯이 말입니다. 이 봉사 양반아.

유 박사는 한참 동안 말없이 담배만 뻑뻑 빨았다. 그리고 두 손을 가지런히 차탁 위에 올려놓고 말했다.

"그거면 되는가?"

그리고 비굴하게 웃어 보였다.

"또 있습니다."

내 단호한 대답에 유 박사는 난처한 표정이 되었다.

"간판과 명함, 그리고 텔레비전 자막에 제멋대로 표기하지 말고 유금동 박사라고 표기해 주세요."

유 박사는 얼굴을 찡그렸다. 쉽게 납득하는 눈치가 아니었다.

"뭐 그렇게 독특하게 해야 하는 겁니까? 꼭 그래야만 별종 양반이 되는 거고 위신이 서는 겁니까? 국문법에 그렇게 표기하는 게 틀리다는 걸 모르십니까?"

유 박사는 눈을 내려 감았다.

"그건 내 개인의 문제가 아니고 우리 가문의 문제가 아닌가 이 사람아. 종친들이 그렇게 결정한 걸 낸들 어쩌겠나. 그것이 우리 문법에 거슬리는 걸 누군들 모르겠나. 어른들이 그러자는 거니까 우리야 따라갈 수밖에 없잖겠는가."

"텔레비전에 나와서 허례허식을 없애자, 바르게 살자, 국어 순화 운동을 하자고 주장하시고는 이제 와서 이게 뭡니까?"

"글쎄, 그건 다르지 않은가. 다른 성씨와 단순히 구분하려는 것뿐이 아닌가 말일세."

"구분요? 언제는 지방색도 없애고 전국민이 서로 뭉치자고 해놓고 뭐 성씨를 굳이 구분해요? 우리나라에서 양반이 아니고 별종이 아닌 씨족이 어디 있습니까? 제발 말 같지도 않고 이치에도 안 닿는 소리 좀 그만두세요. 정신 똑바로 박힌 사람이면 그런 짓은 않을 겁니다. 배우는 학생들에게 부끄럽지도 않습니까? 그러다가 우리나라 성씨가 모두 파대로 바뀌겠습니다. 어쨌든 박사님이 결정하세요. 성씨를 택하든지 의사 자격증을 택하든지."

나는 매몰차게 대답하고 일어섰다. 유 박사가 소매를 잡아 앉혔다.

"그거 두 개면 되는가?"

"그렇습니다. 저도 사냅니다. 일구이언은 잘난 사내, 훌륭한 사내들이나 하는 거지 배우는 학생은 하지 않습니다."

그는 한참 만에 초라한 표정으로 고개를 끄덕거렸다. 나는 메모지와 볼펜을 내밀었다.

"합의서를 쓰시지요."

그는 방울 달린 생쥐었다. 합의서를 다 쓰고 난 그가 기진맥진한 것처럼 자리에서 일어났다. 그는 머리를 헝클어버린 뒤 길게 한숨을 쉬었다. 나는 갑자기 이발소에 가서 사지를 내맡긴 채 쉬고 싶어졌다.

"박사님. 세상에 나 같은 놈도 있다는 걸 아셔야 합니다."

"자네 같은 독종은 첨일세."

그는 비틀거리며 나갔다.

아무도 안 봐요, 왕자님

"간호원 노릇 하기 싫어졌어. 여자들끼리만 해먹는 게 싫어. 간호원은 의사보다 한끝 아래 취급을 받아서 싫어. 대등한 걸 하고 싶어."

"끙!"

"어디 아파?"

다혜의 목소리가 익살스러웠다. 간호원 국가고시에 당당하게 합격해 놓고 간호원 노릇을 하지 않겠다는 다혜의 마음을 나는 제대로 읽고 있지 못했다.

"간호원이 얼마나 좋니. 하얀 가운에, 천사의 마음씨에, 고통받는 자의 친구에, 어린애들의 우상에……."

내가 이렇게 말하자 다혜는 피식 웃었다.

"누가 모를 줄 알아? 날 그렇게 묶어두려는 걸."

"묶어두다니, 왜 묶어. 뭣 땜에."

"어떻게든지 날 꼬셔서 델구 살면서 병치레 심한 어머니의 전속 간호원시키려고 그런다는 걸."

"졌다."

"사내란 스캔들(스타일)이 커야 해요. 이 정도로 목욕(모욕) 당한 것 가지고 자세(자살)하면 안 돼요."

"확실하게 졌네요."

내가 다혜의 마음을 읽는 것보다는 그녀가 내 마음을 읽는 것이 확실하게 빨랐다. 우리 어머니가 여우 같은 지지배라도 간호원이라면 일단 점수를 후하게 준다는 걸 그녀는 알고 있었다.

졌다는 내 말을 잠깐 설명해 둘 필요가 있겠다. 다혜와 내가 흔히 쓰는 이 낱말의 원전을 알지 못하면 쉽게 이해하기 어려울 것 같아서.

옛날 옛날 아주 오랜 옛날에 바보 형제가 살았습니다. 장가 갈 나이가 훨씬 지났는데도 바보 형제는 외롭게만 살았습니다. 하늘도 무심치 않았는지 여자 한 명이 생겼습니다. 바보 형제는 서로 싸웠습니다. 처음에는 독차지하려고 싸웠고 나중에는 여자 사람을 반반씩 쪼개어 가지려고 싸웠습니다. 상하로 나누자고, 좌우로 나누자고 뭐 그랬겠지요. 요즘 말로 삼각관계였습니다.

여자 사람이 바보 형제에게 이렇게 제안했습니다.

"내가 문제를 내서 이기는 사람이 나를 아주 몽땅 가지세요."

조오치, 말도 되네, 거럼, 됴쿄 됴쿄……. 그렇게 해서 합의에 도달한 여자 사람이 바보 사람에게 문제를 냈습니다.

"이 세상에서 가장 많은 숫자는 무엇입니까? 승자는 삼삼한 여자 사람을 챙기게 됩니다."

바보 형제는 머리를 싸매고, 벽을 짓찧으며 코를 벌름거리며 고민을 했습니다. 한참 만에 형님 먼저 입을 열었습니다.

"셋!"

아우는 더 한참 만에 입을 열었습니다.

"졌다."

아우는 셋 이상의 숫자를 몰랐습니다.

"간호원 말고 뭐 하겠다는 거야? 여기가 서부활극의 세트장인 줄 알아?"

"시중꾼 같아서……."

말끝을 흐리는 다혜였다. 다혜도 여자의 직업이 그리 마땅치 않다는 걸 아는 것만은 확실했다.

"생명의 시중꾼이지 의사의 시중꾼은 아니잖아."

"그래도 싫어. 이미 결심했는걸."

"나한테 물어보지도 않고?"

"찬이가 뭔데?"

"……."

대답할 말이 없었다. 정말 나는 다혜에게 있어서 무엇인가? 애인인가? 미래의 남편인가? 모든 것이 미지수일 뿐이었다. 내 소망일 뿐이지 그녀의 결심은 아니었다.

하느님, 인간도 보네리아라는 이상한 벌레처럼 암수의 기능을 공유하게 했다면 이따위 고통은 없었잖아요. 영양이 부족해지면 수컷이 되고 영양이 충분하면 암컷이 되는 보네리아처럼 만들어줄 의향 같은 거 없나요?

남자도 때로는 여자가 되어보고 여자도 때로는 남자가 된다면 이따위 연애나 사랑 때문에 인간이 고통을 받지는 않을 거 아닙니까.

보네리아처럼 새끼를 낳은 후유증으로 영양분을 빼앗긴 암컷은 수컷이 되고 빈들빈들 놀고먹는 수컷은 영양분이 축적되어 암놈이 되어 새끼를 낳는 저 부러운 윤회를 우리 인간에게도 좀 나누어주세요. 그렇게만 된다면 얼마나 공평합니까.

"오후에 면접 보러 나가야 돼."

"면접? 취직하려고?"

"응, T신문."

"신문기자 하려구?"

"왜, 난 신문기자 하면 안 된다는 법이라도 있어?"

"놀래라. 신문기자 노릇해서 어쩌려고……."

"신문기자 되는 거 싫어?"

"싫어."

나는 단호하게 대답했다. 다혜가 신문기자로 둔갑해 버리면 금세 더 억세어질 것만 같았다.

"난 악착같이 할 거야."

다혜는 일방적으로 T신문사 앞에서 만나자고 약속한 뒤 전화를 끊어버렸다. 나는 터덜거리며 신문사 쪽으로 걸어갔다.

저만큼에 T신문사 건물이 올려다보였다. 나는 갑자기 신문사가 미워졌다. 그건 마치 다혜를 신문사에 빼앗긴 느낌이었다.

시계를 보았다. 내 걸음걸이로 T신문사 앞까지 걷는 시간은 십 분도 채 안 될 것 같았다.

십 원짜리 동전을 여러 개 꺼내 들고 아무도 없는 공중전화 박스 안으로 들어갔다.

"여보세요. T신문사 전화번호가 어떻게 되지요?"

안내하는 아가씨는 내 말이 채 끝나기도 전에 T신문사 전화를 알려주었다. 내가 신문사 전화번호를 물어볼 것을 미리 알고 있는 것 같았다.

저런 여자하고 결혼하는 사내는 행복할 것 같았다. 114에 전화 걸 수고를 하지 않고 마누라가 척척 불러줄 테니 얼마나 편할까.

T신문사에 전화를 걸었다.

"신문사죠? 난 폭파전문 공갈단의 두목입니다. T신문사를 폭파해 버릴까 하는데 누구랑 타협하면 되는 겁니까?"

"어디 대라구요?"

예쁜 여자 목소리는 내 위엄 있는 목소리를 알아주지 않았다.

"난 말입니다. 폭파전문 공갈단 두목이란 말입니다. T신문사를 폭파하려고 하는데 누구하고 타협하면 서로 이익이 되느냐 이겁니다."

"누구요?"

"젤 높은 사람 대주쇼."

나는 속으로 욕을 하면서 이렇게 말했다.

"입사 시험에 떨어진 친군가 봐."

그 여자는 혼잣소리로 이렇게 말하고 전화를 연결해 주었다.

"T신문사죠?"

내가 점잖게 물었다.

"몇 번이죠?"

목청 굵은 사내가 물었다. 수험번호를 묻는 것 같았다.

"난 폭파전문 공갈단 두목입니다. T신문사를 10분 내로 폭파할 계획입니다."

"여보슈. 당신 누구요?"

"난 한다면 하는 사람요. 모두 대피하라고 하슈. 괜히 사람

잡기는 싫으니까. 정확히 열두 시 삼십 분이면 T신문사 건물은 철골만 남을 거요."

나는 사내가 여보슈, 여보슈 하는 다급한 목소리를 무시한 채 전화를 끊었다.

기분이 조금 풀렸다. T신문사가 허둥거리는 꼴을 보면 기분은 아주 좋아질 게 뻔했다. 면접시험도 연기될 것이고, 그 사이에 다혜를 설득하여 신문기자 되는 걸 포기하게 만들면 되는 것이다.

T신문사 쪽으로 걸어갔다. 다혜와 만나기로 한 정문으로 가려면 한 바퀴를 돌아야만 했다. 나는 신문사가 허둥거리는 꼴을 보고 싶었다.

T신문사 주변에는 경찰관들이 좌악 깔려서 삼엄한 경계를 펴고 있을 것이고, 사내에서는 폭발물 처리반원들이 구석구석을 뒤지고 있을 것이다. 그리고 조금 약삭빠른 친구들은 줄행랑을 놓았을 것이다.

약삭빠른 친구들이여, 살아남는 게 정말 현명한 것이다. 그것밖엔 그대들에겐 진리가 없으니까.

빌어먹을.

나는 신문서 앞에 도착해서 이렇게 투덜거렸다. 내가 기대했던 장면은 한 장면도 없었다. 삼엄한 경계를 펴고 있어야 할 경찰관도 눈에 띄지 않았고, 부산을 떨고 있어야 할 사람들도 보이지 않았다. 하다 못해 신문사 자체의 경비원이라도 서성거려야 할 일인데 보통 때처럼 근무만 하고 있었다.

"딱 일 분 늦었다."

다혜가 시계를 들여다보고 내게 한 말이었다.

나는 우울한 목소리로 대답했다.

"신문사를 폭파하려고 지형 정찰 좀 하느라고 늦었어."

"난 오래 살고 싶지 않아."

다혜가 능청스럽게 대꾸했다.

"꼭 이눔의 델 들어가야겠니?"

"물론이지. 그래서 이렇게 치마 입고 화장하고 나왔잖아."

정말 그랬다. 여간해서 입지 않는 치말 입고 나온 것만 봐도 다혜의 결심이 어떻다는 걸 알 것 같았다.

"미장원 가고, 면접 보구, 그때까지 동반자가 돼줄 수 있지?"

"보호자가 돼주지."

"서너 시간 걸릴 텐데……."

"그동안 날보구 여기 꼼짝 말고 서 있으란 말야?"

"사랑의 불침번, 얼마나 멋져. 여자들이 연애할 때 왜 자꾸 우대를 받으려고 그러는지 알아. 남자들은 연애할 때는 여자를 선녀가 되려다 만 여자처럼 위하다가도 결혼하고 나면 마치 나무꾼에게 날개옷 빼앗긴 선녀처럼 취급한다는 걸 알기 때문야. 또 남자들이 주택복권을 사서 왜 몰래 감춰두는지도 안다구. 일등으로 당첨되면 이혼할 계획인 걸 간파한 거지. 재수 없이 우리가 한집에 살게 될지도 모르니까 그동안 실컷 우대를 받고 싶어서 그래. 그래도 싫어?"

나는 고개를 저어 보였다. 다혜의 말솜씨에 기분이 좋아진 상태였다.

하긴 여자들이 저렇게 극성을 부릴 만도 하다 싶었다. 여자는 태어날 때부터 불평등하다고 했다.

여자아이는 태어날 때부터 남자아이일 거라는 기대의 배신으로부터 겨우 목숨을 부지해 온 것이 사실인지 모른다.

하느님, 사실 그렇죠?

하느님이 엿새 동안 우주 만물을 만들고는 하루를 푹 쉬었지만 아마 이브 할머니를 만들고 나서부터는 하루도 편히 쉴 수 없었을 겁니다.

인류에게 있어서 죄악과 사건은 모두 남자와 여자라는 두 개의 성을 만들었기 때문에 생긴 것일 테니까요.

하느님, 하느님의 실패작을 또 하나 들춰내서 미안합니다. 그러나 옳은 소리는 하느님도 들을 줄 아는 아량과 배포가 있어야 합니다. 인간처럼, 조금 잘난 척하는 사람처럼 아무나 귀에 거슬리지 않는 말이나 칭찬 따위에만 연연하지는 않겠죠. 그죠?

그런 친구들 오래 사는 꼴 못 봤어요?

하느님만이라도 제발 그러지 마세요.

"여자로 태어난 것이 불공평한 건 아냐. 사회가 잘못 운용했다 뿐이지. 난 때때로 나 자신이 여자로 태어났으면 얼마나 좋았을까 하는 생각을 하는걸. 얼마나 좋아. 까짓 거 뼈 빠지게 수고하지 않아도 좋고 대가리 터지게 출세하려고 이를 뽀도독뽀도독 갈지 않아도 되고 돈독이 올라 눈깔이 뒤집히도록 아부하고 중상모략하고 칼 빼들고 지랄 발광하지 않아도 되고…… 여자 꼬시려고 치사하게 굴 필요도 없고…… 여자야 뭐 남자가 꼬시는 대로 넘어가주기만 하면 사모님도 되고 여사도 되고…… 악을 바락바락 쓰며 애새끼나 두엇 나주면 되는걸. 난 정말 싸가지 없는 이놈의 세상 꼴을 볼 때마다 내가 왜 여자로 태어나지 않았나 하고 생각한다니까."

사실이 그런지 어쩐지 잘 모르지만 여자는 남자가 꼬시는데 잘 골라 넘어가주기만 하면 하루아침에 사모님도 되고 재벌의 상속녀도 되고 귀부인도 되는 것만 같았다.

남자는 아무리 장가를 잘 가도 아무개의 남편 이상은 될 수가 없는 것이다.

하느님, 난 솔직하게 말해서 일부다처제를 부러워합니다. 어떤 나라 황제는 왕후가 백 명이 넘고 자식이 몇백 명씩 된다고도 합니다. 또 어떤 나라는 아예 일부다처제를 시행하고 있잖습니까.

그런 사람들은 내버려두면서 그래 여자 한 사람 꼬시는 데 이렇게 시간 끌게 할 게 뭡니까. 그러다가 불평등죄로 고발당하죠.

"남자는 일생을 통해 여자를 사랑하는 숫자가 그 남자가 일생 동안 맞춰 입은 양복의 숫자와 같다며?"

다혜가 이기죽거렸다. 나는 그렇다고 대답할 수가 없었다.

"딴소리 말고……. 왜 간호원이 싫다는 거야. 말 좀 해봐."

"흥미를 잃었어."

"간호원을 흥미 가지고 하려고 했니?"

하긴 솔직하게 말한다면 의료계에 종사한다는 게 돈 보고 하는 거겠지만.

"그래도 재미가 좀 있다 싶어야 할 거 아냐?"

"재미! 세상에……. 재미있는 게 어디 있다고."

"왜 없어? 사람들이 엉켜 사는 거 있잖아. 치고 패고 물고 찢고 할퀴고 꼬집고 욕지거리하며 아웅다웅하는 거."

"신문기자가 그런 거 하니?"

"그런 꼴 젤 먼저 보는 거지, 뭐."

"정말 그렇다고 생각하니?"

"정말야. 도대체 신문에 안 난 게 어떤 거며, 낱말 속에 숨어 있는 말 못할 사정이 뭐며, 왜 사람들이 신문기자를 좋아하는지……. 그런 거나 좀 알고 싶어."

"네 논리대로라면 세상에 신문기자 안 할 사람 어디 있니?"

"그러게 세지."

"세봤자, 알아줘야 말이지."

"찬이 혼자 알아주면 되잖아."

"나는 잘난 체하는 놈 아니면 안 알아줘."

다혜는 일어섰다.

"기다리기 지루할 테니까 전자오락실에 가서 벽돌을 부수든지 총질을 하든지 내키는 대로 해. 자금은 특별 서비스 해줄게."

"서너 시간 동안 어떻게 기다려."

"그럼, 이발소에 가서 한숨 자두든지."

우리는 그렇게 하기로 하고 헤어졌다. 다혜는 미장원으로 가고 나는 걸어서 신문사 골목길을 빠져 나왔다.

문을 밀고 들어섰다. 깍듯한 인사, 친절한 웃음, 훈훈한 실내, 깨끗한 장식, 안락한 의자와 대형 거울, 향긋한 냄새 그리고 짧은 치마와 예쁜 종아리와 검정 스타킹 위에 사뿐히 걸쳐진 하얀 가운과 불룩하게 치솟은 가슴, 그 불룩한 가슴 한가운데 선정적으로 보이는 꼭지 자국.

나는 갑자기 왕자가 된 기분이었다. 이런 기분이 없다면 이발소에 다닐 맛이 나지 않을 것이다. 내 윗도리와 구두가 덩달아 호강을 했다.

나는 안락의자에 앉혀졌다. 허옇게 날이 선 가위와 날카롭게 빛나는 빗이 내 머리를 싹둑거리며 다녔다.

이발하는 시간은 짧았다. 이발이 끝나자 면도사가 기다렸다는 듯이 내게 다가섰다.

손끝이 차가웠다. 그러나 살결은 보드라웠다. 나는 그녀의 몸과 밀착되는 걸 느끼면서 왕자가 되고 싶었다.

나는 어려서부터 면도를 할 때마다 겁을 먹곤 했었다. 한 뼘 거리밖에 안 되는 모가지가 위태롭다는 생각을 했다. 그렇게 잘 드는 칼 한 방이면 끝장이 나는 것이다. 그렇다고 잘린 머리통을 들고 병원으로 뛰어갈 수도 없을 것이다.

아가씨의 면도 솜씨는 좋은 편이 못 되었다. 그러나 그녀의 밀착은 아주 세련된 것이다.

가슴, 꼭지가 선명한 가슴이 내 몸에 닿아 납작하게 눌렸다. 아니 그녀가 그렇게 누르고 면도질을 했다.

갑자기 내 몸의 어딘가가 뜨거워지는 걸 느꼈다.

이 여자의 가슴은 왜 이렇게 클까? 아마 이 여자의 애인은 어려서부터 어머니의 젖을 빨아보지 못하고 암죽만 먹고 자랐는지 모르겠다.

그러나 그녀의 자식만은 비닐 젖병 따위로 배를 채우지 않아도 충분할 것 같았다. 감히 비닐 용기와는 비교도 할 수 없는 아기 도시락을 가졌으니까.

아가씨의 가슴은 면도가 끝날 때까지 내 몸뚱어리를 괴롭혔다. 형편없이 방정맞은 내 육체가 자꾸 꿈틀거렸다.

그러나 면도가 끝나고 머리를 감고 난 뒤에 안락한 의자 위에서, 나는 링 위에서 정통으로 한 방 맞고 떨어진 권투선수처럼 비틀거리고 말았다.

내 능력으로는 이 비틀거림과 감미로운 향연을 거부할 힘이 없었다. 성냥불을 그어 댄 것처럼 내 육체 전체가 화끈거렸다.

나는 잠자코 있었다. 그녀의 손길을 거부할 수 없었다. 마사지라는 이름의 흥분제는 내 호기심과 욕망에 불을 당기고 있었다.

귓속에 뜨거운 입김을 불어 넣은 그녀는 박하껌 냄새를 풍기며 내 귓부리를 깨물었다.

귓부리에도 방정맞은 놈이 숨어 있었던 모양이었다. 나는 이런 귓부리 호강이 처음이었다.

그녀는 마치 나를 포개고 앉듯 했다. 그녀의 심장은 뛰고 있지 않았지만 내 심장은 부지런히, 정말 다급하게 들까불고 있었다.

"이거 왜 이래?"

나는 들릴까 말까 한 소리로 거부의 표시를 했다. 이럴 때 큰소리치는 사람은 용감한 사내인 게 틀림없을 것이다.

"아무도 안 봐요. 내가 가리고 있잖아요."

그녀는 귓가에다 속삭였다. 눈을 떠보니 커튼으로 사방이 막혀져 있었다. 그리고 그녀가 내 부끄러움을 보호하기 위하여 수건으로 얼굴을 가려주었다.

"이 사람이……. 이거 그만둬."

조금 더 완강한 의사표시를 했다. 그러나 그건 내 의지인지 해보는 소리인지 나 자신도 분간하기 어려운 것이었다.

"괜히 그래."

마치 오래 사귀어서 꽤 닳고 닳은 애인 같은 목소리였다.

"부끄럽긴……. 사내가 뭘 그래……."

투정 비슷한 소리였다. 그러고는 내 몸 위로 껑충 뛰어올라왔다. 나는 마치 그녀의 체중을 다는 저울 같은 자세가 되어버렸다.

한없이 미끄러지는 느낌을 받았다.

"깨물어버릴까 부다."

음험스런 목소리, 카세트 테이프 속에서 들리는 일본 여자의 숨 넘어가는 소리 같았다.

그녀는 내 바지의 지퍼를 주욱 내렸다. 나는 벌떡 일어났다.

"이게 무슨 짓야!"

내 목소리가 그래도 작았다. 그녀는 눈을 가느스름하게 뜨고 혀를 내밀었다.

"괜히 그래. 누가 잡아먹나……."

아직도 목소리 속에 교태가 덕지덕지 묻어났다. 그건 새벽 기차로 서울역에 내렸을 때 화장기가 야한 여자가 하던 소리였다.

"이게 어디서……."

큰소리로 위엄을 보였다고 생각했으나 그녀는 웃기만 했다.

"좋으니까 그래본걸 머."

"이게……"

"이런 데 있다고 누구 좋아하지 말란 법 없잖아 머."

그러면서 그녀는 내 가슴에 엉겨들었다. 나는 여자를 뿌리치고 커튼을 젖혔다. 그녀는 팔짱을 낀 채 표독스런 표정으로 나를 노려보고 있었다.

하느님, 이럴 땐 어떻게 해야 하는지 알려주세요.

하느님도 이발소에 다녀보신 적이 있으신가요? 미장원에 다녀보지 않아서 모르지만 혹시 미장원에 털투성이 반라의 사내가 여자들을 저런 식으로 짓뭉개고 있는 건 아닌가요?

하느님, 까놓고 말씀해 주세요. 나는 뭐가 뭔지 잘 모르겠습니다. 나같이 변두리 이발소 다니는 놈하고 이렇게 중심가의 썩 괜찮은 이발소에 다니는 사람들과 도대체 무슨 차이가 있는 겁니까?

"그냥 가면 어떻게 해."

그녀는 내게 팔짱을 끼며 따라나설 것처럼 했다. 나는 그런 그녀를 뿌리칠 힘이 다시 빠져나갔다는 걸 알았다. 그러나 용감해질 수 있는 게 있었다.

그녀에게 지불할 팁이 내겐 없다는 것과 그녀가 따라와도 그녀를 만족시켜 줄 만큼의 현찰이 내게 없다는 사실이었다.

나는 옷을 입고 구두를 신었다. 그리고 찰싹 붙어 있는 그녀에게 이렇게 말했다.

"아가씨, 좋았어."

"어마! 그래요. 진짜로 서비스해 줄까요."

"지금까지 가짜였나?"

"그건 푸트웍이죠. 어퍼컷이 있어요."

"그건 어떻게 하는 건데."

"따라가면 되잖아."

"뭘 따라와."

"아이 참! 숙맥인가 봐. 내 얼굴 보면 몰라."

"입이 크면 노래 잘 부르고 상추쌈 잘 먹고 수박 잘 먹지."

"흐으흥! 자꾸 그러면 기절시켜 버릴 거야."

"난 하루에도 열두 번씩 기절하는걸."

"저런……. 숙맥……. 뭘 몰라. 나한테 걸리면 녹을걸."

"……."

더 이상 말대꾸를 하고 싶어도 그녀의 터수 높은 말에 대꾸할 낱말이 떠오르지 않았다.

"얼마지?"

내가 호주머니에 손을 넣은 채 물었다. 그녀는 의미 있게 웃고 바싹 붙었다.

"주고 싶은 대로 줘."

그러면서 앞가슴을 벌려 브래지어 속에 넣으라는 시늉을 했다.

"주인 좀 오라구 해."

"별걸 가지고 그래. 날 주면 안 되나 머. 되게 뻐서……."

"주인 오라고 해. 어서!"

나는 험악하게 인상을 썼다.

"아이, 왜 그래."

"잔소리 말고 주인 오라고 해."

"어머머, 별꼴야."

그녀는 입을 비죽 내밀고 팔짱을 낀 채 버티고 서 있었다. 커튼이 젖혀지고 가운 입은 사내가 허리를 숙이며 들어왔다.

"손님, 왜 그러십니까?"

"주인이십니까?"

"우리 사장님이세요."

아가씨가 여전히 볼멘소리로 대꾸했다. 하긴 요즘 구멍가게 주인도 사장이고 담배가게 아저씨도 사장인 판에 내가 주인이냐고 물은 것이 잘못된 것인지도 모른다.

"사장입니까, 주인입니까?"

나는 능청스럽게 물었다. 주인은 머뭇거리기만 했다. 나는 그 사내를 노려보았다. 사내가 눈을 내리깔고 대답했다.

"제가 운영하고 있습니다만 이 아이가 무슨 실례라도……."

"실례까진 하지 않았지요. 백운간(白雲間)에 노닐 적에 붉은 옷자락이 펄펄, 백방사 속곳가래 동남풍에 펄렁펄렁, 박속 같은 살결이 백운간에 희뜩희뜩했을 뿐이지요. 아주 즐거운 걸 보여줬습니다."

나는 외고 있던 춘향전의 한 대목을 외어서 대답했다. 사내가 눈을 껌벅거리며 듣고 있다가 허리를 깊숙하게 숙였다. 그리고 비굴하게 웃어 보였다.

"미스 주, 손님을 어떻게 모셨길래 이러시나. 항상 성심껏 모시라고 일렀잖느냐 말이다."

아가씨에게 언성을 높인 사내가 명함 한 장을 쓰윽 내밀고 또 웃었다. 아가씨가 무섭게 나를 노려보고 있었다.

"아따, 무섭게 많은 일을 하십니다. 이거 원 어지러워서 다 읽겠습니까."

명함 한 장이 모자랄 정도로 무슨 위원회에다 무슨 협회에다 목을 매놓고 사는 사람 같았다. 명함이 너절한 사내치고 이름 난 친구 없는 법이긴 하지만……

"그나저나 명함 끝에 자택이라고 쓰는 건 어떻게 배우셨소? 왜 집이라고 못 쓰고……. 그렇게 높은 데 사슈?"

"저 손님이 괜히 트집 잡고 그러셔……"

아가씨가 투정조로 거들고 나섰다.

"저렇습니다. 아직 어리고 미숙해서 그러니 손님께서 이해를 하세요."

"어린 건 뭐고 미숙은 뭐요?"

"동생 같으니 이해를 해달라는 말씀이죠."

주인 사내도 지지 않겠다는 듯이 말끝을 높였다.

"그렇다고 칩시다. 그런데 칸막이는 왜 했습니까?"

"칸막이라뇨? 이건 커튼입니다."

사내는 커튼을 홀쩍 젖혀놓고 의기양양하게 말했다.

"이 양반이……. 지금이 어떤 세상인데 이따위로 나서고 그래요?"

사내가 갑자기 비굴하게 웃었다. '지금이 어떤 세상인데'라는 말이 언제든지 무서운 파괴력을 갖는다는 걸 나는 알았다. 사람들은 그 시원찮은 몇 마디에 늘 주눅이 들곤 했다. 써먹을 만한 단어인 것만은 확실했다.

"얼마요?"

"저……. 삼천 원만 주시죠."

나는 삼천 원을 꺼내 주인의 손바닥 위에 놓았다.

"우리가 재수 없게 경찰서에서 만나더라도 얼굴 붉히진 맙시다."

문을 열고 나오며 나는 이렇게 말을 던졌다. 주인은 마치 옷 벗기 시합장에라도 나간 것처럼 재빨리 가운을 벗었다. 그리고 그는 뛰어나왔다.

"선생님……. 저 선생님……."

"난 선생질 해본 적 없소."

나는 거만하게 대꾸했다.

"선생님 이러지 마시고 서운한 게 있으면 꾸짖어주시고 말씀을 해주세요. 저희들이 불쌍하지도 않습니까? 하루 벌어서 하

루 먹는 저희들이 뭘 압니까. 이 짓이라도 해야 겨우 풀칠하는
걸……. 선생님께서 이헬 하셔야……."

주인은 내 소매를 잡고 늘어졌다.

"이거 놓으시죠."

"저……. 차라도 한잔 하시면서 노염을 푸세요. 제 말씀도
좀 들어보시고……."

주인은 억척스럽게 잡고 늘어졌다. 나는 못 이기는 체 주인
이 미는 대로 다방으로 올라갔다.

"하루 벌어서 하루 먹는 저희들로선……. 뭐랄까……
그…… 뭐냐면…… 아시다시피……."

사내는 더듬거렸다. 나는 더듬거리는 그를 보며 웃었다.

"실례지만 어디서 나오셨는지……. 선생님 존함이라도…….
우리 업소는 영세하고…… 빤한 데가 아닙니까……. 저희뿐이
아니고, 아시다시피 다 그런 실정이고, 우리도 그러고 싶진 않
지만 다른 데가 그러니 앉아서 굶어 죽을 수도 없고 해서 이
짓을 해서, 겨우 산 목숨 거미줄만 걷고 삽니다."

사내는 자꾸만 떨었다. 겁을 먹은 것인지 일부러 그러는 것
인지 분간할 수가 없었다.

"말 잘했소. 무슨 할 짓이 없어서 바지 까내리고 돈 벌 짓을
하는 거요. 그리고 도대체 얼말 받소?"

"그야 대중이 없지요. 좀 후한 손님이면 두어 장도 주시지
만……. 보통 한 장은 주십니다만……. 늘상 손님이 계신 것도

아니고……, 나가는 거 많고……."

"평소에도 더듬으슈?"

"아, 아아뇨."

"애들은 얼마나 차지가 가나요?"

"그야 머, 대개 다 갖지요 머."

"이 양반이 어따 대고……. 뭘루 보구 이래 이거."

"어디서 오셨는지. 이러지 마시고 한 번만 눈감아주시면……."

"나보고 봉사가 되란 말요?"

"그게 아니고 한 번만 봐주시면 그 은혜를 꼭 갚겠습니다.
한 번만……."

"애들 얼마 주냐잖소?"

나는 언성을 높였다. 여간해서 입을 열 사람 같지 않았다.

"다른 데는 사륙제로도 하고 하는 모양인데 저희는 애들이
불쌍해서 삼칠제로 합니다. 그것들이 오죽하면 이런 델 나왔
겠습니까. 그래서 저희는……."

"사실요?"

"정말입니다. 한번 물어보세요. 전 이날 이때까지 목에 칼이
들어와도 거짓말은 않고 살았습니다."

"팁은 세무서에 신고합니까?"

"그 선생님들이야 저희 얼굴 보시고 뭐 그냥 넘겨주시죠. 이
게 다 얼굴장사 아닙니까? 선생님, 이거 작지만 여비라도 하
세요."

사내는 어느 짬에 준비를 했는지 흰 봉투를 내밀어놓고 겸연쩍게 웃었다.

"이거 얼마요?"

나는 너그러운 표정을 지으며 물었다.

사내는 환희의 낯빛으로 바뀌며 대답했다.

"적습니다. 지금 준비한 게 없어서……. 다음에 들르면 잊지 않고 성심성의껏 모시겠습니다."

"다음에 또 오란 말요?"

"자주 들러주셔야죠. 저희가 모실 수 있는 기회를 꼭 자주 주세요."

"흐흐흐……. 그래요? 이거 얼마인지 밝힐 수 없소?"

"차암, 선생님두……. 적습니다. 오만 원밖에 안 됩니다. 다음엔 꼭 성심성의껏……."

"고맙소. 가서 아까 그 아가씨 좀 보내쇼. 빨리, 시간이 없으니까."

사내는 단거리 선수처럼 뛰어나갔다. 그리고 1분도 채 안 되어서 아가씨가 들어왔다. 가운 위에 바바리 코트를 걸쳤지만 앉을 때 훤히 들여다보이는 허벅지가 선정적이었다. 동물은 역시 허벅지밖에 욕심나는 데가 없는 것 같다.

"선생님, 아까는 몰라 뵙구 죄송하게 됐습니다. 용서해 주세요."

"다리나 좀 오므리고 앉아요."

"정말 죄송해요."

"팁 받으면 어떻게 나누지요? 솔직하게 말해요."

"저……. 삼칠제예요."

"바른대로 대요. 다 알고 있으니까."

"저……. 우리 사장님…… 그러니까……."

"혼자만 알고 있을 테니 바른대로 대요."

"사장님께 말하면 안 돼요. 쫓겨나요. 사실은 거꾸로 사륙제
예요. 가령 만 원 받으면 사장님이 육천 원 갖고. 그러나 우리
가 육천 원 받는 것처럼 시켜요."

"그럼 그 짓을 뭣하러 해요? 몇 푼이나 번다고 사내들 바지
나 까내리고……. 그 짓해서 얼마나 잘 산다고……."

"그래도 이 벌이가 제일 나아요. 여기저기 돌아다녀봤지
만……. 하루에 댓 명만 받아도 이삼만 원은 되니까요."

그녀는 진지한 표정이었다. 나는 얼른 팁과 나누어 먹기와
손님 숫자를 머릿속으로 계산해 보고 고개를 끄덕거렸다.

여자 벌이치고는 꽤 센 편이라는 생각을 했다. 한 달에 평균
육십만 원 벌이가 넘는다는 계산이 나왔기 때문이다.

"아가씨가 몇 명이나 있지요?"

"우리는 다른 데 비해서 적어요. 다섯 명이니까요."

나는 또 다섯 명의 팁에서 알토란처럼 수입을 올리는 주인의
호주머니를 재빨리 계산해 보았다. 간단히 계산해 보아도 사백
만 원이 넘는 것이었다. 그러니까 내게 선심쓰듯 준 오만 원은

주인의 푼돈밖에 안 되는 것이었다. 나는 정통으로 속았다는 생각이 들었다.

"아가씨 이 돈 받으쇼."

"이러시면 안 돼요."

"걱정 말고 받아요. 주인이 그동안 아가씨에게 착취한 일부분이니까."

나는 그녀의 코트 주머니에 봉투째 넣어주었다.

"저……. 드릴 말씀이 있는데……."

"흐흐흐, 걱정 마오. 후딱 가서 주인 보구 빨리 오라고나 해요."

그녀는 공손하게 절을 하고 나섰다.

하느님. 잘 보셨죠?

세상이란 이런 겁니다. 하느님은 세상 일을 뭐든지 다 아는 척하지만 뭐 하나 제대로 아는 게 없다구요. 알아보았자 힘도 없지만 말입니다.

사내가 긴장된 얼굴로 들어와서 깍듯하게 인사를 했다.

"죄송합니다, 선생님."

"죄송이고 나발이고 당신 혼 좀 나야겠어. 당신 봐주려고 했더니 하는 수작이 영 꼴 시어서 못 보겠어. 당신 한 달에 몇백만 원씩 벌면서 고작 오만 원 가지고 나 삶아 먹으려고 했어?"

"선생님 그것만은……."

"그럼 대신 내가 하잔 대로 할 테야?"

"여부가 있겠습니까. 하란 대로 다 하죠."

'위 사람은 손님에게서 받은 행하(팁의 우리말)를 수고한 아 가씨와 정확히 5대 5로 나눌 것을 약속하며 만약 어길 경우에 는 아래 적은 사실대로 당국에 고발해도 이의를 제기하지 않 겠습니다…….'

사내는 서약서에 손도장을 찍고 울상이 되어 일어섰다.

나는 뒤통수가 뜨끈거려 뒤돌아보았다. 사내가 나를 노려보 고 있었다. 마치 배곯은 늑대처럼.

나는 휘파람을 불면서 걷기 시작했다.

인간시장

　다혜가 걸어왔다. 치마 아래로 보이는 종아리가 퍽 예뻐 보였다. 바람이 쏴아 불었다. 치마가 흔들릴 때마다 다혜도 율동하는 것 같았다.

　다혜가 바람을 안고 걸었다. 실크 원피스가 몸에 찰싹 붙어서 섬세한 곡선을 드러내 보였다. 내 가슴이 잠깐씩 설레기 시작했다.

　마구잡이로 훔칠 수야 없지.

　나는 이런 생각을 했다.

　여자는 왜 치마를 입게 되었을까? 사내들이 그렇게 만든 걸까. 아니면 여자들 스스로 그렇게 만들어 입은 걸까.

아담과 이브는 발가벗고 살았다고 했다. 단 두 사람뿐인데 입거나 벗거나 상관할 필요가 없었을 것이다. 에덴동산에서 쫓겨나면서 아랫도리를 나뭇잎으로 가렸다고도 했다. 아마 아담과 이브가 빨래를 했다면 빨랫줄에 큰 잎사귀만 걸려 있었을 것이다.

인류 전체가 모조리 발가벗고 산다면 어찌 될까?

볼만할 것이다. 이 지구엔 잘난 놈도 똑똑한 놈도 쓸 만한 사람도 모두 필요치 않을 것이다. 힘 세고 주먹 잘 쓰는 놈이 왕초일 테니까.

이순신, 강감찬, 을지문덕 같은 장수와 여포, 관우, 장비 같은 동양 칼잡이가 붙어보면 누가 이길까? 슈카라무스와 달타냥 같은 서양 칼잡이하고 붙으면 어떻게 될까? 홍길동하고 손오공이 붙으면 또 어떻게 될까?

비겁한 자가 이길 것이다. 언제나 칼 쓰는 곳에는 비겁자가 승리하는 게 정석인 것이다.

"합격했니? 치마 입고 가니까 잘 봐줬겠지, 머."

나는 빈정거렸다. 나를 만날 때는 청바지 같은 걸 입고 나오던 여자가 신문사 기자 입사시험 칠 때는 부풀거리고 흔들리는 실크 치마를 입는 게 얄미웠던 것이다.

"한 번 더 남았어."

다혜가 힘 빠진 소리로 대꾸했다.

"설마 수영복 테스트는 아니겠지, 머."

"수영복 테스트면 뭐 어때서?"

다혜가 대거리를 할 태세였다.

"여자들은 왜 속살 전시회를 그렇게 자주 해야 하는지 의심스러워서 그래."

"그게 왜 속살 전시회야?"

"그럼 배꼽 전시회."

"그게 왜 배꼽 전시회야?"

"……."

나는 대꾸하지 않았다. 대꾸할 말이 떠오르지 않았다.

여자들은 대충 벗고 사는 걸 더 좋아하는 것 같았다. 사내들이 그렇게 차리고 돌아다니면 당장에 정신병원으로 끌고 갈지 모른다. 여자들은 남자처럼 옷을 입어도 내버려두면서 말이다.

여자들에겐 따지는 것도 많았다. 자신들을 근수와 치수로 평가하는 걸 보면 마치 정육점에 거꾸로 매달린 고깃덩어리 같아 보인다. 여성해방운동을 하는 많은 사람들조차 마치 여성해방이 남자와 기능을 같게 하려고 하는 것 같다.

하긴 여자들은 태어나는 것에서부터 불평등한 대접을 받는다. 남자아이일 거라는 기대의 배신으로 태어난 여자아이일 뿐이다.

"마지막 시험이 뭔데 그래?"

"취재하여 르포 쓰는 거야."

"뭘 쓰라는 거야?"

"아무거나."

"뭘 쓰라고 정해주지도 않고 무작정 쓰란 말야?"

"그렇대두. 본인이 정해서 쓰라는 거야."

"내가 바빠지겠다."

"왜 찬이가 바빠져?"

"다혜에겐 그런 능력이 없을 테니까 그렇지."

"내가 왜 없어."

"기껏해야 시체실 풍경이겠지, 머."

"그거면 어때서."

"네가 간호학과 출신이기 때문에 그런 델 취재하면 마이너스가 돼. 색다른 것, 보통 사람이 생각 못하는 걸 취재해야 돼. 안 그래?"

"글쎄……."

다혜는 말꼬리를 흐렸다. 르포 쓰는 데 자신이 없었던 모양이었다.

"기찬 거 알려줄까? 내가 은행을 근사하게 털 테니까 옆에서 그걸 취재하는 게 어때?"

"조오치. 그러다가 나까지 공범자로 감옥에 가겠지만."

"옥중 결혼식……. 뭐 우리도 그런 걸 하게 되겠지."

다혜가 내 등짝을 때렸다.

"그럼 소매치기하는 거 취재할래?" "싫어. 능숙한 빌림굿 격

찬했다가 나만 주저앉게 돼."

"그럼 도대체 뭘 하겠다는 거야?"

"그러니까 지금 찾고 있는 중이잖아."

우리는 입씨름을 하면서 걸었다. 갑작스런 숙제 때문에 묘안
이 떠오르지 않았다.

"기찬 거 있다."

내가 손뼉을 치며 말했다.

"사람장사꾼을 취재하는 거."

"그게 무슨 소리야?"

"인신매매, 서울역에서 무작정 상경한 소녀 팔아먹는 거 있
잖아."

"요즘 그런 게 있을라구."

"있어, 내가 있다면 있어."

"봤어? 팔아먹는 거 봤어?"

"보진 못했지만 들은 얘기가 있어."

"설마……. 지금이 어느 땐데."

"밑져야 본전이지 뭘. 근사하지 않겠니? 특종이 될 텐데."

"그런 게 아직도 있다면야 특종감이지만……."

다혜는 자신이 없는지 말끝을 흐렸다. 나도 자신이 없는 것
은 마찬가지였다. 상경 소녀를 팔아먹는 사람들이 아직도 있다
면 얼마에 팔리는지, 어디로 팔려가는지, 누가 사람장사를 하
는지 보고 싶었다.

"사람장사, 인간시장…… 제목은 그런 식으로 붙이면 되겠다."

"기발하긴 한데…… 그러다가 만약 잘못되면 어쩌지?"

"잘못될 게 뭐 있어. 해보는 거야. 그렇지 않고는 특종을 잡을 수가 없어."

"……."

망설이는 표정이 역력했다.

"다혠 그러니까 자격이 없는 여자야. 아예 집어치우고 간호원이나 하라구."

내가 이렇게 이죽거렸다.

"아냐. 악착같이 해볼 거야. 까짓 거 죽기 아니면 까무러치지, 머."

다혜가 결심한 듯 말했다.

"이왕 마음먹었으면 제대로 해보자. 우선 우리가 대전쯤 내려가서 야간열차를 타는 거야. 새벽기차에서 내려 직접 취재하는 거 어때?"

"허튼짓 하려고 날 꼬이는 건 아니겠지?"

"차암……. 내 솔직하게 말할게. 내가 조금만 나쁜 놈이라면 강제로라도 널 훔쳤을 거야. 벌써 말야."

"난 공일이구?"

다혜는 어이가 없는지 피식 웃고 말았다. 그러나 더 이상은 말대꾸를 하지 않았다. 다혜는 알고 있을 것이다. 내가 앙심만 먹는다면 못할 것이 없다는걸. 그래서 다혜는 갑자기 얌전해진 것이다.

"난 그럼 집에 가서 준비해 가지고 올게. 옷도 바꿔 입고……."

"청바지에 재킷……."

"그게 편하잖아?"

"빌어먹을. 여자는 아무래도 알 수가 없단 말야. 치마 입을 때하고 청바지 입을 때하고 구분하면서 살아야 하니 원."

"여자에 대해서 자꾸 알려고 하지 마. 나도 여잔데 나 자신도 여자에 대해 모르니까 말야. 여자라고 뭐 뾰족한 게 있을라구."

"뾰족한 거야 사내새끼들이나 가지고 다니지, 머."

"뭘?"

"아무튼 빨리 서둘러."

나는 엉뚱한 소리만 했다. 나는 그 순간에 남자들에게 뾰족한 게 있다는 생각을 왜 했는지 모른다. 불쑥 그런 말이 튀어나온 것이었다.

다혜네 집 앞에 서서 나는 다혜네 집 쪽으로 꾸벅 절을 했다.

"왜 그래? 갑자기."

다혜가 웃었다.

"마누라가 이쁘면 처갓집 말뚝 보고 절한댔잖아."

"누가 사위 삼는대?"

"누가 사위 삼아주쇼 하고 비는 놈이 어디 있어. 훔쳐다가 델구 사는 거지, 머. 그래서 새끼 하나 낳아가지고 가면 어쩔 거야? 그때 뻐시게 나오면 툴툴 털고 물리지, 머."

"그래 그럼, 실컷 절이나 하고 있어."

다혜는 나를 골목 입구에 세워놓고 집으로 들어갔다.

여자 집 근처에 와서 여자를 애타게 기다리는 병신 같은 사내들 심정을 나는 조금씩 이해하기 시작했다. 처갓집 말뚝 보고 절하는 사내들 심정까지도.

특급표를 끊기 위해 줄을 서서 나는 다혜에게 은근히 서울역 근처에서 자고 새벽 4시쯤에 취재하자고 마음을 떠보았다.

나는 이놈의 서울역 근처에만 오면 괜히 사건이 일어나기를 고대하곤 했다. 여관 간판과 화장기 짙은 여자들의 본바닥 같게만 느껴졌다. 시골에 오르락내리락 할 때마다 나는 그들에게 은근히 포위되기를 기다리곤 했었다. 그건 싫지 않은 유혹이었다. 그럴 때는 생김새 같은 걸 굳이 따질 필요도 없었다.

몇 푼의 지폐로 여자를 마음 놓고 훔칠 수 있다는 건 기분 좋은 일이 분명했다.

"솔직하게 말해 봐. 내가 정말 좋아?"

다혜가 정색을 하고 물었다.

"정말 욕심 나."

나는 장난처럼 대꾸했다.

"나두 좋아하는 건 사실야. 그러나 욕심까진 나지 않아."

"솔직해 봐. 솔직한 건 죄가 아냐. 안 그래? 다혜도 날 몽땅 갖고 싶지?"

나는 부추겼다. 다혜는 보통 여자보다는 용감한 데가 있는 여자였다.

"몽땅 갖다가 어따 써."

"딴소리 말고 솔직하게 얘기해 봐. 난 다혜를 갖고 싶어 미치겠어."

"내가 물건이야?"

"딴소리 말래두."

"시시해서 그래. 또 우리도 다른 사람들처럼 해괴한 흉내나 내고 그래야 하나, 머."

"넌 호기심도 없니?"

"호기심? 잘 모르겠어. 그냥……. 뭔지 모르지만 두려운 거 있지? 그저 그래. 뭐라고 꼬집어 말하기 어려운……. 그저 그냥."

다혜가 헤매고 있었다. 그건 솔직하지 못한 증거였다. 여자라고 호기심이 없을 리 없을 거고 여자라고 남자를 훔치고 싶지 않을 리가 없었다. 부끄러워하고 두려워하는 것뿐일 것이다. 인간의 욕망이란 하느님이 만들어준 기본 동작이니까.

사내들은 왜 여자 훔치는 일에 그렇게도 전력투구를 하는가? 수태하지 않는다는 것 때문일 것이다. 표시 나지 않기 때문일지도 모른다.

하느님, 여자들을 왜 그렇게 복잡하게 만들어놨습니까? 가장 오묘하게 한번 만들어봤다구요? 그게 말이나 됩니까. 우리가 장난감이란 말입니까. 몇백만 년 가지고 놀았으면 이제 그만 버려주는 게 예의 아닐까요.

"기차가 이따위로 생겼을 바에야 특급이란 표찰을 떼어버리는 게 나을 텐데."

다혜가 자리를 잡고 앉으며 이렇게 말했다.

정말 말만 특급이지 특급다운 데라곤 없었다. 있다면 기차 옆에 특급이라고 써 붙인 표찰과 차표 값이 비싸다는 것과 서울역에서 출발한다는 것밖에 없을 것 같았다.

특급열차가 언제부터 이렇게 허름해졌는지 모르겠다. 우등열차와 새마을이란 것이 생겼기 때문일 것이다. 물론 고속버스보다는 나은 것이지만 이따위를 특급이라고 한다면 특급이란 낱말에 대한 모욕일 것 같았다. 배우는 어린애들이 특급열차를 보고 특급이란 낱말을 똥통열차의 대명사처럼 알면 어쩌나. 하긴 내가 알 바 아니다. 그것까지 내가 걱정하면 교통부는 핫바지밖에 더 될까.

기차가 움직였다. 나는 차창 밖으로 멀어져가는 역사를 올려다보았다. 거무튀튀한 건물이 마치 전쟁터에 쓸쓸히 남은 건물 같았다.

"기차는 역시 공짜로 타는 맛이 제맛이지."

나는 무심코 이런 말을 했다.

"오늘도 그래 보시지."

다혜가 거들었다.

"나도 이제 늙었나 봐. 모험을 하기보다는 편한 걸 좋아하는 걸 보니."

"늙은이 희롱죄에 걸려."

다혜가 귤 껍질을 내게 던졌다. 향내가 좋았다. 나는 그것이 다혜의 냄새일지도 모른다고 생각했다.

정말 기차는 공짜로 타는 맛이 꽤 짜릿한 것이었다. 목적지까지 들키지 않게 숨어서 가는 맛, 목적지에 내려서 울타리를 뛰어넘어 도망가는 맛, 들켰을 때 사정하다가 통하지 않으면 달리는 기차에서 뛰어내리는 그 짜릿함.

기차는 언제나 내 어릴 적의 기억을 깨워주곤 했다. 그 큰 기차 화통과 화물칸과 철교, 목쉰 기적 소리와 콧구멍까지 새까만 화부 아저씨. 달리는 기차에 뛰어 올라섰을 때의 정복감과 뛰어내려서 나뒹굴 때의 통쾌함 따위를 나는 잊을 수가 없었다. 나는 완행열차와 화물차를 훨씬 좋아했다. 급행이란 놈은 나보다 빨라서 따라잡을 수가 없었다.

그래서 나는 급행열차만 지나가면 돌멩이를 내던지곤 했었다.

"급행 타는 쌔끼들은 골통이 좀 부서져도 돈으로 꿰매면 돼."

나는 다른 꼬마들을 이런 식으로 충동질해서 돌팔매질에 가담하게 만들곤 했다.

기차가 우리 동네 앞을 지나갈 때는 유난히 기적 소리를 빼각거렸다. 우리 동네하고 원수진 사람이 그 안에 타고 있을 거라고 생각하곤 했다.

내가 역전에 끌려가 역장 아저씨에게 알밤을 맞은 횟수가 극장을 개구멍으로 들어가다가 들켜서 얼굴에 페인트로 '축 개구멍'이라고 씌어져 나온 횟수보다 많았었다.

달리는 화물칸에 뛰어올라가 석탄덩어리를 훔쳐내던 일이며 침목을 뜯어다가 불쏘시개를 하던 일이며…….

"다혜. 난 그놈의 기차를 전엔 장난감으로 알고 놀았었는데 지금은 주먹만 한 택시를 무서워하는 놈이 돼버렸으니."

"과거는 늘 화려한 거야. 아름답고 멋지고 즐겁고 행복한 거야."

"그럼 현재와 미래는."

"그건 불안한 미지의 세계지!"

"난 과거보다 현재가 행복했으면 싶어."

정말 그랬다. 취재 같은 건 집어치우고 대전에서 내려 어디 가까운 여관에라도 들어가고만 싶었다.

그러나 내 희망사항 같은 건 무시되었다. 대전에서 서울행 특급열차로 바꿔 탄 우리는 얌전하게 눈을 감고만 있었다.

십 분 늦게 서울역에 도착한 기차는 지친 듯 수증기를 뿜으며 멎었다. 우리는 인파를 헤치며 뛰었다. 광장에 먼저 도착해서 사람장사꾼들을 살펴보아야 하기 때문이었다.

광장은 어렴풋이 윤곽을 드러내고 있었다. 어둡다기에는 밝고, 밝다기에는 어두운 그런 을씨년스러운 풍경이었다. 우리 뒤를 따라 승객들이 꾸역꾸역 몰려나왔다.

우리는 광장을 가로질러 젊은이들이 옹기종기 모여 섰다가 흐트러지는 쪽으로 걸어갔다. 다혜와 나는 팔짱을 꼭 끼고 걸었다. 그들의 관심을 끌어서는 안 되기 때문에 여관비가 없는 가난한 연인 취급을 받아둘 필요가 있었다. 젊은이들 속에는 여자들도 섞여 있었다.

"쟤들이 틀림없어."

나는 다혜에게 한 패거리를 가리켰다. 다혜가 고개를 끄덕였다.

"저쪽으로 가서 지켜보자."

다혜가 팔짱을 꼭 낀 채 잰걸음으로 따라왔다.

"저 여잘 유심히 봐둬."

흰 블라우스를 입은 여자가 사내들과 귓속말로 얘기를 끝내고 천천히 광장 복판으로 걸어갔다.

"되도록 자연스럽게 굴어야 돼. 무관심한 척해야 돼. 쟤들은 눈치가 빨라."

"알았어, 걱정 마."

다혜가 긴장된 목소리로 대꾸했다.

세련된 옷차림과 장신구로 치장한 삼십 대의 여자였다. 얼핏 보면 잘생긴 것 같았지만 천박한 느낌을 감출 수는 없었다. 아마 행동대원인 것 같았다. 하얀 블라우스 깃에는 분홍색 수실이 달려 있었고 윗도리 깃에는 하얀 털장식이 있어서 여유 있는 집 부인 같았다.

머리를 땋아 묶은 소녀와 회색 바지를 입은 소녀가 광장을 느릿느릿 걸어갔다. 누가 보아도 금방 새벽 기차에서 내린 시골 뜨기라는 걸 짐작하게 하는 차림새였다.

소녀는 방향감각을 회복하려고 사방을 두리번거렸다. 서울이란 도시의 을씨년스러움과 악마의 주둥이처럼 버티고 서 있는 도시의 음울한 새벽녘을 그들은 두려워하고 있는 것 같았다. 그들은 하얀 봉투를 펼쳐 들고 무엇인가를 확인했다. 아마 친척집의 주소일 것 같았다.

흰 블라우스가 소녀 곁으로 갔다. 그리고 뭐라고 말을 걸었다. 흰 블라우스는 핸드백에서 조그만 증명서를 꺼내 보여주고 윗주머니에서 명함을 꺼내 두 소녀에게 내밀었다.

"우린 아무 잘못도 없단 말예요."

머리 땋은 소녀의 목소리가 겁먹은 소리였다.

흰 블라우스가 웃었다. 그리고 바짝 다가서서 뭐라고 소근거렸다. 우리는 눈치채지 않게 다가섰다.

"여기서 한 발짝만 잘못 디디면 누가 잡아가는지도 모르게 채가요. 우린 무작정 상경한 아가씨들을 선도해서 직장을 알선하기 위해 새벽마다 이 고생을 한답니다."

흰 블라우스는 증명서를 불빛에 비춰 보이며 이렇게 말했다. 두 소녀가 잠시 멈칫했다.

"창녀촌에 잡혀가고 술집으로 팔려가서 돈 벌면 뭐해요. 좋은 직장 잡아서 조금만 열심히 하면……. 우리 선도회에서 끝까지 보호하니까 걱정할 거 하나도 없어요. 우리 선도회는 우수한 기업체하고 자매결연을 맺어서 유능한 인력을 확보하게 하고 직장 없는 아가씨들을 보호하기 때문에 정부의 보조를 받는 단체예요."

"우린 첨인데 얼마나 줘요?"

바지 차림의 소녀가 물었다.

"처음에는 팔만 원밖에 안 돼요. 한두 달 숙련되면 보통 십이만 원은 받아요."

흰 블라우스의 목소리는 잔잔했다.

"무슨 회산데요?"

머리 땋은 소녀가 경계의 눈초리를 풀지 않은 채 물었다.

"H전자라고 들어봤어요?"

"그럼요. 텔레비에 매일 나오는 덴데."

"바로 거기예요. 이쪽으로 와요. 저기 아까 말한 나쁜 깡패들이 있으니까."

흰 블라우스가 서성거리는 패거리를 가리켰다. 겉보기에도 썩 불량기가 있어 보이는 패들이었다. 두 소녀가 흰 블라우스를 바짝 쫓아갔다.

"사람이 남네 남네 해도 큰 회사는 항상 모자라요. 그거야 회사가 알아서 하겠지만……. 멀쩡하고 순박한 아가씨들이 나쁜 깡패들에게 속아 넘어가서 망치는 걸 나라에서도 그냥 볼 수가 없잖아요? 그래서 우리가 나서서 아가씨들을 보호하려고 이러는데……. 힘드는 거야 힘드는 것이지만 아가씨들이 우리 말을 못 믿고 그냥 속아가지고……. 나중에 후회해 봤자, 참 어처구니없는 일이지요."

"나쁜 깡패들이 쫓아와요."

바지 차림의 소녀가 뒤쪽을 가리키며 흰 블라우스에게 매달렸다. 흰 블라우스가 소녀의 가방을 받아 들고 말했다.

"걱정 말아요. 우리는 쟤들이 못 건드려요. 순경이 보호해 주기도 하고 남자 직원이 곳곳에 서서 우릴 지켜주니까요."

점퍼 차림의 청년이 멀찍이서 뛰어왔다.

"과장님, 여기 계셨군요. 저쪽에서 깡패놈들이 아가씨를 끌고 가는 걸 못 델구 가게 싸우느라고 늦었습니다. 그놈들 너무해요. 막 칼 빼가지고 아가씨들을 찌르려고 그래요. 저놈들을 빨리 없애야지."

청년은 그렇게 말하고 흰 블라우스가 들고 있던 가방을 받았다.

"아가씨들 조심해요. 우리 선도회에 안 가도 좋으니 제발 새벽에 이 근처에서 얼씬거리지도 말아요. 그 나쁜 놈들이 글쎄……."

"우린 괜찮을까요?"

겁에 질린 소녀가 청년을 올려다보며 물었다.

"우리하고 있으면 걱정 없어요. 우린 가자마자 이력서를 넣어 하루 뒤면 취직을 시키니까요. 기숙사도 있고 칼라 텔레비도 있고……. 얼마나 좋다구요."

청년이 성큼성큼 앞서 걸으며 이렇게 말했다.

다혜가 내 옆구리를 살짝 찔렀다.

"저치들 정말 선도회에서 나온 거야? 정말일까?"

"이런……. 저렇게 그럴듯하게 하지 않고 사람장사를 어떻게 해."

"가짜가 확실해?"

"언제나 가짜가 더 진짜 같은 거야. 가짜 애국자, 가짜 상품, 가짜 선생, 가짜 의사, 가짜 학생, 가짜, 가짜, 가짜……. 모든 가짜는 들키지만 않으면 진짜보다 훨씬 우월한 거야."

"그래도 저런 것들은 칵!"

다혜가 입을 앙다물었다.

"쉿! 가만 보기나 해. 이건 취재야."

"찬인 분하지도 않아?"

"이 땅에서 분노하는 사람처럼 어리석은 사람이 어디 있어. 방관자, 무관심한 자, 비겁한 자만이 득시글거리는 판에."

"찬이도 그러겠다는 거야?"

"보구만 있으라니까. 여기서 잘못 하다간 저 악마구리 같은 패거리들한테 걸리면 성하기 어려우니까."

"패거리들이 무서워?"

"대충 무서운 거야."

"대충? 차암. 그 솜씨 좋다는 주먹도 별거 아니구만……. 시시하다 시시해."

내 속셈을 아는지 모르는지 다혜는 이렇게 빈정거렸다.

"여기 이 판에선 솜씨 가지고 되는 판이 아냐. 패거리가 너무 많아. 지금은 때가 일러."

"저 가엾은 애들이 팔려간 뒤에 솜씨를 보여서 뭐해?"

"그러게 얌전히 보구만 있어."

"쟤들이 팔려가면 어떻게 될까?"

"먼저 강간 당하는 게 순서지."

"뭐라구? 강간!"

"끔찍하니?"

"세상에……, 그럴 수가……."

"그래야 도망가지 않거든. 도망가기만 하면 고향에 가서 소문 낸다고 겁을 주면 대개 꼼짝없이 묶이게 되잖아."

"빨리 쫓아가, 놓치겠어."

다혜가 부지런히 걸었다. 다혜의 마음이 급해진 것 같았다.

"직업소개소하고 인신매매하는 거 엉터리란 소리는 들었지만 이런 꼴 보기는 나도 첨야."

"혹시 찬이도 저런 짓까지 해본 건 아나?"

의심에 찬 물음이었다. 나는 피식 웃었다.

"나도 얘기만 들은 거야 머."

"누구한테."

다혜는 아직도 의심스럽다는 듯이 물었다. 나는 대답하지 않았다. 차마 오팔팔이란 곳에서 뚜쟁이한테 들었다고 말할 수가 없었다. 내가 그런 창녀촌에 들랑거린다는 걸 안다면 다혜가 당장이라도 절교를 선언할 것이기 때문이었다.

흰 블라우스와 청년이 지하도를 빠져나가 아래쪽으로 걸어 갔다. 소녀들은 흰 블라우스와 얘기를 하며 잰걸음질을 했다. 나는 시계를 보았다. 새벽의 여명을 보려면 아직도 한참을 기다려야 할 시간이었다.

"어디로 끌고 가는 거지?"

"가서 어떻게 될까?"

"저런 건 뿌리가 뽑아지지 않는 거야?"

"쟤들은 정말 눈치도 못 채고 따라가는 걸까?"

다혜는 입을 가만두지 않았다. 궁금하기도 했겠지만 두려움을 감소시키기 위해 종알거리는 것 같았다.

언덕길을 올라가는 흰 블라우스 일행의 발걸음이 빨라졌다. 다혜가 채근하듯 내 팔을 끌었다. 나는 되도록 늦추려고 버티었지만 다혜의 속력에 말려들어 걸음이 빨라졌다.

젊은이가 뒤를 흘끔 쳐다보았다.

"못 본 체해."

내가 낮게 말했다. 다혜는 그래도 걸음을 늦추지 않았다.

"못 본 척하라니까."

작지만 위엄 있게 소리 질렀다.

"냅둬. 악착같이 따라붙을 거야."

"그러다가 괜히……."

"그렇게 겁나면 돌아가버려."

"누가 겁나서 그래? 취재하려면 끝까지 냉정해야 돼."

"쟤들이 팔려가는 꼴을 어떻게 봐."

"다혜 제발 냉정해, 제발."

내가 팔을 잡고 윽박질렀다.

"상관 마. 이건 내 일야."

다혜는 상당히 흥분해 있는 것 같았다.

청년이 전봇대 아래에서 걸음을 멈추었다. 그러고는 보따리와 가방을 흰 블라우스에게 맡기고 담배를 피워 물었다.

"들켰어, 조심해야 돼."

내가 다혜에게 주의를 주었다. 다혜의 행동도 멈칫했다.

"그럼 어쩌지?"

그제서야 다혜는 상황에 대처할 힘이 없다는 걸 눈치챈 것 같았다.

"이젠 다른 방법이 없어. 모른 척하고 걷기만 해. 어디 여관이라도 찾는 척해. 알았지?"

"알았어."

다혜는 맥이 빠졌는지 힘없이 대답했다. 나는 그런 다혜의 팔을 더 죄어 잡아주었다.

"그냥 걸어. 눈치채지 않게. 쟤들이 무기를 가졌을지도 몰라."

"그럼 어쩌지? 돌아갈까?"

다혜의 얼굴빛이 변해버렸다.

"나만 믿고 마음 편히 먹어. 아무 말이고 자꾸 해. 아무 말이든 좋아."

그러나 다혜는 입을 굳게 다물고 걸었다.

청년과 우리는 마주쳤다. 청년은 무섭게 노려보고 있었다. 우리는 그냥 지나쳤다. 청년의 눈빛이 우리를 훑고 지나갔다. 우리는 청년의 앞을 지나쳤다. 뒤통수가 뜨뜻해지는 것 같았다.

"뒤돌아보고 싶어 죽겠어."

숨소리가 고르지 못한 다혜의 목소리가 약간씩 떨리고 있었다.

우리는 동시에 돌아보았다. 아무도 없었다. 전봇대에 매달린 간이 가로등만이 을씨년스럽게 흔들리고 있었다.

"잡아야 돼, 뛰어."

나는 뛰었다. 다혜도 뒤따라 뛰었다. 골목길은 텅 비어 있었다. 골목 끝이 부옇게 보였다. 다혜가 숨을 헐떡이며 뛰어와 내 팔을 잡았다.

"그만 쫓아가. 위험하단 말야."

내가 쫓아가는 걸 말렸다.

"걱정 말고 여기 있어."

"안 돼. 무기를 가졌을지 모른단 말야."

"걱정 말래두."

"그럼 나도 같이 갈 거야."

"다혜는 위험해. 여기 있어, 걱정 말고."

"싫어."

"내가 그렇게 좋으니?"

"좋은 거하고 무슨 상관이 있어. 나도 갈 거야."

"잔소리 마! 여기서 기다려."

나는 다혜를 뿌리치고 골목길로 들어섰다. 어디서 어떻게 불쑥 튀어나와 칼로 찌를지 모르는 순간이었다. 어두운 골목길이기 때문에 긴장을 늦추었다가는 봉변당하기 십상이었다.

수상쩍은 골목길, 어둠에 싸인 의심스런 골목길이었다. 온몸에서 긴장된 감각, 아주 예리하고 섬세한 신경조직이 움직여졌다. 고양이가 밥상 위에 올라서도 밥그릇 하나 간장 종지 하나 흔들리게 하지 않는 예민한 감각 같은 것이었다.

이럴 때일수록 순간의 동작이 중요한 것이었다. 이건 느낌이었다. 운동을 해본 사람만이 느끼는 신경조직인 것이었다.

가출해서 도시의 밑바닥을 훑고 돌아다닐 때 배운 주먹 솜씨와 칼 솜씨를 나는 한때 과신했었다.

그러나 어느 해 여름, 산골의 조그만 암자에서 이름 없는 행자승을 만나는 순간 내 솜씨가 얼마나 보잘것없는 것인지 알고 말았다.

나보다 네 살이나 어린 행자승은 내 사부님이 되었다. 나는 그 앞에서 무릎을 꿇고 두 달 동안 한풀을 배웠다. 그 두 달 동안 배운 한풀이란 운동은 내 솜씨가 되기에 부족하기 짝이 없는 것이었지만 그가 가르쳐준 대로 혼자 연마한다는 건 큰 매력이었다.

어린 행자승은 한풀뿐 아니라 험산준령을 수행하러 다니면서 스스로 익힌 호신술을 내게 가르쳐주기도 했다.

깊은 산속에서 만나는 짐승과 독사에게서 살아날 수 있는 지혜를 배웠다고 했다.

얼마나 무서운 괴력을 지녔는지 직접 그의 괴력을 볼 수는 없었지만 몇 가지 기본동작만 가지고도 그가 무서운 괴력의 소유자라는 걸 알 수가 있었다.

처음 그를 만났을 때 나는 보통 중처럼 순박하고 힘없는 그를 우습게 취급했다. 그는 얌전하기만 했다. 내가 시비를 걸어도 웃기만 했다. 그러다가 나는 그가 지니고 있는 탱화를 강제로 뺏었다. 그는 웃으며 돌려달라고 했다.

"야, 땡초야, 이까짓 걸 가지고 있어서 뭐하겠다는 거야. 나 같은 놈이 보관하는 게 훨씬 낫지."

나는 이렇게 약을 올렸다. 여차하면 한 방 놓을 생각이었다. 그는 몇 번 조르다가 안 되자 나를 암자의 마당에 내던졌다.

힘이라곤 들어 있을 것 같지 않은 그가 무서운 힘을 내보였다. 나는 엉덩이를 털고 일어나 잭나이프를 꺼내 들었다. 그러나 그건 무용지물이었다. 그 앞에서 칼 같은 건 아무짝에도 소용없는 무기였다.

나는 무릎을 꿇었다. 그는 웃었다. 그리고 내 어깨를 가볍게 두드려주었다.

"가장 중요한 것은 방어이며, 방어보다 중요한 것은 느끼는 것이며, 느끼는 것보다 중요한 것은 깨닫는 것이며, 그것보다 더 중요한 것은 참는 겁니다."

행자승은 그날부터 내 사부님이 되었다. 새벽마다 나는 행자승 앞에 무릎을 꿇고 호신술을 배웠다.

나는 참는다는 것이 얼마나 어려운지를 알았다. 그러나 나는 내 정열이 소모될 때까지 행자승의 가르침을 배웠다.

골목 끝까지 살펴본 나는 되돌아 나올 수밖에 없었다. 내 긴장은 힘만 빠지게 했다. 내가 터덜터덜 걸어 나오자 다혜가 씨익 웃었다.

"살아 나와서 미안하다."

나는 농담조로 이렇게 말했다.

"나도 마찬가지야, 미운 사람이 살아 나와서."

"기회가 생기는 대로 되도록 빨리 죽어줄게."

다혜가 눈을 흘겼다. 예뻤다. 여자가 눈을 흘길 때 왜 그렇게 예쁠까? 정말 여자는 알려고 하면 할수록 더 숙제만 생기는 것 같았다.

나는 다혜를 왈칵 끌어안았다. 다혜는 그냥 웃기만 했다. 그리고 눈을 감아버렸다. 나는 그녀의 입술 위에 내 입술을 얹었다. 차가운 감촉이었다.

"우리 어디 가서 좀 눈을 붙여볼까?"

나는 다혜의 허리를 감으며 말했다.

"엉큼해. 애들 찾을 생각이나 해."

다혜가 몸을 뒤채며 나를 밀어냈다.

"빌어먹을. 나는 언제나 마음 놓고 키스를 할라나."

"장가가서 마누라하고……. 강력 접착제로 맞붙여놓지, 머."

다혜가 키득거리며 말했다.

우리는 골목길을 누비고 다녔다. 아까 놓쳤던 패들이 아니라도 좋았다. 비슷한 패거리라도 만났으면 싶었다. 걸리기만 하면 어떤 놈이든지 요절을 내고 싶었다.

우리는 알 수 없는 분노에 차 있었다. 놓쳤다는 데 더 신경이 쓰였다. 두 사람 다 바보가 된 기분이기도 했다.

골목길을 훑어 한 바퀴를 돌고는 전봇대가 있는 골목길로 들어섰다. 이상한 느낌이 들어 뒤를 돌아보았다.

살기등등한 청년 세 명이 우리를 지켜보고 있었다. 손에 든 각목 끝에는 대못이 아무렇게나 박혀 있었다. 나는 다혜를 담장 옆에 세워놓고 돌아섰다.

"어이 형씨. 나 좀 보실까?"

음험한 목소리였다. 칼자국이 있는 사내가 각목을 어깨 위에 걸치며 다가섰다. 인상부터가 예사 패거리 같지 않아 보였다.

"가만 있어 다혜. 움직이지 마."

"어쩌려고……. 튀어, 빨리. 어서."

다혜가 겁먹은 소리로 소매를 잡았다. 사내들이 껄끄럽게 웃었다.

"형씨들 왜 그러쇼?"

내가 조금 큰 소리로 대꾸했다.

"이쁜 샥시까지 바쳐가며 몸 축나게 생겼수다."

청바지 입은 사내가 침을 뱉고 거만하게 말했다.

"형씨들 뼈다귀나 만수무강했으면 좋겠는데."

내가 걸직하게 대꾸했다.

"호호호…… 창자를 빨아주면 그 소리야 않겠지."

턱이 뾰족한 사내가 실눈을 뜨고 말했다.

"저 샥시가 이부자리나 더럽히지 않았으면 좋겠구만. 우리가 몸살 나게 흔들어줄 테니 형씨는 쭉 뻗고 계슈."

칼자국이 바짝 다가섰다. 나는 허리띠에서 손가락만 한 표창을 꺼내 손바닥 안에 감추었다. 만일을 대비해서 삼십 개씩 늘 가지고 다니던 것이었다.

"다혜. 절대 움직이지 마. 날 믿어."

"으으응……."

다혜가 떨리는 소리로 대꾸했다.

"좀 덤벼보시지그래."

내가 움직이지 않은 채 말했다. 사내들이 또 껄끄럽게 웃었다. 한 팔 길이의 각목은 조금 위험한 것 같았다. 다혜가 없다면 몰라도 겁먹은 다혜를 놔두고 이리 뛰고 저리 뛸 수가 없을 것 같았다.

쉿! 쉿! 쉿!

표창이 정확하게 사내들이 꼬느고 있는 각목의 손잡이에 박혔다.

"움직이면 눈깔을 뺀다."

나는 표창을 쳐들고 소리쳤다. 사내들이 각목을 잡은 채 움직이지 못했다.

쉿! 쉿! 쉿!

두 번째 표창이 각목의 손잡이 아래를 정확히 꽂았다.

"모두 놓고 저쪽으로 서."

세 사내는 각목을 힘없이 놓고 내가 가리킨 담장 옆으로 섰다. 나는 각목에 박힌 표창을 뺀 뒤에 그들 옆으로 갔다. 녀석들은 고개를 숙였다.

한 방, 두 방, 세 방.

세 사내는 쭉 뻗어버렸다. 나는 청바지를 일으켜 세우고 검지로 이마를 내리쳤다. 녀석이 담장에 뒤통수를 부딪치며 쓰러졌다.

"아까 걔들은 어디 있나?"

녀석은 무릎을 털썩 꿇었다.

"애들 어따 뒀어?"

내가 거칠게 물었다. 녀석들은 서로 얼굴만 쳐다보았다.

"어따 뒀느냐니까!"

한 번 더 윽박질렀다.

"형님. 누구신지……."

공손했지만 아직도 떫은 표정은 가시지 않았다.

"대라."

내 목소리가 신경질적이었다.

"저……. 어떻게……."

"쌔끼들. 아직도 맛을 모르는 모양이구나."

세 녀석을 걷어찼다. 두 녀석은 담장 쪽으로 쓰러졌고 청바지는 앞으로 고꾸라졌다. 그러고도 뒤꿈치로 한 번 더 찍어버렸다.

"끙!"

녀석은 뒤로 벌렁 나자빠졌다.

"어디 있느냐고 물었다."

"저기 털보 형님……. 저기 털보 형님……."

청바지는 머리통을 쥐고 턱 끝으로 골목 끝 집을 가리켰다.

"앞장서라. 서툰 짓 했다간 눈깔을 뽑아줄 테니까."

정권으로 목뼈를 한 방 갈겼다. 청바지는 고꾸라졌다가 일어나서 무릎을 털었다.

"가시죠."

녀석은 힘없이 대꾸하고 비척비척 걸어갔다. 골목 끝은 아직도 어둠이 가시지 않아 음산해 보였다.

"다헨 내려가. 역전 다방에 가 있어. 어서."

다혜가 내 소매를 잡아당겼다.

"따라가지마. 제발."

"걱정 마. 어서 가 있어. 되도록 빨리 갈 테니까."

"가지 마래두. 부탁이야 응."

"어서 가, 나 혼자면 돼. 다혜하고 같이 있는 게 위험해서 그래. 어서."

다혜는 내 채근에 굴복한다는 표정을 짓고 내 손을 꼭 쥐었다 놓았다. 잰걸음으로 골목길을 벗어나는 다혜를 확인한 뒤 나는 녀석들의 뒤를 따라 걸었다.

표창을 몇 개 더 빼어 오른손에 쥐어보았다. 감촉이 좋았다. 오랜만에 써먹어본 것이었다. 손 끝에 오는 느낌으로 표창이 오늘은 정확하게 꽂혀줄 것만 같았다.

녀석들이 말하는 털보네 집이 어떤 곳인지 나는 짐작하고 있었다. 험상궂은 사내들이 득실거릴 게 뻔했다. 그리고 제법 잽싼 친구들도 있을 것 같았다. 털보가 이 근처의 두목일 것이고 나머지 친구들은 그의 부하로서 털보의 한마디면 물불을 가리지 않는 패거리들일 것이다.

수적으로 겨룬다면 승부를 볼 수 없을 것 같았다. 들어서자마자 털보의 기를 꺾어놓을 수밖에 없을 것 같았다. 제발 털보가 시시한 두목이 아니라 사람을 가릴 줄 아는 걸물이었으면 좋겠다.

"여깁니다."

청바지가 다리를 절며 빨간 벽돌집을 가리켰다. 허름한 벽돌집이었지만 꽤 넓어 보였다.

"너 먼저 들어가서 좀 다루기 힘든 손님이 왔다고 해. 허튼
짓 했다간 두 놈이 박살날 거라고."

"그러겠습니다. 조금만 기다리세요."

청바지가 안으로 들어갔다. 나머지 두 녀석의 얼굴빛이 하
얘졌다.

"얌전하게 굴면 살 수 있을 거다."

내가 두 녀석을 담벼락 옆에 세워놓고 말했다. 녀석들은 겸
연쩍게 웃었다.

"들어오시랍니다."

청바지가 고개를 내밀고 말했다. 나는 두 녀석을 앞세우고
들어섰다. 아까 보았던 흰 블라우스 차림의 여자가 팔짱을 낀
채 서 있었다. 힐끔거리며 나를 쳐다본 그녀가 고개를 갸웃거
렸다.

"안으로 모셔요."

그녀의 냉랭한 목소리였다. 나는 그녀에게 윙크를 했다. 표정
없이 나를 노려보는 그녀의 눈은 꽤 독살스러웠다.

마루 앞에 털보의 얼굴이 보였다. 짐작대로 털투성이의 얼
굴이었다. 작은 키였지만 벌어진 어깨와 담담한 표정으로 보아
두목 기질이 있어 보였다.

쉿! 쉿! 쉿!

표창을 날렸다. 털보는 꿈쩍도 않고 표창이 꽂힌 자리를 쳐

다보았다. 표창은 털보의 오른쪽 바지를 정확하게 뚫고 마루의 모서리에 박혀 있었다.

"실례했습니다. 볼일이 좀 있어서 왔습니다."

내가 정중하게 말했다. 표창을 뽑지 않고는 움직일 수 없는 털보가 고개를 끄덕거렸다.

"반갑습니다. 누추한 곳을 찾아주셔서."

역시 표정 하나 흐트러뜨리지 않고 말을 받았다.

"어이 청바지. 빼드려."

내가 청바지에게 이렇게 말했다. 털보는 가만히 있었다. 청바지가 달려가 표창을 뺐다. 털보가 빙그레 웃었다.

"들어오시죠."

털보가 성큼성큼 들어갔다. 둘러섰던 사내들이 길을 비켜주었다.

소파 깊숙이 기대 앉은 털보가 자리를 권했다. 내가 조심스럽게 자리에 앉자 털보가 손을 내밀었다.

"박성칠이올시다."

나도 손을 내미었다. 털보의 손에는 힘이 들어 있었다. 예사힘은 아닌 것 같았다.

"무슨 일로 오셨는지요?"

담배 한 개비를 빼 준 털보가 물었다.

"새벽바람 쐬러 나왔다가 우연히 장사하는 걸 봤지요. 그래서 들러본 겁니다."

"애들이 서툴러서 그랬군요. 주의를 주지요."

"용건이나 말하지요. 애들을 돌려달라면 실례가 안 될까요?"

털보는 웃었다.

"실례까지야 머. 좋으실 대로 하시죠. 그나저나 뉘신지 모르겠습니다."

"그저 지나가는 과객입니다."

털보는 눈치가 빨랐다. 고개를 끄덕이다가 입을 열었다.

"동주 형님께 사사하신 솜씨 같은데요. 잘못 봤는지 모르지만."

"알아주셔서 고맙습니다."

"언제 모시고 있었는지 모르겠군요."

"산에 계실 때죠."

"아, 그러시군요. 저도 동주 형님 은덕을 입고 삽니다. 정말 반갑습니다."

그러고는 다탁 위에 있는 인터폰을 들었다.

"두 애 데려와라."

흰 블라우스 차림의 여자가 두 소녀를 데리고 들어왔다.

"데리고 가서 어려우면 보내세요. 좋은 자리를 만들어줄 테니까요."

"일단 데리고 가겠습니다."

털보가 고개를 끄덕였다. 흰 블라우스가 가볍게 목례를 하고 나갔다.

"실례가 많았습니다. 기다리는 사람도 있고 해서 그만 가보겠습니다."

"가끔 들러주세요. 변변찮지만 술이나 나눕시다."

털보가 손을 내밀었다. 나는 그 손을 잡고 웃어 보였다. 털보도 따라서 웃었다. 무엇인지 통한다는 두 사람의 신호였다.

"손님 모셔다 드려라."

털보가 둘러서 있는 사내들에게 이렇게 일렀다. 청바지가 다리를 절며 앞장섰다. 나는 돌아서서 가볍게 고개를 숙였다. 털보가 손을 들어 답례를 했다.

골목길을 되짚어 나오며 나는 청바지의 어깨를 두드렸다.

"내가 해장국 사마."

"괜찮습니다 형님. 아까는 정말 몰라 뵙고 실수를 했습니다."

"그건 잊어버리자. 내 술 한잔 받고 네 얘기 좀 들어야겠다."

"그러시면 영광이겠습니다."

청바지는 신바람이 났는지 두 소녀의 가방을 받아 쥐고 성큼성큼 걸었다.

"이 아가씨들은 어쩌실 건가요?"

"적당한 데 취직을 시켜야겠지."

"어려우시면 저희들한테 맡기셔도 돼요. 정말 좋은 곳으로 취직시켜 줄 수가 있어요."

"차차 생각해 보자. 여기서 잠깐 기다려. 금방 나올 테니까."

나는 다방으로 들어갔다. 다혜가 손을 흔들었다. 기쁨에 찬 얼굴이었다.

"아휴, 얼마나 걱정했다고. 일은 잘됐어? 어떻게 됐어?"

"밖에서 기다리고 있어. 다 잘됐어."

"정말. 아휴, 정말 잘됐네."

다혜의 발걸음이 경쾌해졌다. 기분 좋을 때의 몸놀림이었다.

"그나저나 문제가 생겼어. 두 애를 취직시켜야 하니까."

"그건 걱정 마. 우리 고모한테 떼쓰면 돼. 공장에서 한두 명 더 쓴다고 나쁠 것도 없을 테니까."

"자신 있니?"

"책임질 수 있어. 대우를 얼마나 잘해줄지 모르지만 내 말이라면 우리 고모가 껌뻑하니까."

"알았어, 책임져."

우리는 밖으로 나왔다. 소녀와 청바지가 도란도란 얘기를 하고 있었다. 청바지를 그렇게 보니까 선량한 소년 같았다.

"해장국은 저 곰보네가 젤입니다, 형님."

청바지가 그렇게 말하고 앞장섰다. 다혜가 팔짱을 꼭 끼고 걸었다.

"뭐 나한테 상 줄 것 없니?"

"막 주고 싶어. 갖고 싶은 거 얘기해. 과부 쟁빚이라도 내서 해줄게."

"정말이니?"

"그렇대니까. 내가 언제 공갈치는 거 봤어?"

다혜가 고개를 쳐들고 대들듯이 말했다.

"널 다 줘."

"뭐라구. 뭐가 어째!"

다혜가 내 가슴을 후려쳤다. 나는 아픈 시늉을 했다. 다혜가 흘낏 눈으로 웃었다.

불량한 패거리를 손쉽게 해치울 수는 있었지만 연약한 여자 한 명을 어쩌지 못하는 내 자신을 되돌아보고 웃었다. 정말 이 해할 수 없는 일이었다.

다혜에게만은 지고 싶었다. 그녀 앞에서만은 연약하고 싶었다.

나는 어째서 이 연약한 여자 앞에서 기를 죽여야 하는 걸까.

다혜가 두 소녀를 데리고 떠났다. 고모가 데리고 와도 좋다고 했다. 두 소녀는 순박한 모습대로 꾸벅꾸벅 절을 하고 떠났다. 청바지가 천 원짜리 한 장을 주며 씨익 웃었다. 두 소녀가 택시 안에 들어가 안 보일 때까지 손을 흔들어주었다.

"기분 존데요."

청바지가 어깨를 흔들어가며 말했다.

"자아식. 괜찮아?"

"여태 맞아본 중에 형님 게 그중 셌습니다. 아직도 얼얼하지만 기분은 좋습니다."

"나도 기분이 좋다. 어디 가서 네 얘기 좀 마저 듣자."

우리는 해장국집 앞에 있는 다방으로 들어갔다.

"마저 털어놔라."

내가 메모지를 꺼내놓고 얘기를 시켰다. 청바지는 담배 연기를 길게 뿜고 입맛을 다셨다.

"아깐 여자들도 있고 해서 얘길 제대로 못했어요."

"그래서 둘만 남은 게 아냐."

"설마 형님이 이 장사 차리려고 그러는 건 아니죠?"

"잔소리 말고 얘기나 해."

청바지는 말재주가 있어서 같은 얘기라도 재미있게 하는 재주가 있었다. 중학교 다니다가 무단가출해서 이 판에 들어와서 잔뼈가 굵은 녀석치고 순진한 데가 많았다.

"이왕 털어놓는 거 꾀벗고 나설 테니까 형님 너무 나무라지 마세요. 형님 주먹을 생각하면 안 밴 애까지 떨어지겠어요."

청바지는 얘기를 하다가 신바람이 났는지 사업상의 비밀까지 털어놓았다.

"델구 와선 바로 카메라로 이력서에 붙일 사진을 찍어요. 급행으로 사진을 너댓 장씩 뽑지요. 이력서도 쓰게 하고 주민등록증도 확인하고……. 정말 계집애들이 취직하는 줄 알 만큼 시끌시끌하죠. 그러고는 그날 당번이 골방으로 데리고 들어가는 거예요."

"골방엔 왜?"

"글쎄 들어보세요. 그 방에 들어가면 계집애는 끝장이 나는 거예요. 목에다 칼 대고 옷 벗겨버리거든요."

"강간한단 말이지?"

"그런 거죠. 대개는 꼼짝 못하고 당해요. 그렇게 해놓고는 이력서와 사진을 코앞에다 디밀어놓고 훈계를 하게 되죠."

"훈계를 한다?"

"만약 말 안 듣고 도망가거나 다른 마음 먹으면 어떻게 된다는 걸 알려주는 거죠."

"어떻게?"

"칼에 찔려 죽은 여자 사진도 있고 농약 먹고 죽은 여자 사진도 있고 그래요. 물론 털보 형님이 만든 것이지만요. 계집애들은 그 사진만 보고도 겁에 질려버리게 돼요. 만약 도망가거나 수틀린 짓을 했다가는 그 꼴이 된다는 거죠. 그리고 더 확실하게 하기 위해서 고향집 약도와 가족사항을 자세히 알아놔요. 여차하면 고향에 쫓아 내려가서 소문을 내버린다고 하거든요."

"그러고 나서 어떻게 하지?"

내가 다그쳐 물었다.

"분류를 하게 돼요. 인물, 나이, 고향, 주민등록 소지 여부, 가족 사항에 따라서 어떤 곳에 얼마나 넘길까 하는 작업이죠. 그 집에서 이삼 일만 있으면 지겨워서라도 팔려가겠다고 자원하게 돼요."

"그래도 여태 살아 있는 걸 보면 용하긴 용하다."

"그거야 우리가 알 바 아니죠 뭐. 털보 형님이 알아서 하는 거니까요."

청바지는 신바람이 나서 떠든 것을 후회하는 눈치였다.

"대개 얼마씩에 팔아먹는 거니?"

청바지는 잠시 머뭇거렸다. 그러나 이내 체념한 듯 말했다.

"대중 없어요. 홀이나 사창가에는 십몇만 원씩에도 가고 싸구려 밥집이나 그런 데는 오륙만 원에도 가고 그러니까요."

"그러면 한번 보낸 애들을 꽉 틀어쥐고 앉아서 곶감 빼먹듯 하기도 하겠구나. 한번 팔려간 애들의 목줄을 쥐고 있으니까."

"그렇진 않아요. 팔려간 애들은 거기 가서 닳고 닳아가지고 되려 우리 뺨칠 정도가 되는 걸요. 걸쩍한 애들은 자리가 마땅찮으면 제발로 겨들어와서 좋은 자리를 찾아달라기도 하는 걸요."

"넌 일당 얼마나 받아?"

"저야 뭐 밥이나 얻어먹고 그러는 정도죠, 머."

"정확히 얘기해. 얼마나 받아?"

청바지가 부끄러운 듯 히죽 웃었다.

"건당 일 할쯤 받아요. 물론 먹여주고 재워주고요. 나눠 먹는 게 많으니까 일 할도 큰 거예요."

녀석은 자신의 돈벌이나 대우가 나쁘지 않다는 걸 강조하려고 했다.

"하루에 몇 건이나 올려?"

"그거야말로 정말 대중 없어요. 봄철이면 제법 크지만 겨울 같은 때는 한 건도 못할 때가 있어요. 전에는 좋았는데 요즘은 갈수록 장사가 어려워져요. 그런데다 이 판에도 나눠 먹자고 끼어드는 패가 있으니……. 제가 생각해도 한심하지만 배운 게 도둑질이라구 다른 걸 할 수도 없구요."

녀석은 정말 후회하는 것인지 내 앞에서 그렇게라도 위로를 받고 싶은 것인지 분간할 수 없는 표정을 지었다.

"애들이 불쌍하지도 않니?"

머리를 긁적거리던 녀석이 갑자기 숙연해졌다.

"왜요, 불쌍하죠. 첨에는 집 싫어서 뛰쳐나온 년들 된맛 좀 보라고 생각했지만……. 지내다 보니까 안되긴 안됐어요. 독종들은 혀를 깨물고 죽어 나자빠지기도 하거든요. 그런 애들은 차비 줘서 보내는 게 상책예요. 그런 애는 꼭 말썽을 부리거든요."

"그건 그렇고. 털보 돈 좀 있니?"

"그걸 제가 어떻게 알아요."

"눈치도 몰라? 몇 년씩 굴러먹은 놈이."

"털보 형님은 이 판에서 거의 손 뗐어요."

"그럼 뭐 먹고살아?"

"다른 장사, 색시 장사죠 뭐. 호텔 같은 데랑 왜놈들 상대로요."

"너는 손 씻을 생각 없어?"

"그랬다간 쥐도 새도 모르게 칵 가요."

녀석은 제 목을 자르는 시늉을 했다. 나는 잠깐 눈을 감았다. 마음 같아서는 당장 쫓아가 요절을 내고 싶었지만 그건 마음뿐이었다. 나 혼자서 해결할 수 없는 문제라는 걸 너무도 잘 알고 있기 때문이었다.

1대 1로 맞상대를 한다면 어느 놈이라도 자신이 있지만 그 뒤에 도사리고 있는 패거리와 그 밑에서 목줄을 대고 사는 치들의 마지막 발악을 나 혼자서는 감당해 낼 것 같지 않았다.

그건 주먹의 실력 문제가 아니라 사회적인 모순, 뿌리가 깊은 현상이기 때문이었다.

"너 내 말 명심하고 들어. 털보한테 가서 만약 치사한 장사를 더 계속한다면 내가 두 눈을 뽑아서 병신을 만들어버린다고 해. 난 약속을 지키는 놈이라는 것도 잊지 말라고. 이것만은 동주 형님이라도 그냥 두지 않을 거라고. 나 혼자서 어려울지 모르니까 정말 난다 긴다 하는 애들 몇십 명이 몰려가서 쑥밭을 만들 거라고 해. 이 달 말까지 청산하지 않으면 전부 눈을 뽑아서 평생 앞 못 보고 살 거라고. 알았지?"

"형님……. 저 형님……."

청바지는 떨고 있었다.

"가라. 가서 꼭 그대로 전해라. 동주 형님이라도 그냥 두지 않을 거라고 전해. 어서 가!"

녀석은 절룩거리며 나갔다.

당분간 사람 장사를 않을 거라는 걸 안다. 그러나 저 패거리들이 없어지지 않을 것도 나는 안다.

하느님, 눈 좀 똑똑히 뜨쇼.

벼락 치는 밤

며칠 동안 다혜를 만날 수 없었다. 아버지의 갑작스런 교통사고 때문에 병원의 뒷바라지를 하고 있었다.

몇 번이나 병원 앞에 서서 얼씬거렸지만 다혜를 만나지 못했다. 아무리 교통사고를 당했다지만 나를 얼씬거리지 못하게 하는 다혜를 이해할 수가 없었다. 병원에 누워 있을 때 찾아가서 얼굴이라도 익혀두는 게 나중을 위해 좋을 듯싶었다.

"나야 총찬이, 대기실에 있을 테니까 잠깐만 나와."

나는 무조건 쳐들어가는 기분으로 전화를 걸었다.

"뭐러 왔어. 금방 내려갈게."

목소리로 봐서는 싫은 것 같지는 않았다.

"뭐러 왔어. 오지 마라니까."

초췌한 얼굴, 그래서 더 예뻐 보이는 다혜가 나를 구석자리로 데리고 가면서 투정 섞인 목소리로 물었다.

"며칠 있으면 딸 좀 제발 가져가달라고 사정할 것 같아서 내가 미리 와준 거야."

"그런 걸 보구 놀구 있네, 그러는 거야."

"그나저나 얼마나 크게 다쳤는데 나보고 얼씬도 마라는 거야. 내가 뭐 장인 얼굴 보고 딸 받아주는 놈인 줄 알아."

"헛소리에는 약도 없어. 이리 앉아서 내 얘기나 좀 들어봐."

"뺑소니 차는 잡았니?"

"아니……."

다혜의 말끝이 흐려졌다.

"교장 선생도 교통사고 당하니? 그러다가 전교생이 동정표 던져서 집단 교통사고 당하면 어쩌려고."

"정말 그런 식으로 나갈 거야."

다혜가 화난 듯이 눈을 흘겼다. 그리고 의자에 힘없이 기대어 앉았다.

"힘내. 내가 있잖아. 건장하고 쓸 만한 사내가 옆에 있잖아."

나는 계속 다혜를 즐겁게 해주고 싶었다. 그러나 그녀는 전혀 즐거워하려고 하지 않았다.

"교통사고 당한 게 아냐. 그렇잖아도 오늘내일 찬이한테 연락하려고 했어. 아빠는 폭행당했어."

"뭐라고? 폭행! 어느 놈한테."

나는 금방이라도 닥치는 대로 박살을 낼 것처럼 흥분했다.

"조용히 좀 해줘. 우리 나가. 어디 조용한 데 가서 얘기해."

그러나 나는 참을 수가 없었다. 폭행이라니 말도 안 된다 싶었다.

"흥분하지 말고 들어. 냉정해야 돼. 그렇지 않으면 우리 아빠가 난처하게 돼. 문제는 폭행한 자들을 찾아낼 수가 없는 데 있어. 물론 심증이 가는 곳은 있지만 잡을 방법이 없단 말야."

뭔가 심상치 않은 사건인 것 같았다.

"뭔지 몰라도 내가 잡아버릴게. 그래서 우리 쪽의 이빨도 만만찮다는 걸 보여줘야 돼."

"그렇게 쉬운 일이 아니래두 그래. 오리무중이란 말야. 얼굴도 기억에 없고 누군지도 모르고⋯⋯. 다만 누가 시켰을 거라는 짐작만 하는 거야. 그러니 심증만 가지고 해결할 재간이 없잖아."

"차근차근 얘길 해봐."

나는 다혜에게 윗도리를 벗어 앉을 자리를 만들어주고 곁에 앉았다. 다혜는 한참 동안 말이 없었다.

"아빠 학교에서 쉬쉬 하는 말썽이 생겼어. 나는 전혀 몰랐는데 아빠가 입원하고 나서 알게 된 거야."

"사립학교엔 괜찮은 집 애들이 많아서 바람 잘 날이 없겠지."

내가 건너뛰어 말했다.

"시작은 맞아."

"끝도 맞을 거야. 치맛바람에 휘감긴 말 못할 사건이겠지, 머."

"쪽집게네."

"나는 정 먹고살 게 없으면 돗자리 깔고 나설 참야."

"정말 찬이가 용한 점쟁이였으면 좋겠어. 아빠가 저러고 있으니까 답답해 죽겠어."

"어서 얘기해. 성질 급해서 못 견디겠어."

나는 채근했다. 무슨 사연인지 빨리 들어보고 싶었다.

"텔레비전에 무용 잘하는 애를 내보낼 일이 있었나 봐. 치맛바람이 무서워서 그랬는지 몰라도 무용부 애들 중에서 월말고사 순위대로 출연시킨다는 방침을 학교에서 세웠던 모양야. 그래서 지난 달에는 소연이란 애를 내보냈나 봐. 사립학교 다니기에는 좀 벅찬 집 애였는지 의상이 좀 좋지 않았나 봐."

"그래. 그랬을 거야. 별 볼 일 없는 집 새끼가 싸구려 옷 입고 춤춘 게 학교 위신을 추락시켰다 이거겠군."

"그런 셈이지."

"맞아. 가난뱅이들은 춤추는 게 아냐. 밥이나 처먹고 똥이나 싸면 돼. 춤추고 싶으면 동굴 속에 들어가 혼자 추든지 해야지 밥술이나 먹는 사람들 앞에서 추는 게 아냐."

하느님도 그렇게 생각하죠.

성경이 잘못됐을 겁니다. 부자가 천당 가는 것이 낙타가 바늘구멍 들어가는 것보다 어렵다고 한 게 아니고 가난뱅이가 천당 가는 게 그렇게 어렵다는 거겠죠.

인간들에게 물어보세요.

이 세상에서 사는 것처럼 살 테냐 죽어서 천당에 가겠느냐고 말입니다. 이 세상에 하도 깜짝 놀랄 것들 투성이라서 웬만한 일에 외눈 하나 깜박 않던 하느님이라도 아마 그걸 안다면 기절했다가 석 달 열흘 만에 깨어날 겁니다.

천당을 믿으라 하는 시대는 지나버렸나 봐요.

"실제로 무용 잘하는 애는 성적이 소연이보다 뒤졌었나 봐. 물론 성적 차이는 작았나 봐. 그애 아버지가 힘이 세대. 마누라는 자모회 간사고."

"남편보다 언제나 소갈머리 없는 여편네가 더 높은 법야. 그렇게 딱정벌레처럼 굴지 않으면 체통이 안 선다는 걸 아는 거지. 우리는 그래서 그런 치맛바람을 존경하고 칭송하고 박수를 보내고 그래야 하는 거야."

얘기를 더 듣지 않아도 사건의 발단은 알 것 같았다. 다혜는 표정 없이 앉아 있었지만 나는 서서히 흥분을 감추지 못하고 있었다.

"학교에 찾아온 존경할 만한 사모님은 무용 선생을 붙잡고 학교 체통을 망쳤다고 따진 모양이야. 무용 선생은 그런 게 아니라고 설명을 하고 사모님은 따지고 하다가 사모님이 선생의 따귀를 갈긴 모양야. 선생은 그 자리에 쓰러져 울고 다른 선생들은 말리고⋯⋯. 아빠가 나와서 두 사람을 교장실로 데리고 들어가 어떻게든 수습하려고 했대."

얘기를 하는 다혜도 조금씩 흥분하는 것 같았다. 나는 다혜의 손을 꼬옥 잡았다.

"무용 선생이 못 참고 항의를 했대. 그런데 이사장은 여선생을 파면시켜 버렸어. 아빠가 또 못 참고 대들었어. 그런데 문제가 더 커진 것은 아빠의 파면이 공금횡령으로 처리된 거야. 아빠는 억울해서 진정서를 만들었어. 그리고 그날 진정서를 제출하러 나가다가 골목길에서 청년 세 사람한테 가방도 뺏기고 형편없게 폭행을 당한 거야. 이 일을 어쩌면 좋지⋯⋯."

다혜는 흐느끼기 시작했다. 나는 그런 다혜를 꼭 껴안았다. 다른 때 같으면 앙탈을 부렸을 일인데 가만히 있었다.

"이럴 때 나를 써먹는 거야. 속시원하게 해결할 테니까 걱정마. 느이 아버지가 당한 걸 반드시 뒤집어놓겠어. 반드시 해낼거야."

"그래서 상의하는 거잖아. 그런데 아까도 말했지만 조심하지 않으면 아빠가 도리어 중죄인이 된다는 걸 알아야 돼. 저쪽에선 아빠의 공로를 참작해서 사직 당국에 고발조치만은 않고 있다는 거야. 그러니 이를 어째."

다혜는 울고 있었다. 나는 다혜를 더 힘주어 껴안았다.

"날 믿어봐. 내가 어떤 놈인가 알잖아. 절대로 아버지한테 피해가 안 가도록 할 테니까 믿어봐. 다 생각이 있어. 나한테 맡겨."

다혜는 울먹이기만 했다. 내가 생각해도 해결의 실마리가 쉽지는 않은 것 같았다. 더구나 공금횡령이란 죄명을 뒤집어쓰고 있는 사태에선 쉽게 수습될 일은 아니었다.

그렇다고 물러설 수는 없는 일이었다. 어떻게든지 캐내서 분풀이를 하고만 싶었다. 안 되면 애들을 동원해서라도 캐낼 생각이었다. 머릿속에 떠오르는 애들이 여러 명 있었다.

"그 문제 말고 또 있어. 신문사 거 말야. 아직 르포도 못 썼고. 또 한 군데 더 취재도 해야 하고."

"엊그제 했잖아. 또 뭘 한다는 거야."

"사실은 르포를 두 개 써야 되는데……. 하나는 병원을 취재할 생각으로 하나만 같이 가자고 했던 거야. 그런데 이 지경이 됐으니 어떻게 해."

다혜가 난처한 얼굴로 나를 쳐다보았다.

"신문사에 정말 꼭 들어가야겠니?"

"꼭 하고 싶어. 날 도와줘. 어디든 하나만 더 해줘. 엄마랑 매일 같이 붙어 있어야 하니까 어쩔 도리가 없잖아. 마음의 여유도 없고."

"정말 꼭 그래야겠니?"

"그렇대니까. 하고 싶은 걸 어떻게 해. 단 한 달을 다니다 그만두더라도 꼭 해볼 거야."

"좋아. 그럼 어딜 하면 되겠니?"

"인신매매와 연결되는 거면 더 좋고. 앞에 거하고 맥이 닿으면 훨씬 잘 써질 테니까."

나는 잠깐 동안 망설였다. 그리고 이내 창녀촌을 생각했다. 인신매매로 팔려간 여자들이 모여 사는 현장이기 때문에 괜찮을 것 같았다. 그리고 여자가 그런 곳을 취재했다면 점수가 높아질 것 같기도 했다.

"창녀촌이 어떠니. 다혜 말처럼 연결도 될 거고 점수도 높게 따낼 것 같은데 말야."

다혜는 가릴 여유가 없었다. 나흘 안에 숙제를 끝내야 할 판이었기 때문이었다.

"대신 자세하게 메모를 해주고 얘기도 해줘야 돼."

"아예 내가 써주지, 머."

"그거야 그때 봐서 하고."

"오늘 당장 가볼게. 그리고 내일부터는 그 이사장 녀석 사타구니에 불 좀 피워놔야지."

"너무 서두르지 마. 좀 신중하게 해. 불안해 죽겠어."

"나도 몸 좀 풀어보려고 그래. 그런 자식들 콧속에 고춧가루를 붓고 싶어."

"그러다간 사고 난다니까 그래. 좀 침착하게 해줘, 제발."

"그래. 걱정 마. 이럴 땐 하느님도 내 편이 돼줄 거야. 우리 편 안 들으면 하느님은 진짜 하느님이 아니지. 나도 이 기회에 느이 아버지한테 점수 좀 따야겠어. 그러니 실수할 순 없지. 그래도 안심이 안 되니?"

"믿어."

"언제부터 믿었어."

"지금부터……."

우리는 웃었다. 그 웃음은 믿음이었다. 믿는다는 건 외로움이나 슬픔 따위를 벗겨버릴 수 있는 것이었다. 어쩌면 우리에게 좋은 기회를 만들어주고 있는 것인지도 모른다. 이 작은 믿음은 우리에게 미래라는 걸 만들어줄 것 같았다.

밤은 깊어가고 있었다. 어둠이 우리를 감싸고 있었다. 어둠 속에서 나는 용감해지고 싶었다.

"다혜야. 이 중차대한 일을 하러 가는 내게 응원 안 해줄래."

나는 다혜를 끌어안으며 말했다.

"기도해 줄게."

다혜가 몸을 빼며 대꾸했다.

"내가 원하는 거 알잖아. 다헬 다 갖고 싶단 말야."

"응큼 떨지 마."

"도대체 넌 내가 욕심나지도 않니?"

"후후후훗."

다혜가 겸연쩍게 웃으며 일어섰다.

"잠깐, 그러면 입술 도킹이라도 하자. 이거 원, 입술 도둑놈 소리나 들어야 하다니."

다혜가 측은하다는 듯이 웃었다. 그리고 나를 빤히 쳐다보았다.

"눈 감아."

"정말이니. 아이고 하느님 이게 웬일입니까."

나는 능청을 떨어가며 눈을 감았다.

"오늘은 특별야. 사창가에 취재하러 갔다가 반드시 하숙집에서 잔다는 약속인 거야. 알았어?"

"어쩐지……."

그러면서도 나는 눈을 감고 있었다. 다혜가 발끝을 세우고 내 입술 위에 훈기를 쏟아부었다.

"꿈 같다, 다혜 입술이."

나는 눈을 뜨고 한 번 더 다혜를 끌어안으려고 했다. 다혜는 저만큼 도망가버렸다.

"이제 막 내렸어. 어서 가."

"연속상연 없습니까?"

"표 다시 사가지고 오세요."

다혜가 앞서 걸으며 대꾸했다. 우리는 깔깔거리며 웃고 말았다.

청량리에서 내린 시간은 밤 열 시가 채 안 된 시간이었다. 집에 돌아가는 시간을 빼면 한 시간 반 동안 사창가를 배회할 수 있을 것 같았다.

극장 옆 골목으로 들어섰다. 괜히 정액으로 골목길이 질퍽거릴 것 같았다.

여관 간판, 여인숙 간판, 리어카의 카바이트 불빛, 껌벅거리는 가로등, 전봇대에 덕지덕지 붙어 있는 성병약 광고지, 낙태 전문 한약방 쪽지들, 길거리에 주욱 늘어선 여자들.

모두가 낯선 것은 아니었다. 시골 역전의 밤 풍경보다 차라리 엄숙해 보였다.

붉고 음침한 불빛 사이로 골목길은 비틀거릴 듯 서 있었다. 밤거리의 꽃들이 사내를 찾느라고 두리번거리고 있었다.

껌을 질겅질겅 씹고 있는 모습이 마치 어떤 사내든지 나타나기만 하면 질겅질겅 씹어주겠다는 독기처럼 느껴졌다. 그건 그들의 한을 씹고 있는 것인지도 모른다.

"끝내줄게, 응!"

골목길을 조금 돌아서자 앳된 여자가 이렇게 말하며 내 팔을 잡았다.

"뭘 끝내줘."

나는 웃으며 대꾸했다. 뭘 끝내준다는 것인지 몰라서 물은 것은 아니었다. 결심하고 나선 길이었지만 어딘지 쑥스러웠던 것이다.

"화끈한 것 싫어?"

나는 호주머니에 손을 깊숙이 찔러 넣은 채 걸었다. 여자는 따라붙었다.

"얼마야?"

나는 이렇게 물었다.

여자는 그런 내 얼굴과 차림새를 재빨리 훑어보고 코 먹은 소리로 대답했다.

"밤새 재미 보려면 두 장만 줘."

나는 또 웃었다. 그녀는 오래 사귀어서 아주 친숙해진 사이처럼 팔짱을 끼고 따라왔다.

여자도 만만찮았다. 이 골목에 들어온 이상 수틀리게 굴면 맛을 봐야 할 거라는 암시 같았다.

"고향이 어디야?"

나는 전봇대 아래에 멈추어 서서 그녀를 찬찬히 관찰하면서 물어보았다.

"고향! 팔도가 다 내 고향이지, 머. 팔도 서방 모시고 사는 년이 어딘들 고향 아닌 데가 있어."

틀린 말은 아니다 싶었다. 앳된 얼굴이었지만 청순한 느낌이 들지 않고 어딘지 한이 서려 있는 얼굴이었다.

"몇 살이지? 어려 보이는걸."

내가 담배를 꺼내 불을 붙여 물며 물었다.

"우리 들어가서 이 밤이 새도록 얘길 하면 되잖아. 짜릿짜릿하게 녹여줄 테니까."

"몇 살이냐니까."

내가 거들먹거리는 시늉을 하며 재차 물었다.

"열여덟, 왜 너무 늙었어? 더 풋내나는 거 찾는 거야? 애송이들 데리고 빽빽거리는 거보다는 나 같은 게 날걸."

그러면서 내 팔을 잡아끌었다. 골목 어귀에 눌어붙은 것처럼 버티고 서서 우리를 쳐다보던 다른 여자들이 낄낄거리며 웃었다.

내 팔을 더 꼭 잡은 여자가 빈정거리는 여자에게 욕지거리를 했다. 그러나 그쪽 여자들은 낄낄거리며 웃기만 했다.

"나 한 바퀴 돌고 올 테니까 이것 좀 봐줘. 어서."

제법 위엄 있게 얘기했지만 그녀는 막무가내로 잡아끌기만 했다.

"이거 못 봐."

나는 팔을 뿌리치며 비켜섰다. 여자가 허기진 사람처럼 나를 물끄러미 바라보았다. 나는 미안한 표정을 지어 보이고 성큼성큼 걸었다.

"팍 꼬꾸라져 뒈져라 이 새끼야."

여자의 악쓰는 소리가 흩어졌다. 나는 왠지 뒤돌아서서 그녀를 따라가고만 싶었다.

크고 작은 골목길 좌우엔 땅벌집처럼 다닥다닥 영글어 붙은, 시늉만 집 형태인 창가(娼家)가 주욱 늘어서 있었다. 방범등 아래로 음습한 골목 끝이 잘 보이지 않을 정도였다.

그러나 골목 하나만 비켜서면 창가에서 새어 나오는 불빛으로 먼 빛의 창녀 얼굴까지 훤히 보일 정도가 되곤 했다.

여인들이 사내들을 사열하고 있었다. 골목길은 여인들 천국이었다. 이런 곳을 두고 여자 지옥이라고 해야 할 것이다.

나는 다시 마음을 다져먹고 걷기 시작했다.

"서방님 오셨어? 나야 나."

여자가 나를 낚아챘다. 얼핏 보아도 마흔 줄에 들어선 것 같았다. 화장기 짙은 얼굴이 세상 남자를 다 갈아 마셔도 시원치 않다는 표정이 들어 있었다.

"지금 다녀 나오는 길야."

나는 능청스럽게 대꾸했다. 이런 식으로 나오면 대개의 여자들이 더 붙잡고 늘어지지 않는다는 걸 알았기 때문이었다.

"함부로 쏘다니면 벼락 맞아. 후딱 꺼져줘."

김이 샜다는 표현이었다. 나는 그녀의 손을 잡아주고 성큼성큼 걸어갔다.

"어머, 이제 오면 어떻게 해. 목욕재계하고 기다렸는걸."

스무 살 안팎의 여자였다. 간드러지는 목소리가 싫지는 않았다.

"괜찮으니까 만져봐."

가슴을 열어 보였다. 얇은 블라우스 속에 탐스러운 무덤이 들어 있었다. 그녀는 가려운 시늉을 하며 내 앞에서 윗단추 두 개를 풀었다. 나는 그녀의 얼굴을 살펴보고 의뭉스럽게 손을 집어넣었다.

나는 그 순간에 다혜를 떠올렸다. 앞가슴 근처에 얼씬도 못 하게 하는 그녀였다. 그러나 나는 곧추선 촉감으로 다혜의 가슴을 짐작하고 있었다. 한없이 보드랍고 탄력이 있을 거라는 걸 알고 있었다.

팔짱을 끼고 걸을 때 팔꿈치에 닿는 그 물씬함, 그건 내 살 갗을 일시에 경련시킬 수 있는 탄력이었다.

"괜찮지? 이래봬도 보증서까지 붙어 있는 나라니까."

여자는 아양을 떨었다. 생김새나 몸매로 보아서 가슴이 지나치게 발달된 편이었다.

"아가씨는 좋은데 예편네가 저기 기다리고 있어서 어쩌나."

나는 골목 끝집을 가리켰다. 붉은 불빛이 창가로 새어 나와 분위기가 있어 보이는 집이었다.

"단골손님 가진 년 예쁜 거 못 봤다."

여자는 돌아서며 콧소리 섞어 이렇게 악담을 했다. 나는 그냥 웃기만 했다. 이 판에서는 기둥서방을 꽤 알아주는 편이었다. 아무리 돈벌이가 급해도 기둥서방 채가지 않는 게 불문율처럼 지켜지고 있는 것이다.

양복과 치마를 의젓하게 차려입고 거드럭거리며 사는 바깥세상의 파렴치한 꼴보다는 한 수 나은 의리였다.

여자들의 앙칼진 목소리가 옆 골목에서 들려왔다. 싸움판이 벌어진 모양이었다. 나는 뛰어갔다.

"기둥서방 좋아하네, 칵 씹어버리기 전에 꺼져 이 새끼야."

한 여자가 팔을 걷어붙이고 술 취한 사내에게 욕지거리를 하고 있었다. 사내는 전봇대에 기대선 채 그녀를 물끄러미 바라보기만 했다.

여자들이 주욱 모여들어서 재미있게 싸움판이 벌어지기를 기대하는 눈초리였다.

"너, 이리 와봐."

불량기 있어 보이는 사내가 앞으로 나섰다. 술 취한 사내가 올려다보고 웃었다.

"죽으려고 빽 쓰는구나."

청바지 주머니에 손을 찔러 넣은 사내가 앞으로 나섰다. 술 취한 사내는 그래도 웃었다.

"저런 새끼 칵 밟아야 돼."

"까부셔버려."

"아랫도리를 못 쓰게 해도 좋구."

여자들이 한마디씩 거들었다. 그들이 두런거리는 소리를 종합해 보면 술 취한 사내가 괜히 기둥서방 노릇 하려고 귀찮게 구는 것 같았다.

청바지가 정권으로 술 취한 사내를 갈겼다. 사내는 쓰러질 듯하다가 몸을 세워 청바지의 멱살을 옭아 쥐었다. 두 사람은 땅바닥으로 뒹굴었다.

"조져버려."

"어퍼 컷, 쭉 뻗어. 받아버려, 옳지 그렇게."

둘러섰던 여자들의 응원전이 더 푸짐했다.

"어이, 이거 놓고 일어서라."

나는 말리지 말자고 다짐해 놓고 나도 모르게 두 사내의 뒷덜미를 잡아 떼어놓았다. 술 취한 사내의 눈두덩이는 이미 부어올랐다.

"넌 뭐 하는 새끼야."

청바지가 씩씩거리며 나한테 달려들었다.

"싸움 말리는 게 취미라서 그렇다."

내 목청은 낮게 가라앉았다. 사내는 잠시 뜸을 들이는 눈치였다. 둘러섰던 여자들이 훼방꾼 바라보듯 나를 쳐다봤다. 밉살스럽다는 표정이었다.

"넌 누구야. 뭐 하는 새끼야."

거드름을 피우며 한 발자국 앞으로 나섰다.

"나 땅개 친구다."

주먹질로 따지는 것보다는 이런 판에서 족보로 따지는 게 훨씬 이롭다는 걸 알았다.

"땅개 형하고 어떻게 되슈?"

녀석은 멈칫거리며 물었다.

"한솥밥 먹고 있었다."

그 얘기는 콩밥 먹을 때 사귀었다는 뜻이었다. 대개 한솥밥 먹고 친해진 사이라면 족보에 끼워주는 게 상례였다.

"저 새끼가 자꾸 엉겨 붙어서 좀 혼내주려고 그랬는데…….
형이 말리면 들어야겠죠 뭐."

청바지는 옷을 털고 둘러선 여자들에게 씨익 웃어 보였다. 술 취한 사내는 어느 쯤엔가 사라져버리고 없었다.

"땅개 형 만나러 갈래요?"

"한 바퀴 돌아보고 간다고 그래라."

"몸 풀라고 그래요?"

"그냥 와봤다. 괜찮은 애들이 있나 보려고."

"저쪽에 가면 좋은 애 있어요. 땅개 형한테 얘기하면 잡아 줄 텐데."

녀석은 아직도 내가 땅개와 친분이 있다는 사실을 믿지 않는 것 같았다. 말투가 떫은 것을 보면 내 족보를 확인해 보려는 것 같았다.

"가봐라. 한 바퀴 돌다가 갈 테니까."

나는 녀석의 등을 밀어놓고 다음 골목으로 들어섰다. 조금 한산한 골목이었다. 리어카 위의 카바이트 불빛이 눈에 시었다. 세 여자가 의자에 다리를 꼬고 앉아 소주를 마시고 있었다.

주인 남자는 소주병을 들어 따라주고 있었다. 닭똥집과 오징어가 먹음직스러워 보였다. 김이 피어오르는 솥단지에서도 구수한 냄새가 났다. 나는 갑자기 소주 한잔을 걸치고 싶었다.

"소주 반 병만 주쇼."

나는 여자들 옆자리에 걸터앉았다.

"아저씨, 안주보다는 이내 몸이 나을 텐데 그래요. 속상한다고 술 마시면 해로워요. 그럴 땐 몸서리나게 흔드는 것이 젤이라구요."

한 여자가 자세를 바꿔잡으며 얘기를 붙였다.

"아가씨들은 왜 술 마셔요. 가서 흔들기나 하잖고."

"서방놈이 걸려들어야 말이죠."

"걸려들기 기다리지 말고 낚아채요."

내가 걸쭉하게 한마디 했다. 여자들은 배짱이 맞는다는 듯이 웃었다.

"낚여주실래요."

가운데 앉은 여자가 치마를 살짝 들었다 놓으며 물었다.

"사양하겠습니다."

"평양감사도 저 하기 싫으면 그만이죠. 안 그래요?"

시들하게 대꾸하고 다시 돌아앉아 소주잔을 비웠다.

"자 그만 갈랍니다. 재미 많이 보세요."

내가 술값을 치르고 일어나며 이렇게 말했다.

"안녕히 가세요. 종종 놀러 오세요."

여자들은 맞받아 인사를 했다. 억척스럽게 달려들지 않는 여자들에게 뭔지 모르지만 아쉬움이 남았다.

하느님, 간통과 매춘은 어떻게 다른 겁니까. 아무리 생각해도 간통보다는 매춘이 훨씬 아름다운 거 아닐까요. 일부일처제를 하니까 저렇게 많은 여자들이 몸을 파는 거 아닙니까.

오늘이라도 마음을 고쳐먹고 일부다처제라도 좋고 일처다부제라도 좋으니 한번 바꿔보시죠. 좀 더 재미있는 세상을 만들어보려면 그 편이 훨씬 쉬울 겁니다.

만화방이 눈에 띄었다. 만화방에는 어린애들이 가득 차 있었다. 중간중간에 끼여 앉은 화장기 짙은 여자들 모습도 보였다.

골목 어디를 보아도 문화시설이라곤 단 한 군데도 없었다. 리어카에 실린 책과 만화방, 그리고 만화방 안에 설치된 텔레비전과 여인숙 골목으로 흘러다니는 라디오 소리가 전부였다.

꼬마들은 술래잡기를 하고 있었다.

창녀의 자식들이거나 포주와 여인숙 주인의 자식들일 게 빤했다.

한쪽에선 남자를 끌어당기고 한쪽에선 어린애들이 천진난만하게 술래잡기를 하고 있는 모습이 그렇게 어울릴 수 없었다.

아름답다는 것만이 진실일 수는 없는 것이다. 추악해 보이는 속에서도 진실한 것은 있는 것이다. 바로 이 사창가에서 그런 걸 얻을 수 있을 것 같았다.

리어카가 있는 쪽으로 어슬렁거리며 갔다. 카바이트 불빛에 대고 주간지를 읽고 있던 사내가 보던 것을 덮고 아래위를 훑어보았다.

"좋은 책 있습니까?"

내가 두어 권의 책을 헤집으며 물었다.

"책은 다 좋은 거죠, 뭐."

시큰둥하게 한마디 했다.

"이런 거 말고 만화책 말요."

"그런 건 만화방에 가야 있죠."

여전히 경계의 눈초리를 띠고 있었다.

"이거 왜 이러슈. 알 만한 사람한테 너무 그러는 게 아뇨. 딴 소리 말고 서너 권 내놓으슈."

나는 리어카 속을 가리키며 말했다. 사내는 약간 난처한 기색이었다.

"뭘 말씀하시는 겁니까?"

능청스런 대꾸였다.

"꼭 무슨 책이라고 얘기해야 하는 거요. 봅시다 좀. 누가 책값 안 줄까 봐서 그러는 거요?"

내가 리어카 속을 들여다볼 것처럼 하자 사내는 재빨리 손을 넣어 세 권을 꺼내 구석자리로 나를 밀었다.

"후딱 봐요."

"차암, 그래가지고 어떻게 장사를 하슈, 그래."

세 권 모두 음화였다. 서양 여자들이 주인공으로 나온 '영상 서적'인 셈이었다. 나는 대충 훑어보고 물었다.

"얼마요?"

"한 권에 이천 원씩 주셔야 합니다."

"이천 원! 이거 왜 이래요. 누굴 보리쌀 먹고 큰 놈으로 아나. 뻔한 것 가지고 왜 그래요."

"올랐단 말예요. 그거 구하느라고 차비가 보통 든 줄 압니까."

"이 사람이 왜 이래. 이게 용산 것이 아닌데 뭘 그래. 엎어치기한 걸 누가 이천 원씩이나 줘."

사내는 더욱 난처해진 얼굴로 힘없이 말했다.

"천원 한 장은 꼭 받아야 합니다. 우린 걸러서 사니까 그만큼 안 받고는 안 돼요."

사정하는 말투였다.

"세 권 모두 이천 원 줄 테니 그리 아슈. 모르는 처지도 아니고 하니까 그렇게라도 주는 거요."

나는 이천 원을 주고 고개를 끄덕거려주었다. 사내는 겸연쩍게 웃으며 인사를 했다.

하느님, 혹시 이런 책을 보신 적이 있나요?

인간 세상은 기차다구요. 별의별 것이 다 있다구요. 돈 가지고 못 사는 게 없어요.

밤 열한 시가 넘어서자 여자들은 극성스러워졌다. 초저녁보다 드세어진 걸 대번에 느낄 수 있었다.

"할인해 줄게. 깎아준대두 그래."

몸값이 많이 내려갔다. 붙잡는 여자들마다 몸값이 조금씩 달랐다.

"얼마면 되겠어."

나는 두 바퀴째 골목을 돌다가 나하고 동갑쯤 되어 보이는 여자에게 물었다.

"깎아줄게."

"잠깐 얘기하고 가는데두."

"그러니까 깎아주는 거잖아. 요새 그렇게 싼 게 어디 있어."

나는 그녀를 따라 들어갔다. 판잣집을 겨우 면한 한옥이었다. 문간방에서부터 조그맣게 꾸민 방이 안채까지 주욱 연결되어 있었다.

한 평이 될까 말까 한 좁은 방이었다. 비키니 옷장 한 개와 낡은 선풍기 한 대와 칠이 벗겨진 화장대가 놓여 있었다. 때절은 이부자리 한 채, 베개 두 개, 물수건 한 개, 주전자 한 개와 컵 두 개, 아무렇게나 못을 박은 옷걸이 서너 개와 달력 한 장이 전부였다.

옆방과의 칸막이는 베니어판으로 가려져 있어서 그쪽 방에서 나는 소리가 죄다 들렸다.

하느님은 세상 어느 곳에나 계신다고 했지만 설마 이런 곳에까지 와서 귀를 기울이지는 않겠지.

여자가 일어섰다. 나는 그녀를 잡아 앉혔다.

"한 이십 분만 얘기하고 갈 테니까 그대로 있어."

"시시하게 왜 이래. 볼 거 다 봐놓고 왜 이래."

그녀는 재빨리 겉옷을 벗어서 방바닥에 던져버렸다.

"물론 돈은 줄게. 대신 얘기 좀 하다가 가면 되잖아."

"기자야?"

"내가 무슨 기자. 그냥 궁금해서 들른 거라니까그래."

"병신은 아닐 텐데."

우리는 이런 식으로 얘기를 시작했다. 그녀는 귀찮게 굴지 않는 게 고마운지 제법 말대꾸를 잘해주었다. 돈을 지불하고 그 지폐의 권리를 행사하지 않는 사내의 저의에 대해선 의심을 품고 있었지만 얘기를 나누다 보니 흥이 난 것 같았다.

"누군 이 짓거리를 하구 싶어서 하는 줄 알아. 돈이 웬수구 목구멍이 포도청이라 그렇지."

여자는 한탄조로 이렇게 말했다.

"첨엔 왜 왔어. 가만히 살림이나 하다가 시집이나 가지."

"누가 아니래. 그 새끼한테 걸린 게 팔자소관이지. 이제 다 지나간…… 과거지사지만……. 난 그 새끼한테 이쁘게 보이려고 쌍꺼풀 수술까지 해댔는데……. 그 새낀 홀랑 알겨먹고 다른 애 끼구 튀어버렸어."

"다른 여자들도 전부 그런 걸까?"

"다른 애들? 별별 애들이 다 있어. 다방에 나갔다가 신세 망쳐가지고 제발로 겨들어온 애들도 있고, 뚜쟁이들한테 걸려서 팔려온 애들도 있고. 가지각색이지, 머."

짝짝이 된 쌍꺼풀 자국에 금방이라도 눈물이 맺힐 것 같았다.

"돈벌이는 좀 되는 거야? 이 짓하고 돈 못 번다면 뭐러 여기 죽치고 있을까마는."

"돈 벌지. 앞으로 벌고 뒤로 밑지는 장사니까."

"그게 무슨 소리야?"

"돈 벌어가지고 툴툴 털고 나간 애들도 더러 있기는 하지만……. 그런 애들은 독종이니까. 그렇지만……. 세상 다 그런 거 아냐?"

"억척스럽게 모으면 되잖아?"

"누군 벌기 싫어서 그러는 줄 알아. 엄마(포주)도 별수 없으니까 우릴 뜯어먹고 사는 거 아니겠어. 바쳐야 할 데도 많고 뜯어먹히는 데도 많을 테니까."

"그래도 최소한은 모을 수 있잖아."

"우리가 돈 모으는 걸 두 눈 똑바로 뜨고 내버려두는지 알아. 세상이 그렇게 어리숙한 줄 알아."

"어떤 놈들인데."

"알 거 없어. 알아봤자구. 이 판에 몸장사질은 하지만 우리는 의리 빼면 시체라구."

나는 숙연해졌다. 잘난 사내들의 그 잘난 의리들이 곤두박칠치는 판에 몸 파는 여자의 이 보잘것없는 의리가 너무나 커 보였기 때문이었다.

"빨리 돈 벌어서 청산해야지 않겠어."

"빚이나 청산하고……. 어떻게 되겠지, 머."

나는 골방을 나섰다. 그녀가 따라 일어서더니 담배 한 갑을 꺼내 내 주머니에 찔러 넣어주었다.

"미안해요. 그냥 가는데 돈까지 받아서."

나는 그녀의 등을 토닥거려주고 구두를 신었다. 그녀가 문밖에까지 나와 손을 흔들어주었다.

골목길은 훨씬 조용했다.

나는 골목길을 걸으며 이런 골목에 하늘의 영광이 푸짐하게 쏟아지기를 바랐다.

터무니없는 기원인 줄 알면서 말이다.

"이사장님 좀 만나러 왔습니다."

내가 이렇게 말하자 건장한 사내가 잠깐 기다리라 했다.

"지금 바쁘셔서 만나실 수 없다고 합니다. 그러니 다음에 오시지요."

생긴 것에 비해 지나치게 공손한 태도를 보였다.

"그러면 이렇게 전해주세요. 나는 다른 사람이 아니라 교장 선생님을 폭행한 청년들이 타고 달아난 차번호를 아는 사람이라고 말입니다."

"잠깐만 기다려주시죠."

사내가 황급히 들어갔다 나왔다. 나는 그의 표정을 재빨리 읽었다. 긴장된 표정이었다.

"들어오시랍니다."

사내가 공손하게 말하고 나를 응접실로 안내했다.

이사장의 모습이 보였다. 삼십 대 후반의 잘생긴 사내였다.

"앉으시죠. 잠깐 얘기를 들었습니다만······. 무슨 말씀인지 자세히 해주실 수 있겠습니까?"

나는 담배를 빼어 물고 응접실을 한 바퀴 휘 둘러보았다.

"말씀 드리지요. 며칠 전에 우연히 학교 옆 교장사택 앞을 지나가다가 이상한 걸 목격했습니다. 교장 선생님을 어떤 청년 셋이서 마구 패고는 가방을 빼앗어가지고 도망갔습니다. 저는 무서워서 숨어 있다가 이래선 안 되겠다 싶어 용기를 냈습니다. 그놈들이 아무래도 수상하다 싶어 몰래 뒤를 쫓아갔습니다. 깜깜한 밤길이었지만 골목 끝에 세워둔 자동차에 타는 걸 보고 번호를 적었습니다. 바로 신고할까 하다가 쓰러진 교장 선생님 때문에 되돌아가서 부축하면서 그 얘기를 했더니 교장 선생님이 절대 신고하지 말라고 당부를 해서 여태 이러고 있었습니다. 그래서 찾아온 것입니다."

이사장은 내 얘기를 차근차근 듣기만 했다. 그러고는 웃었다.

"자동차 번호판을 분명히 보셨나요?"

"그럼요. 우리 집에 가면 번호 써놓은 게 있습니다."

"번호가 어떻게 되는데요?"

"오늘 그걸 가지고 나오는 걸 잊었습니다. 집에 가면 있어요."

"집이 어딘데요?"

"연희동인데요."

이사장은 잠시 생각하는 눈치더니 이내 밖에서 만났던 건장한 사내를 불렀다.

"이 젊은이 집에 좀 갔다 오게. 우선 확인을 해보는 게 현명할 거 같애. 신고를 하든 어쩌든 증거가 확실해야 돼. 교장이 저 지경이 되어서도 신고를 못하게 한 게 더 이상해. 젊은이, 정말 알려줘서 고맙습니다. 내 비서하고 같이 갔다가 그걸 가져오는 게 어때요?"

"좋습니다."

"다른 데 알리면 안 됩니다. 다른 데도 아니고 공익사업체인 학교의 일이기 때문에 일이 잘못되면 안 되기 때문에 그러는 겁니다."

이사장의 표정은 담담했다. 내가 눈칠 챌 수 없을 만큼 아주 담대한 표정을 짓고 있었다.

"이건 알려줘서 고맙다는 뜻에서 드리는 거니까 용돈이나 하세요."

굳이 내 주머니에 봉투를 찔러 넣어준 이사장은 비서에게 뭐라고 귀엣말을 했다. 이사장의 차는 까만색 승용차였다. 국산 자동차 중에서 최고급이라는 그라나다였다.

"연희동 어디쯤인가요?"

운전석에 앉은 기사가 고개를 돌리고 물었다.

"산길로 좀 올라가야 되는데……. 주욱 가세요. 제가 안내해 드릴게요."

차는 속력을 놓고 달렸다. 비서는 내 옆자리에 앉아서 계속 질문을 했다. 아까 이사장이 귀엣말로 지시한 것 같았다. 나는 적당히 꾸며대가며 말을 받아주었다. 비서는 흔들리는 차 속에서 메모를 하고 있었다.

"차가 더 들어가지 못해요. 여기서 걸어가지요. 바로 저 위 불빛 있는 데가 집입니다."

우리는 차에서 내려 골목길을 따라 걸어 올라갔다.

나는 갑자기 돌아섰다. 컴컴한 외딴길이어서 사람들이 눈에 띄지 않는 곳이었다.

"여봐, 아저씨. 여기까지 따라오느라고 수고하셨소. 이제부턴 내가 시키는 대로 해줘야겠소."

비서는 돌변한 나를 관찰할 틈도 주지 않고 공격했다. 나는 꽤 발 빠른 비서의 팔목을 꺾어 주저앉혀버렸다.

"팔목을 작신 꺾어버리기 전에 순순히 대답하라. 교장을 폭행한 애들이 누구냐? 어디에 있는 애들야?"

비서는 신음 소리만 몰아내며 대답을 하지 않았다.

"다 알고 왔다. 말 않으면 너만 병신이 돼. 난 공갈 같은 건 안 쳐."

나는 비서의 손가락 관절을 한 마디 꺾어버렸다.

"으으으윽. 이러지 말고, 말로, 말로 합시다."

"좋아. 한마디라도 수틀리게 굴면 차례로 손가락을 부러뜨린다."

순간에 당한 일이어서 상황에 대처할 여유가 없는 것 같았다. 손목을 조금 늦추어주었지만 비서는 입을 열려고 하지 않았다.

"너 아직 된맛을 못 봤구나."

이럴 경우엔 긴 말이 필요 없었다. 물리적 고통밖에 입을 열게 할 수 없는 것이었다.

"제발 으으윽……. 말로 합시다. 말로 합시다. 제발……."

"너 어디가 작신 부러져야 입을 열겠구나."

사내가 시간을 벌기 위해서 뜸을 들이게 해서는 안 된다 싶었다. 한 번 더 관절을 죄어 꺾었다.

"하겠습니다. 할 테니 이것 좀 놔주세요."

사내는 땅바닥에 주저앉아 조그만 목소리로 말했다. 마치 누구라도 들으면 큰일 난다는 듯이 낮았다.

"자세히는 저도 모릅니다. 이름도 모르고 생긴 것도 몰라요. 연락처만 압니다. 정말입니다. 믿어주세요."

워낙 다부지게 다루었기 때문에 거짓말로 위기를 넘기는 것 같지는 않았다.

"서류는 어디 있지? 느이 이사장이 챙겼겠지?"

"그것도 모릅니다. 저는 그저 두어 번 연락한 일밖에 없어요."

"뭐라고 연락했나?"

"요정으로 몇 시까지 나오라는 연락하고 은행에 돈을 입금시켰다는 연락 정도였습니다. 정말 그 이상은 모릅니다."

"지금 연락해 줄 수 있지?"

"그건 좀……."

"젊은 놈이 병신되는 걸 택하겠다 이거군. 좋아, 그렇다면 소

238

원대로 해주지."

관절에 손을 대자 사내는 겁에 질린 목소리로 말했다.

"연락하겠습니다."

사내는 고개를 숙이고 이 한마디를 했다. 나는 사내를 앞세우고 골목길을 내려왔다. 이사장 차가 아직도 그 자리에서 기다리고 있었다.

기사는 밧줄로 꽁꽁 묶인 채 뒷좌석에 뉘어 있었다.

"수고들 했다. 준철이는 운전을 하고 나머지는 택시 타고 곧장 한남동 애꾸네 집으로 가라. 꼼짝하지 말고 대기해."

내 명령이 떨어지자마자 애들은 아래로 뛰어내려갔다. 우리는 고갯길을 돌아나와 인적이 뜸한 샛길로 차를 몰았다. 어디든 조용한 공중전화통을 찾아내어 폭행 청부업자들에게 전화를 걸어야 했기 때문이었다.

"허튼짓 하지 마. 세 놈 모두 이사장이 여덟 시 정각에 만나잔다고 해. 침착하게 굴지 않으면 오늘이 네 제삿날인 줄 알아. 알았어?"

"……."

사내는 대답 대신 고개를 끄덕거렸다. 체념한 것 같았다. 체념한 자는 차라리 평온한 것이다.

"중요한 일이니까 절대 자가용을 가지고 오지 말고 택시를 타고 오라고 해. 차는 이쪽에서 준비해 뒀다고, 알았지?"

사내는 여유 있게 고개를 끄덕거렸다. 우리의 계획이 얼마나 치밀한 것인지 깨닫고 있는 것 같았다. 그런 일급 비밀요정에 택시를 타고 오게 되면 요정 안에 들어가서 어렵게 잡아채는 것보다 문 앞에서 쉽게 처리할 수 있을 것 같았다.

사내는 시킨 대로 침착하게 전화를 걸었다. 나는 그런 사내에게 씨익 웃어 보였다. 사내도 멋쩍게 웃었다.

나는 애꾸네 집에 전화를 걸어 비밀요정의 위치와 거리를 확인한 뒤에 근처의 골목을 승용차로 막아버릴 것을 지시했다. 고장난 시늉을 하고 있으면 택시에서 내려 걸을 게 빤했기 때문이었다.

본격적인 청부업자들이라면 무기를 지니고 있는 것이 당연했다. 골목길에서 갑자기 습격해 버리면 쉽게 잡을 수 있을 것 같았다.

애들은 만반의 준비를 하고 내가 나타나기만을 기다리고 있었다. 비밀요정으로 가려면 두 개의 길밖에 없었다. 길목에 승용차를 세워놓고 애들은 양쪽 골목에서 야구연습을 하고 있었다. 옷차림이나 행동이 동네 애들처럼 어울렸다. 야구연습하는 애들은 되도록 어린 애들로 고른 것 같았다.

"너는 그 자식들을 잡게 되면 보내줄 테니 얌전하게 있어."

기사와 비서를 차 안에 앉혀놓고 나는 옷을 갈아입었다. 야구연습하는 애들 틈에 직접 끼어들 셈이었다.

"형은 가만 있어요. 내가 할 테니까."

정근이는 두목답게 나를 말리고 나섰다.

"이건 내가 직접 할 테다. 넌 애들이나 잘 보구 있어."

내 강경한 의사를 더는 말리지 못하고 정근이는 골목길로 내려갔다.

열대여섯 명 정도를 동원해 보기는 이번이 처음이었다. 웬만 하면 나 혼자서 해치우고 싶었지만 상대가 어떤 무기를 가졌는지 또는 어떤 패거리들인지 알 수가 없기 때문에 준비를 꼼꼼하게 한 것이었다. 짐작건대 보통 패거리들은 아닐 것 같았다.

휘파람 소리가 길게 두 번 울렸다.

"절대 긴장하지 마라. 내가 시킨 대로 하기만 해."

애들이 약간 긴장된 것 같았다. 나도 조금은 긴박감을 느끼고 있었다.

건장한 허우대, 발걸음에 날렵한 기운이 도는 사내 세 사람이 골목을 성큼성큼 걸어왔다. 세 사람 모두 정장을 하고 있었지만 몸 전체에서 예리한 신경을 느낄 수 있었다.

생각했던 대로 만만찮은 패거리 같았다.

손을 쳐들었다. 신호였다. 야구공이 사내들 쪽으로 굴러갔다. 애들이 그쪽으로 달려갔다. 사내들은 가볍게 몸을 피해 담장 쪽으로 붙어 걸었다.

나란히 걸어오던 그들은 일렬로 걸었다.

기회였다. 나는 두 번째로 손을 쳐들었다.

야구방망이가 날았다. 주먹과 발길이 힘차게 뻗었다.

사내들은 벽 옆으로 길게 누워버렸다. 나는 세 사내의 주머니를 뒤졌다. 기대했던 만큼의 성능 좋은 무기는 없었다.

세 사내를 한강 모래밭에 데리고 가서 윗도리를 전부 벗겼다. 세 사내의 어깨 위에 작은 호랑이 대가리 문신이 똑같이 새겨져 있었다.

"낯짝부터 찍어줘라."

나는 호랑이 문신을 살피고 이렇게 말했다. 준철이가 카메라를 꺼내 세 사내의 얼굴을 찍었다. 섬광처럼 번쩍인 플래시 불빛이 밤하늘로 흩어졌다.

"느이 번개 형님이 시키더냐?"

내가 세 녀석의 면상을 한 대씩 후려치며 물었다. 녀석들은 어금니를 앙다물고 나를 노려보았다. 기 죽지 않는 걸로 보아서 번개가 제법 악 받치게 키운 애들 같았다.

"순순히 부는 게 어때. 썩은 물 실컷 먹고 부는 것보다는 나을 거다."

그래도 녀석들은 기가 죽지 않았다.

"얼마 받고 교장 선생 맡았나? 그 서류 지금 어디 있어? 더 묻지 않겠다. 두 가지만 대답해라."

"번개 형님 잘 아슈?"

묻는 말에 대답하지 않던 턱이 긴 녀석이 이렇게 되물었다.

"알지. 성깔 사나운 것도 알고, 밥벌이 잘한다는 것도 알지."

"그럼, 우릴 놔주쇼. 번개 형님이 그냥 있지는 않을 거요."

"나도 꽤 성깔이 사납다는 걸 번개가 알 거다. 느이들, 말로 해서 듣지 않는 걸 보니 좀 보여달라는 것 같구나."

번개네 식구라면 웬만한 주먹질이나 육체적 고통 가지고 해결될 패거리는 아니었다. 그만큼은 각오를 하고 사는 치들이었다.

"얘들 물 좀 줘라."

내 말이 끝나자 애들이 세 녀석을 끌고 모래밭 끝으로 갔다. 한강 물이 천천히 흐르고 있었다.

세 녀석은 거꾸로 물속에 처박혔다. 뒤로 묶인 팔 때문에 발길질로 허위적거렸다.

"아예 좀 박아둬. 실컷 먹어도 불까 말까 한 놈들이니까."

세 녀석은 물속에 처박혀서 한참씩 허우적거렸다.

"한 번 더 박아버려. 말하겠다고 할 때까지 아주 꼭 박아버려."

시계를 들여다보고 나는 꺼내주라는 시늉을 했다. 녀석들은 곰삭은 파김치처럼 축 늘어져 있었다. 봄날씨지만 물길은 몹시 차가웠다. 부들부들 떠는 녀석들의 따귀를 준철이가 철썩철썩 갈겼다.

"대충 얘기해 보는 게 어떨까 싶다."

달래고 어를 필요가 없었다. 그들은 그만큼 단련을 받은 패거리였다.

"말하겠소. 번개 형님 데려다 주쇼."

이마가 넓은 녀석이 이렇게 씩씩거리며 말했다.

"물을 더 마시면 그 소리가 안 나올 텐데…… 물 더 드려라."

나는 팔짱을 끼고 돌아섰다. 아무리 미운 놈들이지만 허위적거리는 꼴을 두고 볼 수가 없었다.

하느님, 이게 뭡니까. 법은 멀고 주먹은 가깝고.

이 세상엔 법 가지고 안 통하는 게 너무나 많다고요. 잘 아시잖아요. 이런 경우만 해도 그래요. 법으로 따지자면 저치들은 무죄일 수밖에 없어요.

교묘하게 법망을 피해 다니는 무리와 지능적으로 완전범죄를 저지르는 무리는 도대체 어떻게 해결하란 말입니까. 하느님은 두 눈 똑바로 뜨고 보고 있겠지요.

그러고는 그들이 죽어서 심판대에 오를 때만 그렇게 멍청하게 기다릴 참입니까.

뭐 좀 보여주세요. 시원하고 후련하게 말입니다.

우리에게 하느님 좀 믿고 살게 해주세요. 벼락 때릴 때도 제발 잘 겨냥해서 때려보세요. 왜 엉뚱하게 고목나무 같은 데다 때려요. 고목나무나 전봇대가 무슨 죄를 졌다고 그래요.

하느님, 혹시 시력 상실한 거 아닙니까. 하늘나라에 성능 좋은 총 따위의 무기가 없어서 그렇게 형편없이 맞히시는 겁니까. 그럼 당구연습이라도 좀 하세요. 그래서 정확히 좀 때려주세요.

때릴 때 얼마나 많습니까. 밤낮 없이 일 년 열두 달 부지런히 때려도 시원찮은 세상인데 말입니다.

벼락은 뒀다 뭣에 쓰려고 그럽니까. 콩 볶아 먹을 때 쓰려고 그러시나요.

"그 두 가지만 말하면 돼요?"

턱 긴 녀석이 입으로 물을 줄줄이 토해내며 가까스로 이렇게 말했다.

"얘기해라."

녀석은 나머지 두 녀석의 눈치를 보고 입을 열었다.

"얼마 받았는지 우리는 모릅니다. 번개 형님하고 흥정한 거니까요. 그리고 그 서류지 가방인지는 이튿날 전해줬어요. 더 이상은 모릅니다."

그들 말이 맞을 것 같았다. 번개가 그런 일을 가볍게 처리할 위인은 아니었다. 청부업을 성공시킬 만큼 치밀한 사내인 것만은 틀림없었다. 나와는 한 번도 맞붙어본 적은 없었다. 그러나 그가 실력자라는 걸 나는 알 수 있었다.

두목으로서 갖추어야 할 지배력이 있었다. 만약 우리가 만나게 된다면 거의 삼 년 만에 조우하게 되는 것이었다.

"좋다. 더 이상은 묻지 않겠다. 지금 얘기만 한 번 더 씨부려주면 된다."

나는 이렇게 말하고 녀석들과 이사장 비서와 운전기사를 나누어 태우고 출발했다.

"그만 보내주는 게 피차 좋잖습니까?"

이마 넓은 녀석이 여유 있게 말했다. 녀석들은 보통내기와 달랐다. 그렇게 치도곤을 당하고도 여유를 보이고 있었다.

"입 닥쳐."

나는 내뱉듯 한마디 하고 등받이에 깊숙이 몸을 기대었다. 다혜의 활짝 웃는 모습이 자꾸 떠올랐다. 그리고 다혜네 집에 마음 놓고 들랑거릴 수 있게 되었다는 생각이 들었다.

차가 이사장 집 문 앞에 섰다. 나는 초인종을 눌렀다. 가슴 한구석에 치밀어 오르는 분노가 있었다. 얼굴을 대하면 사정 볼 것 없이 후려갈길 것 같았다.

"아까 왔다 간 사람입니다. 번개네 식구 세 놈과 당신네 비서 와 기사를 묶어갖고 왔으니 어서 문이나 여십쇼."

"뭐라구!"

놀란 목소리가 스피커 속으로 들려왔다.

응접실 구석에 다섯 명의 사내를 앉혀놓고 나는 이사장을 기다렸다.

"잠옷 차림이셔서 옷 갈아입고 계세요. 조금만 기다리세요."

젊은 여자가 공손하게 말했다. 이쪽 분위기를 알아챈 것 같았다. 이사장이 문을 열고 나왔다. 아까보다는 긴장된 표정이었다. 그는 매서운 눈길로 구석에 앉아 있는 다섯 명을 훑어보고 내게 악수부터 청했다.

"무슨 일이 있었습니까?"

능청스런 질문이었다. 사태를 짐작하고 있으면서도 여유를 보이는 그가 괘씸해 보였다.

"별거 아닐 겁니다. 이 친구들 장난이 좀 심한 것 같아서요."

나는 분노를 재워가며 대답했다. 성질대로 하자면 턱부터 올려붙일 일이었지만 그렇게 상대해서 해결될 위인이 아닐 것 같았다.

"너희들 무슨 일 있었나?"

이번에는 꿇어앉은 사내들에게 물었다.

"내가 얘기해 드리지요. 저 친구들은 시키는 대로 했을 뿐이니까요."

"그게 무슨 말씀입니까? 일단 풀어주고 얘길 합시다."

"그렇게는 안 될 겁니다. 내 얘길 마저 들으시는 게 현명할 텐데요."

내가 주먹으로 탁자의 5밀리미터짜리 유리를 박살내며 거칠게 나갔다. 그는 주춤 물러섰다가 소파에 걸터앉은 채 말했다.

"무슨 일인지 모르지만 순리대로 합시다. 알 만한 사람이 왜 그래요?"

그의 말투에서 만만찮은 배짱을 느낄 수 있었다.

"그래봅시다, 까짓것. 어차피 우린 불편한 상대니까요. 교장 선생을 폭행한 이사장이 아직도 집에서 편하게 밥을 먹고 계신 것부터가 순리가 아니올시다그려. 저 친구들이 모두 불었는데도 변명거리가 아직 남으셨수?"

"선생은 누구시오?"

"난 이사장을 갈킨 적이 없소이다."

"자꾸 그러지 말고 얘기 좀 해봅시다."

"서류 가방은 어디 모셔났소?"

"얘길 하자는데 왜 이러쇼?"

"당신, 어디가 좀 부러져야 얘기가 통하겠군그래."

내가 등받이에 기댔던 몸을 일으켜 세웠다. 그는 재빨리 탁자 밑에서 칼을 꺼냈다. 칼날이 허옇게 선 일본도였다.

"꼼짝하면 죽인다."

이사장은 일본도를 사용해 본 듯했다. 칼잡이처럼 동작을 취했다. 나는 앉은 자리에서 피식거리며 웃었다.

"어떻게 하시려고 칼장난하시나?"

"움직이지 마. 이건 장난감이 아냐."

"내 눈엔 장난감인데 어쩌나."

"뭣이."

내려칠 기세였다. 그러나 나는 외눈 한번 껌벅거리지 않고 그를 올려다보았다. 그가 안에다 대고 신호를 보내자 건장한 사내 두 명이 방문을 열고 나섰다. 그들 손에도 잭나이프가 들려 있었다.

탁자를 무릎으로 밀어붙이며 몸을 옆으로 뺐다. 일본도가 소파에 내리꽂혔다. 나는 주먹으로 이사장의 턱을 가격한 뒤에 재빨리 일본도를 낚아채었다. 이사장이 소파에 허리를 걸치며 쓰러졌다. 재차 왼발로 옆구리를 걷어찼다.

"윽!"

이사장의 비명 소리에 잭나이프를 든 사내들이 주춤했다.

"내 칼이 조금 길어서 미안하다. 옛날부터 긴 거 가진 놈이 이긴다는 걸 알겠지."

그들은 여유가 없었다. 너무도 당당하게 나가는 내 뱃심 때문인 것 같았다.

"칼 놓고 그 자리에 꿇어앉아. 어서!"

내 명령을 잠시 생각하는 것 같았다. 이사장이 부스스 얼굴을 들고 고통스러운 표정을 지었다. 이사장의 심복인 것 같았다. 그래서 그의 명령을 기다리는 것 같았다.

"덤벼보게 하시지, 이사장 나리."

칼끝으로 이사장의 목줄을 누르고 말했다. 이사장이 고개를 흔들자 두 사내가 칼을 카펫 위에 던졌다.

"우리 들어가서 조용히 얘기합시다."

이사장은 본색을 드러냈다. 아마 그의 머릿속에선 홍정거리가 떠올랐을 것 같았다.

"이 친구들 허튼짓 못하게 할 자신 있소?"

이사장이 고개를 끄덕였다. 그리고 일어서서 가볍게 눈짓을 했다.

"여기 가만히들 있어."

그는 위엄 있게 명령하고 앞섰다. 나는 들었던 칼을 마룻바닥에 꽂고 따라 들어갔다.

"실례지만 누구신지……."

"누구라고 해봤자 모를 거요. 묻는 말에 대꾸나 하쇼. 난 한 번 배알이 꼴리면 물불 안 가리는 놈이니까 알아서 하쇼."

"그래도 누구신지는 알아야 할 거 아닙니까?"

"이거 왜 이래? 턱이 돌아가야 아가리를 열 거야!"

내 소리가 너무 컸던지 이사장은 눈길을 내리깔고 소근거리듯 물었다.

"어디서 오셨는지……."

"이제부터 묻겠소."

일방적으로 얘기하고 이사장의 멱살을 잡아 앉혔다.

"얼마 주고 시켰어?"

이사장은 두리번거리기만 했다. 나는 이사장의 왼쪽 손가락을 꺾어 방바닥에 지그시 눌렀다.

"할 테니 이거 놔요. 한다니까요."

그는 침을 꿀꺽 삼키고 주절주절 늘어놓기 시작했다. 체념한 것 같았다.

"두 장 줬습니다."

"그 가방은 어디 있어?"

"태워버렸습니다."

"증거를 없애려고 그랬겠지?"

"……."

"교장 선생은 어떻게 할 거야?"

"……."

이사장은 벙어리 나라에서 외출 나온 것처럼 입을 봉하고 있었다.

"그럼 자인서를 써. 처음부터 끝까지 빼놓지 말고 사실대로 써. 내 얘기가 무슨 얘긴지 알아?"

나는 방을 한 바퀴 돌았다. 목이 마른지 크리스탈 병을 열어 물을 꿀꺽거리며 마셨다.

"우리 툭 터놓고 얘기합시다. 터놓고 말입니다."

그는 이렇게 비장하게 얘기하고는 서랍을 열었다. 아무것도 씌어 있지 않은 백지수표를 내 앞에 내놨다.

"원하는 대로 드리겠습니다. 필요하신 만큼 쓰세요."

"으흐흐흐."

나는 악마처럼 웃었다. 그렇게 나올 줄 알았지.

최후의 방어 무기가 돈일 거라는 걸 알았지. 돈의 위력이 얼마나 크다는 걸 물론 나도 알아. 돈만 있으면 무엇이든지 할 수 있을 거라는 것도.

그러나 돈 가지고 안 되는 게 더러 있다는 걸 너는 모르고 있어. 네 비극은 그래서 생긴 거야. 네 턱을 반 조각 내주고 싶지만 참는 거야.

난 너 같은 가짜만 보면 치가 떨려. 이 땅에 너 같은 무리가 수두룩하다는 건 기분 좋은 것에 속해. 왜냐면 하나씩 꼬나서 아구통을 부숴버릴 수 있으니까.

"당신 실수한 거야. 난 동그라미 그리는 게 특기니까."

나는 백지수표에 아라비아숫자 일(1) 자를 쓴 뒤에 동그라미 16개를 그려 넣었다.

"난 셈본이 서툴러서 경(京)까지밖에 몰라. 이 액수를 다 현찰로 줄 능력이 있다면 기꺼이 그냥 돌아가겠어."

"그건……."

이사장은 내가 넘겨준 숫자를 헤아려보고 고개를 수그렸다.

"그럼 말해. 당신 선택은 둘 중의 하나야. 그만큼 주든가 털어놓든가. 더 이상 희롱하면 모가지를 대들보에 매달아줄 테니까 빨리 털어놔."

나는 이사장의 허리띠를 풀어 오른손에 쥐고 적당히 묶을 만한 곳을 찾았다.

"내 능력껏 내겠습니다. 한 번만 봐주세요. 다시는 이런 일이 없을 겁니다."

그의 눈빛에는 절절한 애원이 들어 있었다. 나는 그의 애원이 진실한 것이 아니라는 걸 알 수 있었다. 그는 내가 돌아서는 순간 무슨 짓을 하더라도 해치울지 모른다. 그만한 능력은 그에게도 있을 것이다.

"내가 염라대왕 얘기를 해주지. 사람이 죽으면 염라대왕 앞에 가서 살아 있을 때 지은 죄대로 표식을 해줘. 큰 잘못 한 번에 실 긴 바늘로 한 번씩 떠줘서 누가 보아도 얼마만큼 죄를 졌는지 알게 되고 바늘로 뜬 자리가 많은 사람일수록 더 악랄한 대접을 받게 돼. 당신 같은 사람은 바늘 가지고 안 될 거야.

아마 염라대왕이 당신 같은 사람은 공업용 미싱으로 드르륵
박아버릴 거야. 나도 당신을 공업용 미싱으로 한없이 박아버리
고 싶어. 내 말뜻 알아듣겠어?"

"알겠습니다. 이번 한 번만 봐주세요. 원하시는 대로 처리하겠
습니다."

그는 정말 내가 원하는 대로 할 것처럼 얘기했다.

하느님, 저런 친구들은 어떻게 해야 합니까. 죽어서 공업용
미싱으로 드르륵 박는다고 해결되는 건 아니잖아요. 살아 있
는 동안 죄값을 받게 해야지요.

백년대계를 위해 교육사업을 시작했으면서 교육은 뒷전에
두고 제 배에 기름창고를 만드는 무리가 아직도 이 땅에 있습
니다.

하늘나라에서도 학교 같은 게 있나요? 설마 이사장 노릇하
는 하느님이 그러시진 않겠죠.

꿈을 키워가는 젊은이들이 얼마나 실망이 크겠습니까. 불량
학용품, 교과서 부정, 채택료 받고 교재 선택하는 교수, 자기가
지은 책 안 사면 점수 주지 않는 선생들, 치맛바람에 휩싸여
점수 요리를 하는 치들, 반장 선거를 부정으로 치르는 교사범,
실력보다는 돈으로 입학하는 가진 집 자식들, 월급보다 치맛
바람으로 받는 봉투가 커 보이는 양반들…….

젊은이들은 그걸 다 안다고요. 두 눈 감고 아웅 하지 않게

좀 해주세요.

하느님, 우리 정말 터놓고 얘기 좀 해봐요. 내려와서 텔레비전 대담 프로에 출연해도 좋고 어느 강당을 빌려서라도 좋아요.

탁 까놓고 한번 붙어봅시다.

"처음부터 끝까지 얘기나 다 듣고 따지자구."

내가 여전히 버티고 나서자 이사장은 고개를 끄덕이고 얘기를 시작했다.

내가 짐작한 대로의 사건 진상이었다. 그는 배경 좋은 사모님 편을 들지 않을 수 없었고 무용 선생과 교장 선생을 해고시키지 않을 수 없는 입장이었다.

"그래서 이제 어쩔 작정야!"

얘기를 듣다 보니 슬그머니 부아가 돋았다. 한 방 올려붙이고만 싶었다.

"피해 보상을 정중하게 하겠습니다. 복직도 시키고 말입니다."

그의 얘기가 끝나자마자 나는 그의 턱을 올려붙였다. 그는 나뒹굴며 비명 소리를 내질렀다.

"건방진 자식. 뭐가 어째? 복직시키는 걸로 네 일을 다했단 말이지!"

"그게 아니고 말입니다."

다급했던지 내 팔소매를 잡았다.

바깥이 시끄러웠다. 나는 옭아 쥐었던 이사장의 멱살을 놓고 방문을 열었다. 밖에 세워두었던 우리 애들이 뛰어 들어왔다.

그 뒤에 서너 명의 사내들이 들어오고 있었다. 앞선 자의 얼굴이 험상궂어 보였다. 맨 뒤에서 여유 있게 들어오는 사내가 손을 들었다.

"번개 형, 오랜만입니다."

나는 손을 들어 번개에게 답례를 했다. 번개의 얼굴에 웃음기가 있었다.

"오랜만이다 아직도 살아 있었구나."

번개가 손을 내밀었다. 앞서 들어왔던 사내들이 자리를 비켜주었다.

"앉자. 앉아서 얘기하자."

번개가 소파에 앉았다. 이사장이 겨우 일어나서 비서의 부축을 받으며 걸어왔다.

"번개 형한테 이렇게 일찍 연락이 갈 줄 몰랐죠."

나는 겸연쩍은 얼굴로 말했다. 막상 얼굴을 대하니까 분노보다는 옛 정이 살아났다.

"너 내 사업을 물고 늘어질 참이냐?"

"형 사업 방해하고 싶진 않아요. 그러나 이번 일만은 참을 수없어요."

"누구 부탁인데 이래?"

"아무도 부탁한 사람은 없어요. 내 일이나 마찬가지니까요."

"누구하고 어떤 관곈데 그래."

"그건 번개 형이 알 일 아닙니다. 저치를 작살내면 끝나는 거니까요."

번개는 담배를 빼어 물었다. 그리고 재빨리 이사장의 눈치를 보았다. 이사장은 눈짓으로 해결해 주면 한몫을 떼어주겠다는 신호를 보냈다.

"잠깐 앉아 있어라. 저 양반하고 얘기 좀 해보자."

번개는 나를 앉혀놓고 이사장을 따라 들어갔다. 나는 나를 포위하고 있는 사내들을 주욱 훑어보았다. 풀려난 사내들도 합세하여 일곱 명이나 되었다. 우리 애들은 내 옆에 앉아 내 눈치만 보고 있었다. 나는 탁자 위에다가 손가락으로 글씨를 썼다.

여차하면 튀어.

녀석들은 내 손가락 글씨를 알아보고 고개를 끄덕였다. 상대가 번개인 만큼 섣불리 붙을 수는 없었다. 번개의 솜씨나 그가 데리고 다니는 애들의 실력을 익히 알고 있었기 때문이었다.

번개와 단둘이 붙는 일이라면 자신이 있었지만 그가 데리고 다니는 애들의 실력을 측정할 수가 없었기 때문에 조심할 수밖에 없었다. 눈빛과 그들의 몸놀림에서 살기를 느낄 수 있었다. 보통 실력은 아닌 것이 확실했다.

문을 열고 나선 번개가 내 어깨를 쳤다.

"나가자. 일단 나가서 나하고 얘기하자."

"여기서 얘길 끝내죠. 형하고 별로 할 얘기가 없어요."

"이러지 마. 나 알잖아. 네가 날 몰라주면 나는 섭섭해서 어쩌냐?"

"그래도 여기서 얘길 끝내죠. 이사장 앉은 자리에서 말입니다."

"너 정말 이럴 거야."

심기가 사나워진 것 같았다. 나는 그의 사나운 행패를 잘 알고 있었다.

"형, 내가 언제 형한테 고집부렸습니까? 이번 일은 내가 처리할 테니 형이 나 한번 봐줘요. 나머진 형이 하란 대로 다 할 테니까요."

"짜아식……."

번개는 이사장을 한 번 더 올려다보고 내게 수표를 내밀었다.

"이번 일은 내가 한 거다. 네가 관련된 줄은 몰랐어. 그러니 내가 사과할 겸 한잔 사마. 그리고 잊어버려라."

"잊어버릴 수가 없다니까 그래요."

"정말 나하고 그럴 거야."

우리는 한참 동안 입씨름만 했다. 번개는 나를 함부로 손대고 싶지 않은 것 같았다.

그도 내 실력을 인정하고 있는 것 같았다.

"내 약속하겠소. 병원비 전부와 피해보상비 일체를 대고 복직을 약속하겠소. 나도 사냅니다. 이 이후에 결코 다른 일이 없을 겁니다. 만약 내가 약속을 어길 땐 무슨 짓을 해도 달게 받겠소."

이사장이 깍지 낀 손으로 이렇게 얘기했다. 나는 이사장을 무섭게 노려보았다.

저걸 작살내고 말아.

나는 이런 생각을 했다. 그러나 곧 마음을 바꾸어 잡았다. 이사장을 작살내서 해결될 문제만은 아닌 것 같았다. 다혜 아버지가 복직되어 다시 교육자로 정열을 바칠 수도 없고 학교 전체가 흔들려 커나가는 애들에게 상처를 줄 것만 같았다.

그러나 용서하기는 싫었다.

"번개 형, 내가 다짐을 받고 물러나더라도 나쁠 거 아닙니까."

"무슨?"

"나도 형하고 지금 한판 붙고 싶은 심정입니다. 아무리 번개 형이라도 말입니다."

"알아. 네 맘 알아. 그러니까 내가 이렇게 부탁하는 거 아니냐."

"그럼 다짐이나 받읍시다."

번개는 이사장에게 방으로 들어가라고 눈짓을 보였다. 이사장 얼굴엔 금방 안도의 빛이 서렸다.

"몇 대 갈겨줄 테니까 형은 참견 말아요."

"알았다. 고집은 여전하구나."

번개가 내 등을 때리며 웃었다.

나는 이사장을 앉혀놓고 내가 요구하는 대로 서약서를 받았다.

"용서하겠소. 이번 한 번만 말요. 그러나 내 분이 풀린 건 아니오. 그러니 분이 풀릴 만큼만 맞아주쇼."

서약서를 집어넣고 이사장을 잡아당겼다. 이사장의 얼굴은 금새 하얘졌다.

어디든 속병 들어서 병원 출입을 시킬 작정으로 서너 번 쥐어박았다.

"난 약속을 지키는 놈이오. 한 번 더 내 손에 걸렸다간 그땐 끝장인 줄 아쇼. 알았소?"

이사장은 방바닥을 뒹굴면서 꼭 약속을 지키겠다고 했다. 아마 두어 주일 동안 멍을 풀어야 할 것이다.

"번개 형, 갑시다."

내가 방문을 열고 앞장 서서 성큼성큼 나왔다.

번개가 내 어깨에 손을 올려놓고 수표를 내밀었다.

"형, 나 총찬이오. 이 이러지 마세요."

나는 수표를 박박 찢어 마당에 흩뿌렸다.

"쎄애끼……."

번개가 힘주어 어깨를 잡았다.

"형, 형도 이 짓 계속하면 내 손에 가게 될 거요."

"그래, 청부업은 손 떼마. 됐지? 약속하마."

우리는 대문을 소리 나게 걷어차고 나왔다.

늑대의 음모

"처량하고 한심하다. 그 고생을 하구서 떨어져? 신문사를 각
불 질러버리고 말지."

내가 다리를 꼬고 앉아 있는 다혜에게 이렇게 약을 올렸다.

"나도 꽤 잘난 줄 알았더니 그게 아녔어. 나보다 잘난 애들
이 무지무지하게 많다는 걸 배웠어."

뭐, 그 지지배들은 금테 둘렀니?

나는 하마터면 이런 소리를 할 뻔했다. 다혜는 신문사 입사
시험에 떨어진 것이 섭섭한 것 같았다.

"그럼 다시 간호원이 되어 병원으로 가실 건가요?"

"글쎄올시다."

다혜는 패배한 자신이 부끄러운지 이렇게 말대꾸를 했다.

"그럼 뭐 할 거야?"

"놀지, 머."

"배부른 투정 그만해. 남들은 취직 못해 야단인데."

"약 올라 미치겠어."

다혜는 보통 약 오른 게 아닌 성싶었다. 무슨 곡절이라도 있는 것 같았다.

"별걸 다 빽 써야 되니, 원, 더러워서 못 봐주겠어."

다혜는 입사시험에 떨어진 것이 순전히 그놈의 '배경'과 '수작' 때문이라고 했다.

"설마 그럴라구."

"설마가 사람 잡는 거야. 우리는 그래도 덜해. 탤런트 모집에는 별의별 게 다 동원된 모양이야."

"그러니까 더러운 꼴 보지 말고 내게 시집이나 오랬잖아."

다혜의 허리를 힘차게 감으며 내가 이렇게 말했다. 다혜는 소리 없이 웃었다. 그녀의 허리는 언제나 잘룩해서 곡선미를 더 율동 있게 보여주곤 했다.

여자는 아무리 보아도 언제나 아슬아슬하게 하고 다녔다. 조금만 방심하면 브래지어의 어깨끈이나 컵의 모양을 볼 수 있었고 속치마 색깔이나 허벅지를 볼 수 있었다.

보일 듯하면서도 보이지 않는 그 은근한 유혹이야말로 여자가 남자에게 취할 수 있는 가장 큰 매력 포인트인지도 모르겠다.

"남자를 좀 더 찾아보구서 정 없으면 그때 고려해 볼게. 후보자 속엔 껴줄 테니 섭섭하게 생각하지 마."

"착각하지 마. 아직도 누군가 건드려줄 거라고 생각하니? 넌 한물간 여자야. 생선으로 치면 눈이 멀건해진 거라구. 나 같으니까 구제해 주려고 기다리지."

"무슨 남자가 저래. 좀 은근하게 굴 수 없어?"

"은근하게? 지금이 어느 땐데 은근하게 굴어. 우린 급하게 살아야 돼. 화끈하게 살아야 돼. 팔팔하게 살아야 돼. 옛날처럼 살면 끝장난 거라구. 핵무기, 공해, 교통사고, 농약중독, 연탄가스, 폭력, 살인, 유괴……. 화끈하게 살지 않으면 언제 죽을지 모르잖아."

"혼자 실컷 화끈하게 살아봐. 난 은근히 살 테니까."

우리가 티격거리는 건 싸움이 아니었다. 서로 좋아하고 있다는 걸 확인시키려는 방법에 불과했다.

"나 잡지사에 들어갈까 그래."

다혜가 이렇게 소근거리듯 말했다.

"신문사 퇴물을 누가 받아줘."

"말 다했지?"

"안 끝냈어. 아직 멀었어."

다혜는 구둣발로 내 정강이를 걷어찼다. 몹시 아팠다. 그러나 그녀의 발길질을 폭력적이라고 생각하지는 않았다.

만약 결혼한 뒤에 그런다면 박살을 낼 일이지만 지금은 폭력을 휘두르는 것마저 사랑스러워 보였다.

"아프라고 찬 거니까 좀 아퍼줘."

다혜는 껑충껑충 뛰면서 좋아했다. 나는 그런 다혜를 풀밭에 쓰러뜨려버렸다.

네가 침대였으면 좋겠다. 아무 저항도 할 수 없는 침대였으면 좋겠다. 그저 포근하고 부드러운 율동으로 나를 받아들이는 것이었으면 좋겠다.

나는 이렇게 속으로만 외치고 있었다.

"왜 이래. 쥐약 먹은 거 아냐?"

다혜는 나를 밀어내며 다리부터 꼬았다.

"쥐약이라도 먹었으면 좋겠다. 정말 널 해치울 수만 있다면."

"뭐가 그리 급해."

다혜의 입술에선 오렌지 냄새가 풍겼다. 나는 다혜의 입안에 든 껌을 반쯤 빨아서 삼켰다.

"다른 건 몰라도 입술은 내 맘대로 하게 해줘."

다혜는 말없이 눈을 감았다. 그녀는 나를 사랑하고 있었다. 그러면서도 그녀는 내 전부를 항상 거부하고 있었다. 거부의 몸짓은 나를 더욱 달뜨게 했다. 나는 그녀를 갖고 싶었다.

어쩌면 가장 긴 입맞춤과 포옹이었을 것 같았다. 그녀에게서 심리적 변화를 읽을 수 있었다. 구체적인 거부의 몸짓 없이 내 입술을 받아들인 게 처음이었기 때문이었다.

아버지의 사건을 처리해 줬다는 게 어쩌면 그녀의 변화를 조장했는지도 모른다. 복직이 결정되고 치료비가 전부 이사장 손으로 지급되는 상황을 그녀는 똑똑히 관찰했다. 기뻐하는 아버지와 내 손을 잡고 눈물 흘리는 어머니에게서 그녀는 나와의 미래를 점쳤을 것 같았다.

"여기다 손 좀 넣어도 되겠니?"

나는 다혜의 가슴을 가리켰다. 실크 블라우스의 단추 한 개만 열면 탄력 있는 그녀의 가슴을 만질 수 있을 것 같았다. 다혜는 눈을 흘기고 구둣발로 나를 또 걷어찼다.

"참아봐. 사나이답게 말야."

"지금, 사나이다우려면 참지 않는 게 내 솔직한 심정이다."

그건 사실이었다. 사내답게 돌진하고 싶었지만 다혜에게만은 그럴 수 없었다. 왜 그렇게 다혜에게 약한지 알 수 없었다.

"나 여성지 기자 되는 거 싫어?"

다혜는 내 가슴에 기댄 채 이렇게 물었다. 그런 어투는 뜻밖이었다. 내 의사를 묻고 자신의 문제를 결정하려는 태도를 보인 것도 처음이었다.

"싫다기보다도……. 그냥 간호원 노릇이나 하다가 결혼하는 게 평탄하지 않겠니? 우리 어머니도 그런 걸 좋아할 것 같고. 너만은 평범한 여자였으면 좋겠어."

"저렇다니까. 찬이도 별수 없는 보통 남자라구."

"그러나 난 보통 사내가 되긴 싫어. 뭐든 한탕 저지르고 싶어. 사내로 태어나서 뭔가 끝장을 봐야지 않겠어."

"그럼 어째서 내가 하려는 일은 사사건건 시비야."

"시비가 아냐. 널 곱게, 평범하게 받아들이고 싶기 때문야."

"그런 일 한다고 험해지고 망가진다고 생각하는 거야?"

"아니. 그러나 굳이 기자 노릇 해서 뭐 하겠다는 거야. 더구나 여성지에서. 빤한 거 울궈먹는 거 아니냐구. 패션, 미용, 섹스, 육아, 가정관리, 영양관리 따위에 여자를 묶어두려는 사내의 음모로 만들어지는 거 아니냐 말야."

"그러니까 내가 들어가려는 거잖아."

"다혜 힘으론 안 돼. 그들 뿌리가 애초 환상에서부터 시작된 거야. 학교 때는 제법 괜찮은 여자들도 시집가서 애 낳고……. 어쩌다 보면 보통 여편네로 전락해 가지고 살찐 암퇘지처럼 욕심꾸러기가 되잖아. 사실 우리나라에서 제일 개발해야 할 건 에너지나 지하자원이 아니라 여성문제 아닐까?"

"여성 해방 운동가들이 고문으로 모셔야겠는데."

"사양하겠어. 태반이 가자들이라구. 여자를 남자하고 꼭같은 사람으로 만들려는 게 여성 해방은 아니잖아. 평등한 대접, 평등한 취급을 받자는 거잖아. 그런데 남자의 골통을 기회 있을 때마다 까부술 것처럼 구는 운동가들을 어떻게 믿어."

"그런데, 왜 내 일은 악착같이 막고 나서는 거지?"

"그래. 나도 별수 없이 고리타분한 사내라구. 다혜한테만 말야."

우리는 천천히 숲길을 따라 걸었다. 군데군데 우리처럼 숨을 만한 장소를 찾는 젊은이들이 많았다. 젊은이들에겐 사랑을 나눌 장소가 부족한 것 같았다. 여관 간판을 내세워 왜 장소가 없느냐고 떠드는 사람은 설마 없겠지.

우리를 앞질러 걷는 등산객은 스무 살 안팎의 여자들이었다. 등산복이나 장비로 보아 꽤 경험을 가진 팀 같았다.

"자꾸 으슥한 데로 갈 거야?"

조금 전 숲 속에서의 경험 때문인지 다혜는 자꾸 주춤거렸다.

"조금 더 올라가면 기찬 데가 있어. 아까 얘기했잖아. 그런 폭포는 오늘 못 가면 평생을 두고 후회할 거야."

다혜는 폭포 얘기에 욕심이 생기는 것 같았다. 실물을 보면 실망할지도 모르는 작은 폭포였지만 그 생김새가 너무 아름다운 곳이었다. 폭포는 사람의 발길이 뜸한 계곡 위쪽에 있었다. 폭포가 있는 쪽은 폐쇄된 등산로여서 사람의 왕래가 적었다.

내게도 음모가 있었다. 그렇게 호젓한 곳에서 다혜를 훔치고 싶었다. 그렇다고 강제로 훔칠 생각은 없었다. 아까 같은 분위기라면 다혜도 모든 걸 열어줄 것만 같았다.

그건 일말의 기대였다. 그럴 가능성을 배제할 수 없었다. 다혜의 부모가 내게 보인 호감이 다혜에게 용기를 줄 수도 있기 때문이었다. 다혜를 여관까지 끌고 간다는 건 불가능하다는 걸 나는 알고 있었다.

그렇게 때문에 모처럼 산행을 작정하고 나선 길이었다. 엊저녁부터 나는 설치고 있었다. 돌아오는 차 속에서 다혜가 내게 기대고 잠들 수 있게 되기를 나는 고대하고 있었다.

폐쇄된 등산로 입구는 철조망이 쳐져 있었다. 우리는 우회전해서 철조망을 통과했다. 계곡을 타고 옛날의 등산로를 따라 올라가기 시작했다. 다혜의 이마에 땀방울이 송글송글 맺혀졌다.

해묵은 낙엽과 썩은 나뭇가지들로 옛 등산로는 어지럽혀져 있었다. 그러나 빤질거리는 등산길보다 한결 기분이 좋았다.

한 떼거리의 남자들이 뒤에서 급한 걸음으로 다가왔다. 그들은 우리를 자꾸 홀끔거리며 쳐다보았다. 시비를 걸 것만 같았다. 건장한 사내 다섯 명은 약간의 술기운까지 있었다.

다혜가 내 팔을 꼭 쥐고 손톱으로 팔뚝을 꼬집었다. 얌전하게 굴어달라는 압력이었다.

"엉덩짝 보니까 통통 튀겠는데."

한 사내가 이렇게 말하며 다혜의 청바지 주머니께를 가리켰다. 다른 사내들이 크억거리며 웃었다.

"제발 부탁야, 가만 있어."

다혜가 애원조로 사정했다. 나는 고개를 가볍게 끄덕거렸다.

"나 같은 놈은 천장에 붙었다 떨어졌다 하겠다."

빼빼 마른 사내가 소주병을 흔들어가며 코미디언처럼 빽빽거렸다.

"조걸 한번 사랑해 줘."

청바지 주머니에 수건을 찔러 넣은 사내가 다혜를 구체적으로 가리키며 이렇게 말했다. 나는 더 참을 수가 없었다. 그러나 다혜는 더 힘주어 나를 붙잡고 땅바닥을 바라본 채 애원했다.

"제발, 제발……."

나는 참을 수밖에 없었다. 이렇게 애원하는 다혜를 결코 본 적이 없었기 때문이었다.

등산장비나 행색으로 보아 산행보다는 무엇이든지 즐길 것을 찾아다니는 사내들 같았다.

"그 기집애들 놓치겠다 임마."

맨 앞에 가던 사내가 이렇게 말하고 뒤에 처져서 우리에게 시비 거는 사내들을 손가락으로 불렀다. 녀석들은 아쉬운 표정을 짓고는 이내 따라 올라갔다.

"휴우. 제발 좀 참는 사람이 돼봐. 같이 다니려면 오금이 저리다니까."

녀석들 모습이 멀어지자 다혜가 이렇게 공박하고 나섰다.

"참을 게 따로 있지. 어서 따라오기나 해."

"우리 그만 내려가. 누가 응큼한 생각 모를까 봐."

다혜는 그 자리에서 발걸음을 돌렸다.

"다혜, 왜 그래? 저 녀석들 쫓아가야 돼. 그렇지 않으면 앞에 올라간 계집애들이 위험해. 내 말 무슨 말인지 알아?"

"차암, 아까 걔들……. 어떻게 하지?"

"지금 그런 거 생각할 때가 아냐. 어서 따라와."

"어쩌려고 그래. 걔들 도끼도 들었던데."

다혜가 쫓아오면서 물었다.

"올라가면서 썩은 몽둥이라도 하나 찾으면 돼."

"원숭이도 나무에서 떨어질 때가 있는 거야."

"잔소리 말고 어서 따라와. 근처에 가서 숨어 있기만 해."

우리는 부지런히 따라 올라갔다. 다혜가 나뭇가지를 두 개나 주워 들고 쫓아왔다.

"그거 버려. 저기 물푸레나무를 꺾어야 돼."

나는 뛰어가 물푸레나무의 밑둥을 휘어잡고 칼질을 했다. 다혜가 헐떡거리며 쫓아왔다.

"원시시대엔 긴 걸 가진 사람이 이겼다지만 도끼 앞에서도 통할까?"

"두고 봐. 녀석들이 쭉쭉 뻗을 테니까."

정말 물푸레나무의 위력은 대단한 것이었다. 산에 있을 때 내게 한풀을 가르쳐주던 스님은 날창날창한 물푸레나무 회초리 한 개만 바랑 옆에 꽂고 다녔다. 그 회초리 한 개만 있으면 무서울 게 없다고 했다.

"바이킹과 원시인의 싸움이라, 볼만하겠는데."

다혜도 여유 있게 농담을 했다. 내 실력을 그 정도로 믿고 있다는 뜻이기도 했다.

아무튼 우리는 부지런히 걸었다. 다혜와의 거리만 아니라면 금방이라도 녀석들의 뒷덜미를 챌 수 있을 것 같았다.

"먼저 갈까?"

"저렇다니까. 사내들은 전부 도둑놈이라드니."

"이럴 땐 도둑놈 소리 하는 게 아냐. 구세주라고 그러는 거야."

"우리가 헛짚고 따라가는 건 아닐까."

"저기 보여. 모퉁이를 도는 게 보여."

우리는 속력를 줄였다. 지친 다혜를 위해서라기보다는 녀석들과 붙기 위해서 숨을 조정할 필요가 있었기 때문이었다.

폭포 아래의 마당바위에 배낭을 풀어놓은 여자들 모습이 보였다. 사내들은 여유 있게 그 아래 계곡으로 천천히 올라가고 있었다.

"다혜 여기 꼼짝 말고 숨어 있어. 내가 부를 때까지 꼼짝 말아."

내가 물푸레나무를 꼬나쥐고 말했다.

"이럴 때 응원부장 필요치 않아?"

"농담할 때가 아냐. 가만히 좀 있어."

나는 다혜를 바위 뒤에 숨겨놓고 계곡 위쪽으로 해서 내려갔다.

녀석들은 마당바위 위에 올라가 세 여자를 포위하고 있었다. 갑자기 당하는 일이라 그랬는지 세 여자는 서로 부둥켜안은 채 마당바위 위에 꼼짝 않고 서 있었다. 도끼 든 사내가 바위를 괜히 찍어대고 있었다.

뭐라고 지껄이고 있는지 들리지 않았지만 겁을 주고 있는 것 같았다.

청바지와 도끼 든 사내가 여자들에게 다가섰다. 파란 모자 쓴 사내와 마른 사내도 다가섰다.

여자의 머리채를 낚아챈 청바지가 칼끝을 여자 얼굴에 댔다. 세 여자는 모두 같은 꼴을 당하고 있었다.

나는 몸을 일으켰다.

"어이 친구들 나도 한몫을 줘야지."

녀석들은 갑자기 나타난 나를 향해 일제히 경계태세를 취했다. 나는 계곡을 따라 뛰어 내려갔다.

"이 사람들아, 나는 사내 아닌가. 재미는 같이 봐야지 않겠어."

녀석들은 내 손에 쥐어진 물푸레나무를 보고 도끼와 칼과 야전삽을 빼어 들었다.

"이 새끼가 어따 대고. 얘들아, 조져버려."

파란 모자의 명령이 떨어지자마자 녀석들은 일제 공격을 시작했다.

쉬이익쉭, 쉬익 쉬이익 쉭. 쉭쉭.

세 녀석이 나동그라졌다. 두 녀석이 계곡 쪽으로 뛰었다. 나는 악착같이 쫓아가 두 녀석을 후려갈겼다.

다섯 사내가 마당바위 위에 길게 누워 있었다. 오후의 햇살이 그들 얼굴을 비추고 있었다. 며칠씩 병원신세를 질 만큼 물푸레나무로 타작을 해놓았다.

바위 옆에 쪼그리고 앉아 있는 여자들은 아직도 핏기가 없었다.

"괜찮아요. 배낭 어서 메요."

내가 이렇게 말했지만 그들은 일어나지 못했다. 부들부들 떨고 있었다. 다혜가 개선장군처럼 걸어 내려왔다.

"이 아가씨들 좀 도와줘. 일어나지도 못해."

다혜가 다가가서 세 여자를 잡아 일으켰다. 아직도 다리를 떨고 있었다.

"이렇게 깊은 데 오지 말아요. 산짐승보다 더 무서운 늑대가 우글거리니까요."

그때서야 여자들은 배시시 웃으며 고맙다는 인사를 했다.

"내려갑시다. 저 녀석들은 엉금엉금 기어서 깜깜해져서야 겨우 내려올 테니까요."

세 여자를 앞세우고 우리는 산길을 내려왔다. 다혜가 내 옆구리를 쿡 찔렀다.

"자긴 늑대 아냐?"

"넌 여우야."

우리는 소리 내며 웃었다. 영문 모르는 여자들도 뒤돌아보고 따라 웃었다.

"응큼 떨면 찬이도 저 지경으로 만들어버릴 거야. 앞으로 조심해."

우리는 또 한 번 소리 내어 웃었다. 메아리도 따라 웃었다.

하나님 주식회사

천막 안에 가마니나 깔아놓은, 형편없는 교회당일 거라고 생각한 게 잘못이었다.

교회는 붉은 벽돌로 튼실하게 지어져서 동네 전체를 내려다보고 있었다. 마당에 흩어져 있는 모래와 자갈, 벽돌과 공구들로 보아서 공사의 마무리가 아직도 끝난 것 같지는 않았다.

내가 이 교회, 이름도 처음 들어보는 교회에 오게 된 것은 평소 가깝게 모시던 주임교수의 부탁 때문이었다. 교회 이름이 거창할수록 사이비라는 걸 짐작할 수 있는 것처럼 이 교회도 거창한 작명을 한 것 같았다.

천국직행교 하나님의 유일한 정통파. 하나님께서 손수 지어

주신 교회. 성령으로 하나님을 직접 만나자. 하나님의 독생성자 친히 오시다. 천국이 바로 우리 옆에 있다.

현란하게 나붙어 있는 현수막 글씨로만 보고도 여기가 바로 천국직행교라고 떠벌리는 종교집단의 본거지라는 걸 알 수가 있었다.

나는 그런 사이비 종교의 선전 글귀만 보면 이 세상이 온통 하나님 주식회사 같다는 착각을 하곤 했다.

천국직행교라고 쓴 간판 아래에 사람들이 웅성거리고 있었다. 교회당 안으로 아무나 들어갈 수가 없었다.

입구에서 '하나님 독생성자 면회권'을 현금으로 사지 않고는 들어갈 수 없게 붉은 리본을 단 안내원들이 지키고 있었다. 면회권을 산 사람이라고 해서 아무나 들어갈 수는 없었다.

천국직행교에서 발급한 십자가 목걸이를 입구에서 보여주지 않으면 들어갈 수가 없었다.

나는 주임교수가 빌려준 십자가를 꺼내 불빛에 자세히 비추어 보았다. 조잡해서 금방이라도 벌거벗고 매달려 있는 사내가 떨어질 것 같았다.

"이거 창피해서 어디다 내놓고 말할 것도 못 되고……. 그렇다고 끙끙거리고 앉아 있을 수도 없고……. 그래서 체면 불고하고 자네를 오라고 한 걸세."

곤혹스런 표정으로 얘기를 꺼내던 주임교수의 얼굴이 떠올랐다.

"말씀해 보세요. 저를 부르셨을 땐 절 믿으신 거 아니겠어요."

나는 주임교수 신상에 심상치 않은 사건이 생긴 거라고 단정했다. 주임교수가 나를 불러들였을 때는 그만한 피치 못할 일이 생겼다는 증거였다.

"자넬 믿지. 그러니까 염치 불고하고 부른 거 아닐까마는……. 이것 좀 보게. 십자가치곤 좀 조잡하지?"

"정말 그런데요. 이건 예수의 얼굴이 아니라 동양인 특유의 얼굴, 어쩌면 우리나라 보통 사람의 얼굴인데요."

"바로 그걸세. 장 군은 역시 예리해."

그러면서 주임교수가 말하기 어려운 사정을 늘어놓기 시작했다.

주임교수의 큰딸 미나가 대학에 실패하고 재수한다며 나돌아다닌 게 사건의 발단이었다.

미나의 외박은 말릴 수 없게 되었다. 미나는 천국직행교에 빠져서 아버지의 이빨 가지고 해결될 수 없는 지경에까지 가버렸다. 이상스런 성경책과 가사가 조잡스런 찬송가를 들고 다니며 닥치는 대로 포교를 하는 게 미나의 일과가 된 것이었다.

주임교수가 몇 번 천국직행교에 쫓아가보기도 하고 사람을 놓아 마음을 돌려보려고 애를 썼지만 허사였다.

주임교수는 마지막 수단으로 천국직행교 측의 간부를 만나 미나를 되돌려줄 것을 호소했지만 도리어 신앙의 자유를 모독

하는 교수라는 욕설만 먹었다는 것이었다.

"딸아이가 이젠 아예 짐을 싸들고 나가버렸어. 껌팔이, 파출부, 막노동, 구걸……. 돈벌이라면 닥치는 대로 하나 봐."

주임교수는 힘없이 편지를 내놨다. 미나가 일주일에 한 통씩 부치는 편지라고 했다. 편지는 거의 비슷한 내용이었다. 이 땅에 재림하신 독생성자를 따라오라는 간절한 애원들이었다.

"이 쪽지를 보게. 아마 대대적으로 부흥회를 하는 모양이야."

부흥회 행사를 알리는 팸플릿였다. 한눈에도 거창한 사기집단이며 사이비 종교단체라는 걸 알 수 있었다.

활자화된 문장이나 성령을 받는 장면을 찍었다는 사진, 앉은뱅이나 소경을 치료하는 내용, 재림한 예수의 은총을 받아 죽음에서 구원된 신도들의 신앙간증, 태백산 정기를 받으며 재림하는 신의 모습 등이 내 상상력과 흥미를 자극하고 있었다.

"어쩔 텐가. 딸아이를 좀 끌어다 줄 텐가?"

주임교수는 어느 정도 내 실력을 인정해 주는 사람이었다. 그렇지 않고서는 감히 이런 부탁을 제자에게 할 수 없는 것이기 때문이었다.

"한번 가볼 만하겠는데요. 당장 미나를 데려올 수 있다고 장담할 수는 없고요."

나는 그런 집단 속의 생리를 알 수 없어서 이렇게 대답했다.

"그럼 한번 가보게. 분위기도 볼 겸 말일세."

주임교수는 초조한 것 같았다. 멀쩡한 딸을 잃게 생겼기 때문이었다.

미나는 나도 잘 아는 계집애였다. 아버지는 크로마뇽인처럼 생겼는데 미나는 퍽 예쁘장하게 생긴 여자애였다. 아마 어머니를 닮아서 그럴 것 같았다.

대학에 떨어진 뒤로는 만나지 못했지만 고등학교 교복을 입고 있을 때는 자주 만난 사이였다. 내겐 오빠라는 낱말을 스스럼없이 사용하는 여자애였다.

말수도 적었고 성격도 내성적인 미나가 광신도 특유의 악받치는 목소리로 포교활동을 하고 돌아다닌다는 게 얼핏 이해되지 않았다. 미나가 그처럼 변질될 수 있는 어마어마한 힘을 천국직행교가 지니고 있는 것인가.

약간 두려움이 생기기도 했다. 그러나 한번 부딪혀보고 싶었다. 그들이 주장하는 재림예수도 어떻게 생겼는지 보고 싶었다. 그리고 가능하다면 그들이 보여주는 기적의 잔치를 보아두고 싶었다.

기적.

말로만 들었지 한 번도 본 적이 없었다. 현대의학으로 해결할 수 없는 병과 신체적 불구를 손바닥과 혓바닥과 성수(聖水) 따위로 해결하는 장면을 정말 목격하고 싶었다.

나는 어려서부터 기적이란 낱말만 들으면 괜히 가슴 끝이 저려오곤 했었다. 나도 기적의 손을 갖고 싶었다. 그래서 내가 손만 대면 어떠한 환자라도 벌떡 일어나게 하고 싶었다.

그러나 그것이 내 손으로는 불가능하다는 걸 알았을 때 나는 얼마나 낙심했는지 모른다. 남이 할 수 있는 걸 어째서 나는 할 수 없단 말인가.

그것이 내 의문이었고 내 불쾌감이었다. 남이 하는 건 웬만하면 나도 다 하고 싶었다. 그래서 지금까지 다른 사람이 할 수 있는 것이라면 나도 해내느라고 피땀을 흘려왔다.

최면술과 심령술도 배워봤고 명상이란 이름의 정신도술도 배워봤지만 나는 아무도 치료할 수 없었다. 과학적으로도 정신요법이란 부문이 있지만 나는 그런 낱말보다 기적이란 한마디를 터득하고 싶었다.

한때 신선이 되어 도술을 부리는 선인이 될 수 있을 거라는 허무맹랑한 망상에 사로잡혔을 때, 나는 내 혼신의 정열로 도인의 길을 깨우치려고 했다.

"부탁하겠네. 자네만 믿겠네."

주임교수는 이렇게 말하고 내게 천국직행교의 위치와 그들이 말하는 성전에 들어가는 방법을 알려주었다.

"이 십자가가 없으면 출입할 수가 없네. 꼭 목에 걸고 들어가야 돼. 이 책도 가지고 가게. 그리고 면회권과 속죄권을 사야 되니까 눈치채이지 않게 조심해서 행동하게."

나는 주임교수가 넣어주는 대로 받아가지고 나왔다. 내 마음속에는 이미 그들 속에 들어가 그들의 수법이 어떤 것인지 세심하게 관찰하겠다는 의지가 싹트고 있었다.

미나를 구해내야 돼.

이것이 내 첫 관심사였다. 가능하다면 그들의 속임수나 교활함을 폭로하고도 싶었다.

나는 하나님의 독생성자 면회권을 사들고 들어섰다. 눈살이 매서운 청년들이 주욱 늘어서서 한 사람씩 확인하고 있었다.

십자가를 내밀었다. 고수머리의 사내가 찬찬히 들여다보고 손짓으로 들어가라고 일렀다. 속죄권 판매대 앞에 서서 나는 어처구니가 없어서 웃었다. 주임교수도 미처 이 속죄권 판매대는 보지 못한 모양이었다. 미나한테 얘기만 들었지 실제로 속죄권을 사보지 않은 것 같았다.

너절하게 죄명과 액수를 적어놓은 안내판에서 얼핏 눈에 들어오는 대로 읽어보았다.

1. 간음

마음의 간음 15세 이하＝10만 원

17세 이하＝9만 원

19세 이하＝8만 원

21세 이하＝7만 원

23세 이하＝6만 5천 원

25세 이하＝6만 원

육체의 간음 15세 이하＝20만 원

17세 이하＝15만 원

19세 이하 = 10만 원

21세 이하 = 8만 원

23세 이하 = 7만 원

우선 간음 항목부터 세분하여 속죄권을 팔고 있었다. 모든 죄명은 마음의 죄와 육체의 죄로 구분을 했고 강도나 도둑질인 경우에는 아주 구체적인 사례로 훔친 물건의 시세에 따라서 속죄권 값이 매겨져 있었다.

중복되는 죄명이 많을 때는 중복되는 죄명의 숫자가 따로 명시된 안내판을 읽은 후에 책정된 액수를 지불해야만 했다. 나는 안내판을 읽으며 망설이지 않을 수 없었다. 안내판 상판에 붉은 글씨로 씌어진 글씨 때문이었다.

'죄를 속이면 천벌을 받으리라'

나는 안내판 앞에 서서 도대체 무슨 죄목의 얼마짜리 속죄권을 사야 하는지 망설이지 않을 수 없었다.

그들의 안내판대로라면 나는 소지한 돈 전부와 시계, 양복, 구두까지 몽땅 벗어도 모자랄 일이었다. 나는 망설이면서 다른 사람들이 얼만큼씩 속죄권을 사는지 관찰했다.

대체로 몇만 원씩은 사는 것 같았다. 나는 주임교수가 준 돈에서 만 원권 한 장을 꺼내 만 원짜리 죄명을 찾아보았다.

'친구에게 거짓말'

나는 고작 이런 속죄권밖에 살 수 없었다. 최저 단위가 1만

원이었다.

묘한 생각이 들었다. 안내판에 명시된 세분화된 죄명을 주욱 훑어보며 나는 무지무지하게 간악한 사내라는 걸 알 수가 있었다.

다혜를 갖고 싶어 한 것만 가지고도 나는 최저 육만 오천 원이란 속죄대금을 내야만 하는 것이었다.

아무리 깨끗한 척하는 사람이라도 천국직행교의 속죄권 안내판 앞에 나서면 별수 없이 간교한 무리가 될 것이다. 어쩌면 그런 인간의 약점을 노린 종교로서 신도 숫자를 늘리는 데 결정적인 역할을 하는 수법 같았다.

만 원권으로 산 속죄권은 하얀 딱지였다. 딱지 상단에 십자가 그림과 손바닥 그림이 박혀 있었다. 아마도 교주를 상징하는 것 같았다.

어쨌든 미안한 건 사실이었다. 내 죄를 속이고 들어가는 천벌 받을 사내 같기만 했다. 교주가 진짜 강림한 예수, 재림한 예수라면 나는 살아 나올 수 없을 게 뻔한 이치였다.

어쩐지 으스스했다.

각오를 하고 나선 길이었지만 성전이나 성도들 그리고 안내원들의 눈빛을 보니까 예사 집단 같지 않았다. 섣불리 눈치라도 채이게 되거나 가짜 신도라는 게 탄로라도 난다면 살아남기 어려운 분위기였다.

신도를 따라 마룻바닥에 꿇어앉았다. 찬송가 소리로 성전의 실내는 들끓고 있었다. 앞에 나와서 찬송가를 지휘하는 소복한 부인네 목소리는 잔뜩 쉬어서 애절함을 느끼게 했다.

나는 발이 저리도록 꿇어앉아서 부흥회가 시작되기만을 기다렸다. 주위를 틈나는 대로 훑어보았다. 미나의 모습이 보일 것 같아서 고개를 숙이고 있을 수만은 없었다.

남자석과 여자석의 구분이 없었지만 얼핏 보아도 여자의 숫자가 훨씬 많았다. 나는 조심스럽게 여자들을 살펴보았다. 아무래도 쉽게 찾아질 것 같지 않았다. 너무 많은 인파 때문이기도 했지만 정열적인 신도들의 몸짓 때문에 구분하기 어려웠다.

성전의 분위기는 마치 집단으로 초상난 큰 동네의 아우성같이 느껴졌다. 그만큼 신도들의 몸짓과 목청은 열에 들떠 있었다.

성전의 가운데와 좌우의 곳곳에 맹렬기를 느끼게 하는 여자 신도들이 늘어서서 분위기를 고조시키는 역할을 하고 있었다. 그들은 박수를 치면서 새로 들어오는 사람들의 자리를 잡아주거나 줄을 고르게 잡아주는 일도 했다.

성전 앞에는 대형 스크린처럼 생긴 하얀 천이 늘어져 있었다. 아마 그 속에 천국직행교의 본적인 성소(聖所)가 자리 잡고 있는 것 같았다.

막이 천천히 올라갔다.

아무도 입을 여는 사람이 없었다. 숨소리 하나 들리지 않았다. 아니, 신음 소리 같은 것만이 간헐적으로 들려왔다. 그건 마치 절정에 달한 성숙한 여인의 소리 같기도 했다.

수천 개의 불꽃이, 형형색색의 촛불이 성소 가득히 들어차 있었다. 너무나 찬란한 불꽃이었다. 각기 색깔 다른 촛대와 촛불들이라고밖에 할 수 없는, 그야말로 일정한 공간에 켠 촛불 숫자로 보아선 세계 최고라고 할 수 있는 촛불이 밝혀졌다.

이런 어마어마한 불꽃놀이는 처음 보는 것이었다.

장관이었다.

성소의 가운데로 촛불이 갈라서며 하얀 고깔과 하얀 치마저고리를 입은 여인들이 역시 촛불을 들고 나왔다.

천국의 길잡이.

그렇게밖에 표현할 수 없는 자태와 분위기였다.

천국의 길잡이가 자리를 잡고 서자 그 사이로 역시 하얀 고깔과 하얀 가운 차림의 건장한 사람이 걸어 나왔다. 거구이면서도 이목구비가 정연한 사내였다.

모든 사람이 일제히 마룻바닥에 코를 박았다. 나도 따라 박았다.

흰 가운 입은 사내들이 성소 앞에 나서더니 손뼉을 쳤다.

전깃불이 일시에 꺼져버렸다.

성소와 자칭 독생성자를 둘러싸는 곳만이 촛불로 대낮처럼 밝았다. 성자는 두 손을 하늘 끝까지 내밀 것처럼 들었다. 그리고 천천히 내렸다.

촛불이 일시에 꺼졌다. 어디서 불어오는지 알 수 없는 강풍이 성소를 마구 휘저었다. 서늘한 바람이 성전 구석구석까지 느껴지는 찬 바람이었다.

깜깜했다. 아무것도 볼 수 없는 어둠 속이었다.

하나님!

한마디 외마디 고함소리가 들렸다. 굵고 낮은 음성은 목쉰 소리였다.

공중에서부터 아주 실낱처럼 가는 불꽃이 내리꽂혔다. 섬광처럼 강한 불빛이 껌벅거리며 꽂혔다.

그리고 다시 어두워졌다.

하나님!

또 한 번 아까와 똑같은 육성이 들렸다. 재림예수의 발 끝에서 한줄기 빛이 품어 나와 하얀 옷의, 자칭 독생성자를 비추어 주었다.

사람이 그처럼 아름답고 찬연할 수 있을까?

그 순간에 나는 그런 감탄을 하고 말았다. 오직 그의 모습만이 하얗게 빛을 발하고 있었다. 찬란했다. 그렇게밖에 표현할 말이 없었다.

"어젯밤에 도둑질한 자 일어나라."

물 끼얹은 듯한 성전 한가운데로 이런 소리가 울려 나왔다.

낮고 굵은 목소리, 어딘지 위엄이 서린 목소리였다. 나는 좌우를 살펴보았다. 암조응이 되어 어렴풋이 보이는 성전에는 무릎 꿇은 사람들뿐 일어나는 사람은 없었다.

"어젯밤에 도둑질한 자 일어나라."

또 한 번 그 목소리의 반복이 울려 퍼졌다. 그러나 성전에는 아무 반응도 없었다.

갑자기 성전이 밝아졌다. 눈이 부셨다. 하얀 가운의 독생성자는 더욱 눈부셨다. 그는 성소에서 제단을 돌아 성전 쪽으로 걸어왔다. 무게 있는 발자국 소리가 성전을 우렁우렁 울리게 했다.

그는 한 여자를 잡아 일으켰다. 모든 사람의 시선이 그쪽으로 집중되었다. 그는 스무 살 안팍의 여자를 끌어내어 한 손으로 밀었다.

여자가 나뒹굴었다. 블라우스 단추가 또르르 구르는 소리가 났다.

여자는 벌떡 일어나 무릎을 꿇었다.

"죄인을 용서하옵소서. 죄인을 용서하옵소서. 어젯밤…….
제가 그만, 삼만 오천 원밖에 안 됩니다. 제가 그만……."

여자의 말이 채 끝나기도 전에 독생성자는 여자의 머리칼을 쥐고 말했다.

"당장 돌려주고 오라. 그러면 너를 용서하리라."

여자의 흐느낌이 퍼졌다. 잠시 후에 성전이 무너질 듯이 찬송가가 울려 퍼졌다. 독생성자는 뒤돌아 천천히 성소로 걸어갔다.

찬송가 소리 때문에 성전 전체가 흔들릴 것만 같았다. 귀청이 따가울 정도로 악쓰는 신도들 얼굴에 땀이 흐르고 있었다.

찬송가가 멎었다. 그것도 일시에 중단되어 갑자기 정전된 것 같았다.

독생성자가 손을 벌려 찬송가를 멈추게 한 것이었다. 독생성자는 돌아서서 천장에다 대고 알아들을 수 없는 소리로 기도를 했다. 그리고 주먹 빠른 사내처럼 돌아섰다.

"간음한 자 일어나라."

숨소리마저 멈추어졌다.

"간음한 자 일어나라. 간음하고도 속죄권을 갖지 않은 자 일어나라."

침전된 목소리, 낮고 굵어서 목구멍 속에 가래라도 들어 있는 것 같은 목소리였다. 성전 안은 폐허가 된 마을 같았다. 침삼키는 소리와 단절된 숨소리뿐이었다.

"간음한 자 일어나라."

목소리가 컸다. 쇳소리 같기도 했다.

간음했더라도 양심적으로 속죄권을 샀으면 독생자의 명령을 거역한 것이 아니었다.

독생성자는 뛰었다. 성소에서 성전의 계단을 크게 건너뛴 독생성자는 신도들 속에서 다짜고짜 계집애를 잡아 일으켰다.

블라우스가 주욱 찢어졌다. 브래지어의 색바랜 컵이 드러났다.

계집애는 얼굴을 가리고 앞으로 고꾸라졌다.

철썩철썩. 정확히 따귀 두 대를 갈긴 독생성자가 계집애를 일으켜 세웠다. 계집애는 털썩 주저앉아 독생성자의 손목을 잡았다.

"용서해 주세요. 제발 용서해 주세요."

흐느끼는 목소리, 허물어져 내리는 목소리, 애원이 가득 들어찬 절실한 구원의 목소리였다.

나는 그 순간에 그 목소리가 미나의 음성이란 걸 깨달았다. 얼굴을 볼 수는 없었지만 키와 몸매, 뒷모습과 목소리가 낯설지 않다는 걸 알았다.

충격이었다. 미나가, 그 깜찍하고 귀여운 미나가 저렇게 전락할 수가 있단 말인가.

미나를 구해낸다는 건 절망적인 것 같았다. 천국직행교에 미쳐버린 여자를 내 손으로 데리고 나갈 수는 없을 것 같았다.

독생성자의 족집게 같은 행위가 사기극이란 걸 알게 된 것만도 다행이었다. 미나가 악녀의 대역, 창녀의 대역, 간음한 여자의 대역으로 굴러먹는 건 광신도가 되었다는 증표 같은 것이었다.

이 한 편의 사기극을 보고 앉아 있어야 하는 내 가슴도 답답했다.

성질대로 하자면 당장 쫓아나가 독생성자의 갈비뼈라도 부러뜨리고 싶었지만 분위기로 보아서 그럴 수가 없었다. 재림예수를 둘러싸고 있는 수많은 젊은이들, 광란에 가까운 찬송가를 부르고 있는 신도들을 당할 재간이 없었다.

"당장 속죄하고 오라. 그러면 네 죄를 용서하리라."

독생성자의 목쉰 소리가 성전을 쩌렁쩌렁 울리게 했다.

미나는 흐느적거리며 일어섰다. 머리칼로 감추어진 얼굴을 숙인 채 성전을 걸어 나갔다.

나는 미나를 따라 나가지 못했다. 따라 나간다고 해서 해결될 문제가 아니었다. 성전을 나선 미나와 얼굴을 마주쳤을 때 미나가 받을 충격과 미나의 얼굴을 확인한 뒤에 당황할 나 자신을 수습할 수 없을 것 같았기 때문이었다.

"강도질한 자 일어나라."

낮고 기운 없는 목소리였다. 그러나 그 목소리에서 풍기는 위엄은 독생성자로서 갖추어야 할 것은 다 갖춘 것이었다.

다시 숨소리마저 나지 않는 분위기가 되었다. 모든 신도들은 고개를 숙이고 마룻바닥만 쳐다보고 있었다.

"강도질한 자 일어나."

아까보다 더 낮은 소리였다. 금방이라도 누군가 벌떡 일어나서 독생성자 앞에 털썩 무릎을 꿇을 것 같은 분위기였다.

그러나 정작 무릎을 꿇거나 비는 사람은 없었다.

독생성자는 성전 쪽으로 천천히 걸어왔다. 아까처럼 달리지 않고 천천히, 무엇인가를 찾듯이 두리번거리며 걸어왔다. 그리고 멈추어 섰다. 웃었다. 아주 어린애처럼 깔깔거리며 웃었다.

"너는 어찌하여 앉아 있느냐?"

목소리는 메아리처럼 들렸다. 변성한 목소리였지만 장난스러워 보였다.

"네?"

사내가 반문했다. 독생성자는 또 깔깔거리며 웃었다.

"왜 그냥 앉아 있느냐고 물었다."

"……."

사내는 대답 대신 벌떡 일어나 독생성자 발끝에 코를 박았다.

"죽을죄를 졌습니다. 죽을죄를 졌습니다. 너그러이……. 너그러이……. 다시는 이런 일이 없겠습니다. 성자님께서 한 번만 용서해 주시면……."

"하하하하……."

독생성자의 호탕한 웃음소리가 숙연해 있는, 어쩌면 주눅이 들어 숨소리조차 내지 못하고 있는 신도들을 어리둥절하게 했다.

"속죄하라. 그러면 용서하리라."

사내는 텅텅 마룻바닥이 울리도록 뛰어나갔다.

독생성자는 성소로 걸어갔다. 찬송가 소리가 요란하게 시작되었다. 마치 세상의 죄를 모두 용서하고 돌아가는 그에게 찬양의 노래를 보내듯이 열렬하게 불렀다.

"죄의 사함을 받도록 하라."

쩌렁쩌렁 울리는 독생성자의 목소리가 들려왔다. 소복한 여인들이 큰 대바구니를 들고 내려왔다. 성전 앞자리에서부터 대바구니는 한 줄씩 차례차례 돌기 시작했다. 신도들은 열심히 대바구니에 돈을 넣었다.

내게 대바구니가 왔다. 수북하게 쌓인 지폐들이 들어 있었다. 나는 슬그머니 옆사람에게 넘겨줬다.

"사함을 받으세요."

지켜보고 있던 소복차림의 여인이 내게 던진 말이었다. 나는 대번에 얼굴이 화끈거렸다. 천 원짜리 한 장을 꺼내 대바구니 속에 넣었다. 소복차림의 여인이 씨익 웃었다.

죄의 사함이 끝났다.

나는 화장실에 가는 척하고 성전을 나왔다. 부흥회가 끝나기를 기다리려면 서너 시간은 더 쪼그리고 앉아 있어야 할 것 같았다. 의식이 진행되는 동안 천국직행교의 안팎을 훑어보고, 미나가 어디에 있는지 살펴보고 싶었다.

미나를 데리고 가진 못하더라도 어떻게 하고 있는지, 최소한 한 번쯤은 가자고 말이라도 걸어보고 싶었다. 나만 믿고 기다리는 주임교수에게 할 말이라도 만들어가지고 가야만 했다. 이대로 돌아가면 변명거리마저 없게 되는 것이었다.

더 솔직한 생각은 그냥 돌아가고 싶지 않다는 것이었다. 독생성자의 턱을 갈기지 못하면 그의 졸개 턱이라도 한 대 차버려야 속이 풀릴 것 같았다.

성전 안에서는 여전히 찬송가 소리와 목쉰 재림예수의 능청스런 말소리가 들려오고 있었다.

큰 마당을 가로지르자, 붉은 벽돌로 된 담장을 친 저택이 보였다. 담장의 높이는 내 키의 두 배쯤 될 것 같았다. 어쩌면 아까 독생성자에게 엉망진창이 된 패거리들이 그 안에 있을 것 같았다. 철대문 옆에 가서 대문 밑으로 안을 기웃거려보았다.

송아지만 한 셰퍼드 두 마리가 방범등 밑에 누워서 두리번거리고 있었다.

독생성자의 성역일 게 빤했다. 그 안에 들어가기 위해서는 셰퍼드 두 마리부터 해치울 수밖에 없다는 생각이 들었다. 그러다가 만약 성역 안에 경비원이나 다른 사람이 있어서 도저히 내 주먹으로 해결할 수 없는 사태를 만나면 꼼짝없이 뭇매를 면키 어려운 일이었다.

성역 안의 반응을 보기 위해 돌멩이를 던져보았다. 셰퍼드도 짖지 않았다. 미나가 그 성역 안 어딘가에 있을 것 같았다. 독생성자를 비롯해서 경비원이나 건장한 젊은이들이 모두 성전 안에 있기 때문이었다.

두 번째 돌멩이질에 셰퍼드가 벌떡 일어나 어슬렁거렸다. 그러나 짖지는 않았다. 많은 사람이 들랑거려서 짖는 것보다는 폼이나 잡는 것이 낫다는 걸 알고 있는 것 같았다.

세 번째 돌멩이는 바로 셰퍼드 앞에 떨어졌다. 셰퍼드는 맹렬하게 짖어댔다. 그렇게 짖는 것이 마치 제 위신을 찾는 것인 것처럼.

나는 대문 밑으로 달려온 셰퍼드에게 물리지 않을 정도만 얼굴을 빼고 성역의 현관을 들여다보았다. 안에 있는 사람의 현황을 알 수 있는 유일한 방법이었다.

현관이 열렸다. 얼굴을 내민 것은 미나였다. 아까와는 분위기가 너무나 다른 모습이었다. 연초록 색깔의 투피스에 하얀 머플러를 목에 두른 미나의 모습은 성숙한 여자, 부잣집 막내딸 같은 자태였다. 셰퍼드가 마구 짖어대자 미나는 안에다 대고 뭐라고 외쳤다.

나타난 것이 사내 다섯 명이었다.

그리고 사내들 뒤에 어릿어릿 비치는 여자들 모습도 보였다.

나는 재빨리 몸을 피해 성전 옆에 늘어선 개나리 숲 속으로 숨었다. 셰퍼드 짖는 소리는 여전했다.

대문이 열렸다. 사내들이 전지를 비추며 바깥을 살펴보았다. 개 짖는 소리가 점점 약해졌다. 사내들이 몰려 들어가는 게 보였다.

어린이 놀이터의 등나무 가지를 타고 성역의 담장을 뛰어넘었다. 두 마리의 성질난 셰퍼드가 달려왔다. 셰퍼드의 목에 매달린 줄은 철사줄에 연결되어서 더 이상은 접근할 수 없게 만들어져 있었다.

쉬, 쉬, 쉭, 쉭!

셰퍼드 두 마리가 고개를 세우고 짖었다.

표창 네 개가 날아가 셰퍼드의 몸에 박혔다.

셰퍼드는 옆으로 쓰러져버렸다.

물론 잠깐 사이의 일이었다. 만약 표창이 잘못 꽂혀 소란스럽게 된다면 앞뒤 가릴 것 없이 삼십육계의 도주밖에 없을 일이었다.

방 안에서는 아무 반응이 없었다. 대수롭지 않게 생각한 것 같았다. 마당 모서리에서 보이는 집 안은 겉보기보다 훨씬 컸고 웅장했다. 꾸밈새로 보아 독생성자도 종교재벌임에 틀림이 없을 것 같았다. 더구나 면회권과 속죄권을 공개적으로 파는 것으로 미루어 만만찮은 수완가일 것 같았다.

하느님, 보고 있습니까?

당신을 팔아 재벌이 되는, 아까 그 장면을 봤습니까? 어디든 계시다니까 낱낱이 보았겠지요.

기분이 어때요. 기특하다고 생각하는 건 아니겠죠. 하느님의 권능을 그자가 실험해 준다고 반가워하지는 않겠죠.

하느님, 그냥 내버려둘 작정입니까. 저렇게 배때기에 돈기름이 올라 거드럭거리는 꼴을 두고 볼 참입니까.

가난뱅이들은 내팽겨쳐두고 정말 이러시깁니까. 굶어 죽는 해외 토픽 사진, 배배 꼬여 갈비뼈만 앙상하게 드러난 사진들을 보지도 못했나요.

하느님, 당신을 팔아먹는 저런 치들을 그냥 두고 보는 이유 좀 압시다. 그게 강자의 관용입니까.

이러다간 천당이 수없이 생겨나고, 하늘나라, 하느님, 천사의 숫자가 부지기수로 늘어나는 거 아닙니까.

하느님, 제발 우리 터놓고 말 좀 해봅시다. 우리 같은 인간이 엉터리인지, 당신이 엉터리인지 말입니다.

하느님, 제발 속이나 후련해 봅시다. 답답해 못 살겠어요. 그렇다고 옛날 구호처럼 '답답해서 못 살겠다. 갈아치우자, 하느님'이라고 할 수도 없잖습니까.

탁 까놉시다. 성질나게 이러지 맙시다.

나는 마당을 지나 창문 밑에 바짝 붙었다. 안에서 무슨 소리가 나는 것 같았지만 알아들을 수가 없었다. 창문 틈으로도 안이 보이지 않았다.

현관문을 슬쩍 밀어보았다. 슬그머니 열렸다. 조심스럽게 문을 밀고 들어갔다. 넓은 응접실이 보였다. 스무 평도 넘을 크기의 응접실 좌우엔 골동품과 그림들이 빼곡이 들어차 있었다.

사내 다섯 명과 계집애 다섯 명이 둘러앉아 텔레비전을 보고 있었다. 천연색 컬러 화면이었다. 20인치가 넘는 큰 화면에 독생성자의 모습이 보였다. 최신형 VTR인 것 같았다.

"성자님 계십니까?"

나는 만약의 경우를 생각해서 왼손에 보이지 않게 표창을 감추었다.

"누, 누구요?"

놀란 목소리였다. 굳게 잠긴 대문을 확인했던 그들이었기 때문이었다. 놀라는 것도 당연했다.

"성자님 좀 뵈려고 왔습니다. 문이 열려 있어서……. 실례가 안 된다면, 성자님 좀 뵙게 해주세요."

"문이 열려 있었어요?"

반문한 사내가 내 아래위를 무섭게 훑어보았다. 미나는 당황한 표정을 감추지 못하고 있었다. 미나에게 말할 틈을 줘서는 안 될 것 같았다.

"성전에 가보세요."

다른 사내가 이렇게 말하고 바깥 쪽을 가리켰다.

"성자님은 어디든 계신 거 아녜요."

내 빈정거리는 투의 말을 들은 사내들이 내게 다가섰다.

"당신 누구야?"

거친 말투였다. 금방이라도 주먹질을 할 것 같았다.

"성자 잡으러 온 사람올시다."

내 강경한 말에 그들은 주춤거렸다.

"뭐라구?"

성질 급한 사내가 내게 바짝 다가섰다. 건장한 체격이었지만 주먹 솜씨는 없어 보였다.

"뼈다귀를 철강으로 만들지 않았으면 비켜서는 게 좋을 거 같소."

그러면서 미나의 표정을 재빨리 읽었다. 갑작스런 나의 출현이 어떤 사태를 도발시킬지 짐작하는 모양이었다. 그녀도 내 솜씨만은 인정하는 편이었다.

"여기 가짜 강도, 도둑놈, 창녀, 다 모이셨군. 성자 녀석만 오면 천당 한 개는 만들겠군그래."

나는 성큼 응접실로 들어섰다. 사내들이 물러났다. 계집애들이 비명을 지르며 한쪽 모서리에 쪼그리고 앉았다.

"이 새끼가 어따 대고……."

성질 급해 보이는 아까 그 사내가 탁자 위의 꽃병을 집어 들었다.

"천사가 욕도 하십니까?"

나는 한 발짝 더 앞으로 나섰다. 주춤거리던 사내들이 용기를 얻었는지, 흩어져 있는 집기들을 집어 들고 나를 꼬났다.

"느이 성자가 이따위로 가르치셨나요? 손님이 오면 박살내라고 말요."

"너 뭐하는 놈야. 썩 나가지 못해?"

"천사를 데리고 놀고 싶은 악마올시다. 어쩌실 셈인지요."

나는 일부러 깍듯하게 대해주었다. 저런 녀석들에겐 그런 것들이 더 약 오르는 것이다.

"경찰 불러. 어서!"

제일 연장자인 듯싶은 사내가 소리 질렀다. 나는 히죽거리며 웃었다.

"하늘나라에도 경찰이 있소?"

"어서 불러 어서!"

또 한 번 사내가 소리 질렀다. 키 작은 사내가 탁자 있는 쪽으로 다가왔다.

"내가 좀 주물러드려도 성자 아저씨께서 기적을 일으켜주시겠지요."

내 말이 끝나자마자 키 작은 사내와 병을 들고 서 있던 사내가 고꾸라졌다. 정권치기와 돌려차기에 두 녀석이 고꾸라진 것이었다.

그리고 연달아 사내 녀석들을 타작했다. 정말 신바람 나게 주먹질을 했다. 이런 장면을 두고 방방 뜬다고 말하는 것이다. 턱이 나가도 성자의 영험한 안수기도와 기적의 힘으로 금방 나을 테니까 걱정할 게 없을 일이었다.

내가 독생성자의 기적 장면을 보지 않고 성전을 나왔으니 망정이지, 앉은뱅이를 일으켜 세우고, 장님을 눈 뜨게 하는 꼴을 보고 나왔으면, 이 가엾은 천사들을 아주 치도곤을 냈을지 모른다.

사내들이 모두 뻗어서 누워버렸다. 계집애들은 무릎을 꿇고 기도하고 있었다. 나를 징벌하라는 무시무시한 저주의 기도를 올리고 있었다.

"날 저주해도 소용없어. 그 기도만은 안 들어줄 테니까."

나는 계집애들의 머리채를 잡아 뒹굴렸다. 그것은 나약한 여자들에 대한 분노보다는 미나에 대한 분노였다. 그리고 미나를 바깥으로 도망가게 하려는 술책이었다.

계집애들은 모두 이층과 바깥으로 도망가려고 했다. 나는 내버려두고 미나의 행동만 주시했다. 미나는 꿈쩍 않고 기도만 했다.

"저 불쌍한 영혼을 구원하소서."

미나 혼자 이런 기도를 하고 있었다. 나는 미나를 잡아 끌었다.

"가자 어서!"

낮은 목소리였지만 목소리에 힘을 주고 말했다. 미나는 그래도 꿈쩍 않고 기도했다. 나는 미나의 어깨를 잡아 흔들었다.

"미나야, 나야 총찬이. 가자, 어서."

미나는 눈을 떴다. 붉게 충혈되어 있었다.

"마귀야, 어서 물러가라."

그리고 내 따귀를 철썩철썩 갈겼다. 나는 벌떡 일어나 미나를 응접실 바닥에 메어꽂고 두들겨 팼다.

미나는 쓰러졌다. 성전에서 독생성자에게 당할 때처럼 쓰러졌다. 그러나 빌지는 않았다. 악착같이 내 옷을 움켜잡은 채 떨어지지 않았다.

차마 더 때릴 수가 없었다. 때릴 만한 상대도 아니었다. 여자를, 연약하고 가엾은 여자를 이렇게 때려보기도 처음이었다.

바깥에서 이상한 소리가 들렸다. 무엇인지 모르지만 위험하다는 생각이 들었다.

"이거 놔. 미나야, 이거 놔!"

한 방 갈기고 뛰어나갈 수 있었지만 미나의 처절한 발악 때문에 갈길 수가 없었다. 악 받친 여자의 발악이 이렇게 무서운지 몰랐다. 연약한 여자의 어디에 이러한 매서운 힘이 들었는지 알 수 없었다.

멱살을 잡힌 나도 기력이 부칠 만큼 힘을 빼앗겼다. 아무리 아귀가 강한 사내라도 급소를 두어 번 내려치면 손을 놓게 마련이었다. 그러나 미나는 그렇지 않았다. 차마 급소를 내려칠 수는 없었다.

문이 벌컥 열렸다.

응접실로 뛰어들어온 사내들은 성전에서 봤던 안내원들이었다. 넓은 응접실에 삼십여 명이 들어차 나를 포위했다.

"어느 놈이든지 한 발짝만 덤비면 죽여버린다."

표창을 치켜들었다. 미나는 그제서야 내 옷소매를 놓고 소파 쪽으로 주저앉았다. 일시에 몰려든 사내들은 모두 건장해 보였다.

"넌 웬 놈이냐?"

두건을 미처 풀지 않은 중년 사내가 앞으로 나서며 말했다. 우렁찬 목소리에서 강한 의지 같은 걸 느끼게 했다.

내가 지니고 있는 표창은 스무 개뿐이었다.

한 사람씩 해치운다 해도 스무 명밖에 처치할 수 없었다. 창밖에 어른거리는 그림자와 계속 밀어닥치는 발자국 소리로 미루어 한 개씩 표창질을 할 수는 없는 상황이었다.

깡패집단이나 죽음을 두려워하는 사람들이라면 몰라도 그렇지 않은 사람들에겐 효율적으로 표창을 사용해야만 할 것 같았다.

"나 이런 사람이다."

나는 그 순간에 벽에 걸린 두루마리 액자에 표창을 던졌다.

쉭 쉭 쉭 쉭 쉭.

가로말이 막대기 위에 표창 다섯 개가 질서정연하게 꽂혔다.

"꽤 솜씨가 좋구먼."

두건 두른 사내가 칭찬인지 무시하는 것인지 이렇게 말하고 한 발짝 앞으로 나섰다.

"가까이 오면 죽인다."

나는 표창을 꼬나 쥐고 눈을 홉떴다.

"하하하하, 어린 놈이 감히 여기가 어디라고. 썩 무릎을 꿇어라. 그리고 빌어라 어서!"

오히려 나를 타이르듯이 말했다.

"가까이 오면 죽인다."

"어허, 이놈이 아직도 못 알아듣고. 어서 꿇어앉아."

내 표창 따위는 안중에도 없다는 투였다. 그냥 두어서는 안될 것 같았다. 나는 표창을 던졌다.

두건 두른 사내는 앞으로 고꾸라지면서 비명 소리를 질렀다.

"봤지? 어느 놈이든 죽인다. 이번엔 모가지에 꽂아줄 테다."

내 목소리가 조금 떨렸다. 아무 표정 없이 서 있는 그들의 자세에서 나는 중압감을 느꼈다.

"네 이노옴! 감히 어디서……."

벽력 같은 소리였다. 표창 맞아 쓰러진 사내가 일어서며 내지른 소리였다. 그는 허벅지에 박힌 표창을 힘차게 뽑아서 응접실 바닥에 내던졌다.

나는 겁이 더럭 났다. 이렇게 겁먹어본 것은 산사에서 만난 행자승뿐이었다.

둘러선 사내들은 표정 하나 흐트리지 않았다. 아무리 드센 패거리들이라도 내 표창 솜씨를 보면 동요를 했었다.

그런데 이 사내들은 미동도 하지 않았다. 행자승이 눈 한 번 깜박거리지 않는 것과 마찬가지였다.

독생성자의 최면술과 광신적인 이들의 믿음에 대한 두려움이 생겼다.

"꿇어라. 어서!"

두건 두른 사내는 다시 타이르듯이 말했다. 나는 꿇을 수 없었다. 그것은 행자승과의 약속이기도 했고 나 자신의 의지이기도 했다. 결코 무릎을 꿇지 않겠다는 게 내 지탱점이었다.

"어느 놈이든지 덤벼라. 죽여버리겠다."

내 목소리는 차분히 가라앉았다.

쉭 쉭 쉭 쉭 쉭.

표창 다섯 개가 가로말이 막대기에 아까처럼 꽂혔다.

"정말 죽이겠다."

나는 마지막까지 표창으로 해결하고 싶었다.

사내들이 한 발짝씩 죄어들었다. 내 표정이나 행동 따위는 신경 쓰는 것 같지 않은 담담한 표정 그대로였다.

독종들.

나는 속으로 이렇게 외쳤다.

쉭 쉭 쉭.

표창이 날아갔다. 앞장선 세 사내가 고꾸라졌다.

쉭 쉭 쉭.

또 앞장선 세 사내가 고꾸라졌다.

쉭 쉭 쉭.

바짝 다가선 세 사내가 비명을 지르며 쓰러졌다.

나는 응접실 바닥에 깔렸다. 손이 비틀렸다. 한 개 남은 표창이 바닥에 떨어졌다. 손이 뒤로 묶였다. 그러고는 바닥에 강제로 무릎을 꿇렸다.

나는 옆으로 쓰러져버렸다. 무릎을 꿇을 수는 없었다. 차라리 죽고 싶었다.

"녀석, 고집두……."

절룩거리는 사내, 두건 두른 사내가 이렇게 말하고 내 턱을 후려쳤다. 나는 바닥에 나뒹굴었다. 입 안에 피가 배어 나왔다.

이렇게 무참한 꼴은 내 생전 처음이었다.

솜씨 가지고 통하지 않는 패거리가 있다는 걸 알기도 했다.

표창 스무 개가 아무 쓸모 없는 쇠붙이였다. 표창과 솜씨를 무서워하지 않는 그들의 저력은 과연 무엇일까. 미친 것일까? 죽음을 두려워하지 않는 사람에게 표창은 무용지물이었다.

죽음을 감수할 수 있는 그 정신은 도대체 어떻게 생긴 것일까?

알 수가 없었다. 이해할 수도 없었다. 저들에게 표창을 던져 목숨을 끊는다고 해서 내가 탈출할 수는 없을 것 같았다.

"꿇어라. 빌어라, 어서!"

두건 두른 사내가 피가 밴 바지를 내 턱 가까이 대고 말했다. 나는 그를 올려다보았다. 독생성자는 아니었다. 아마 독생성자의 수제자쯤 될 것 같았다.

"형제들은 성전으로 가시오."

그의 명령 한마디에 방 안 가득히 둘러섰던 사내들이 신속하게 나갔다.

"좋은 말할 때 꿇어라. 어서!"

노기 띤 음성이었다. 나는 씨익 웃었다. 여유를 보이고 싶었기 때문이었다. 그러나 통할 리 없었다.

나는 두 번째로 나뒹굴었다. 두건 두른 사내는 소파에 앉아 지시만 했다. 나를 걷어찬 사내의 발길질은 예사 솜씨가 아닌 것 같았다.

"빌지 못하겠나?"

차분한 목소리였지만 노기만은 사라지지 않았다.

"차라리 죽겠다."

나는 겨우 이 말을 했다. 사내의 발놀림이 어찌나 센지 힘을 주고 있지 않았다면 그냥 쓰러져 일어날 수 없었을 것 같았다.

"녀석, 가상하긴 하다만……. 데리고 가서 맛 좀 보여줘라."

사내들이 내 팔을 잡고 밖으로 끌어냈다. 희미한 불빛이 새어나오는 지하실 입구에 서서 나는 죽게 될지도 모른다는 생각을 했다. 머릿속에 온갖 것들이 떠올랐다.

홀로 된 어머니, 여동생, 다혜, 친구들, 학교……. 순서 없이 마구 그런 것들이 팔랑개비처럼 돌았다.

살려줘요. 살려줘요. 살려줘요.

나는 이렇게 소리치고 싶었다. 그 소리가 목구멍에 걸려서 나오지 않았다. 나는 자존심과 죽음을 맞바꾸고 싶진 않았다. 살고 싶었다. 그들의 행동으로 미루어 내 자존심 따위는 통할 것 같지 않았다.

나는 한마디로 독생성자의 성소와 성전, 그리고 천국직행교를 모독한 사탄일 수밖에 없었다. 명백한 죄명을 두고 살려줄 것 같지 않았다.

"살려줘요. 살려줘요."

있는 힘을 다해 소리 질렀다. 사내들은 웃었다. 말없이 웃었다. 살기를 느낄 수밖에 없었다.

"살려줘요. 제발 살려줘요."

나는 다시 한 번 용을 썼다. 그들은 여전히 냉랭하게 웃었다.

지하실 속은 어두컴컴했다. 작은 전구 하나가 천장에 매달려 있었지만 넓은 지하실을 밝혀주지는 않았다. 음습한 지하실 특유의 냄새가 났다. 아무리 사방을 훑어보아도 사면이 막힌 시멘트 벽뿐이었다.

"살려줘요. 살려줘요."

내 목소리는 금방 메아리가 되어 지하실을 울렸다. 내가 들어도 처량하고 비굴한 소리였다. 그러나 살아나고 싶었다. 독생성자에게 도전하고 싶은 마음은 없었다.

기도하고 싶었다.

하느님이 내 편이 되어줄까? 그런 의문덩어리가 생겼다. 나를 이런 사교집단의 손에 죽게 내버려둘까? 무신론자인 내게 구원의 손길을 내려줄까? 그동안 저지른 죄를 사해 줄까?

어쨌든 좋았다. 기도를 들어주든 안 들어주든 나는 상관할 수 없었다. 들어주기를 기대할 뿐이었다.

애원 소리, 살려달라고 목 터지는 비명 소리, 쓰러졌다 일어서며 비는 소리, 급소를 맞고 짐승처럼 악쓰는 소리, 인간으로선 낼 수 없는 괴성을 지르며 나뒹구는 소리, 각목과 두개골과 마찰, 주먹과 어금니가 부딪치는 소리, 낄낄거리며 웃는 소리, 거친 호흡과 기합 넣는 소리, 그 모든 소리가 메아리되어 지하실을 울리는 소리, 소리들.

거기까지만 내 의식이 살아 있었다. 물 퍼붓는 소리와 웃는 소리에 눈을 떴다가는 다시 그런 소리가 반복되었다. 나는 단 1그램도 들 수 없게 힘을 빼았겼다.

나를 치고 패는 사내들의 무표정, 그것은 나를 죽일 수 있다는 예고였다. 사람의 감정을 가지고는 내 고통의 소리에 얼굴이라도 찡그려야 마땅할 노릇이었다.

그들은 표정이 없었다. 표정이 없는 인간은 로봇이나 기계 같은 것이었다.

인간을 치도곤 내는 기계.

그렇게밖에 표현할 수 없는 그들의 폭행은 또 계속되었다.

왠지 죽음이 두렵지 않았다. 더 솔직하게 말한다면 그렇게 맞느니 차라리 죽는 것이 나을 것 같았다.

눈을 떴을 때 지하실에는 아무도 없었다. 촉 낮은 전구의 불빛으로 겨우 내가 살아 있다는 걸 감지할 지경이었다. 나는 엉망진창이 되어 있었다. 다행스럽게 뼈가 부러진 것 같지는 않았다. 그러나 몸을 움직일 수가 없었다. 얼굴이 형편없이 부어올라서 한쪽 눈을 감으면 물체가 이중으로 보였다.

이런 무지막지한 폭행은 처음이었다. 골목을 휘젓고 다닐 때 뭇매를 맞아본 적이 있었지만 이렇게 형편없이 당해보지는 않았다.

폭행하는 자에게 감정이 있다면 이렇게 무자비할 수는 없는 일이었다.

목구멍이 깔깔했다. 시멘트 바닥이 얼음장처럼 차갑게 느껴졌다. 살려달라고 소리 지를 힘도 없었다.

왜 이렇게 죽음이 두렵지 않은 걸까? 아마 독립투사들의 그 질긴 정신이 이런 지독스런 고문 때문에 생긴 것인지도 모르겠다. 모진 고문을 견디어낸 투사들의 각오는 언제든 죽음 따위를 두려워하지 않는 정신으로 승화하는 것일지 모른다.

어차피 한번 죽었던 몸.

이런 오기가 치솟기 시작했다. 내 목숨을 걸더라도 정말 한판 붙어보고 싶었다.

그러나 내겐 그럴 여유와 힘이 없었다. 묶인 팔, 움직일 수 없는 육체. 이 형편없는 상황 속에서 무엇을 할 수 있단 말인가.

손목을 풀어보려 버둥거렸지만 움쩍도 하지 않았다. 적당한 도구, 영화에서나 보았던 주인공의 탈출, 마지막 순간에 나서는 구원자, 기발한 무기, 변절한 상대방 집단의 용감한 사람……. 어느 것도 기대할 수 없었다.

시멘트 벽과 촉 낮은 전구, 그리고 육중한 철문.

보잘것없는 존재.

내가 스스로 이런 생각을 해본 것은 처음이었다. 나는 하찮은 동물에 불과했다. 죽는다고 해도 한 줌의 흙일 뿐 아무도 거들떠보지 않는 시체일 것 같았다.

몸부림을 치며 어두컴컴한 속에서 나는 기도를 했다. 단 한마디도 기도문을 욀 수 없었지만 무조건 크나큰 힘, 조물주라도 좋고 하느님이라도 좋았다. 살려달라고, 살려만 주면 결코 이 세상을 잘못 살지 않겠노라고.

그래도 내 고통은 사라지지 않았다. 통증과 죽음의 공포를 헤쳐나갈 수는 없었다. 밤은 점점 더 깊어져 가는 것 같았다. 지하실의 위치나 지하실의 생김새마저도 분간할 수 없는 고통만이 나를 못살게 굴었다.

무슨 소리가 들렸다. 목소리 같기도 했다. 나는 귀를 곤추세우고 철문을 응시했다.

철문이 열렸다. 사람의 발자국 소리가 들렸다. 검은 물체는 눈에 익어졌다.

미나, 미나였다. 매서운 눈초리였다. 한쪽 손에 칼이 들려 있었다. 나는 눈을 감았다가 떴다. 표정 없는 그녀의 동작에서 나는 정을 느꼈다. 살기는 없는 것 같았다.

"미나야, 미나야."

내 목소리는 절실했다. 미나는 입가에 손가락을 갖다 대었다.

"미나야, 미나야."

나는 그녀가 되돌아설지 모른다는 생각을 했다. 애원의 소리를 들려주어 나를 구원하게 하고 싶었다.

"다시 나타나지 않는다고 약속할 수 있어?"

미나는 울고 있었다. 나는 짜릿하니 감전당한 기분이었다.

"약속할게. 정말 약속할게."

내 목소리는 작았다.

"우리 집에 가서 아무 말 않는다고 약속할 수 있어?"

"그래."

"사내답게 맹세할 수 있어?"

"그렇다니까."

"하느님께 맹세해, 어서."

"어떻게 하면 되니."

"하느님께 맹세하란 말야."

나는 미나가 시키는 대로 하느님께 맹세를 했다. 미나는 다시 한 번 다짐하고 칼로 손목을 묶어놓은 끈을 잘랐다.

"일어나, 어서 일어나."

이번에는 미나가 애원했다. 나는 일어서려고 했지만 일어설 수 없었다. 두 다리가 마비된 것 같았다.

"힘 내, 여기 있다간 죽어. 어서, 제발 힘 내."

"그래, 그래……."

나는 기를 쓰며 일어났다. 미나는 흐느끼고 있었다. 내 형편 무인지경인 꼴을 동정하는 것인지 천국직행교의 규율을 어긴다는 자책인지 분간할 수 없었다.

"오빠 살아야 돼. 제발 힘 내."

미나의 눈물은 내게 전염되었다.

왠지 알 수 없었다. 눈물샘이 터져버린 나도 흐느꼈다. 살아난다는 희열인지, 미나의 정 때문인지 알 수 없었다.

"오빠, 살아야 돼. 서둘러. 걸어봐. 힘을 내봐. 걸어봐. 어서 어서……."

절규였다. 그러나 나는 움직일 수 없었다. 너무 얻어맞아서 움직일 힘이 없었다.

"오빠, 이 바보야, 어서!"

미나는 울었다. 소리 내어 울었다.

나는 어금니를 맞물고 악을 써서 발을 움직였다. 그러나 다시 꼬꾸라졌다.

"오빠, 제발……."

미나는 나를 끌어안았다. 미나는 내게 입맞춤을 했다. 나도 그녀의 입술을 맞이했다.

미나는 일어났다. 다시 표정 없는 얼굴로 나를 내려다보았다.

그 순간에 나는 그녀의 입맞춤이 죽음의 키스, 영원한 이별의 키스라는 걸 깨달았다.

"미나, 살고 싶다."

나는 돌아서려는 미나의 발목을 잡았다. 미나는 칼 끝으로 내 허벅지를 찔렀다.

나는 일어났다. 그리고 천천히 미나를 따라 걸었다. 철문을 나서 미나가 끄는 대로 걸었다. 어디서 생긴 힘인지 알 수가 없었다. 미나는 나를 담장 밑으로 잡아당겼다.

수채 구멍으로 기어 나온 나는 미나가 미는 대로 걸었다. 길가에 나를 세운 미나가 내 입술을 힘껏 빨았다.

"오빠, 날 잊지 마. 더 얘길 못하겠어. 여기 편지 넣어놓을게."

택시를 세운 미나가 소리쳤다.

"T병원으로, 빨리요. 사람이 기다릴 거예요."

나는 눈을 감고 가물거리는 소리를 들었다. 택시는 무섭게 흔들렸다.

국도를 쏜살같이 내달리는 택시 속에서 나는 무서운 결심을 했다.

목을 내놓더라도 좋다. 한판 붙자.

이것이 내 의지의 응집이었다. 운전사가 무슨 일이냐, 경찰에 신고하자, 그 여자는 누구냐고 계속 물었지만 나는 고통을 참느라 악만 썼다. 운전사는 혀를 끌끌 차며 뒷자석에 새우처럼 구부리고 있는 내 고통처럼 택시를 몰았다.

병원 입구에서 주임교수가 내 얼굴을 감싸 안았다. 초췌한 얼굴에서 연민의 정이 느껴졌다.

"이를 어째요, 정말 어쩐대요."

미나 어머니가 나를 부축하며 울부짖듯이 말했다.

"신고하지 못하도록 해주세요."

나는 운전사를 가리키며 기어들어가는 소리로 부탁했다.

"왜?"

주임교수가 반문하듯 물었다.

"신고하면 안 돼요. 해도 소용없어요. 챙피 당하기만 해요. 교수님 챙피만 당해요."

주임교수는 내 말뜻을 쉽게 알아들었다. 나는 무단 침입자이고 미나는 미친년으로, 주임교수는 형편없는 아버지로 그리고 정말 나는 가련하고 무모한 놈으로 전락할 수밖에 없었다.

병실로 통하는 복도에서 나는 응급실 쪽으로 실려갔다.

"안심해, 내가 최선을 다할 테니까. 걱정 말고 치료나 열심히 해."

주임교수는 믿는 것이 있었다. 병원의 원장이 주임교수의 친형이란 것 때문에, 그리고 현대의학의 힘을 과신하는 학자이기 때문에 내가 반쯤 부서져서 오더라도 원상태로 만들어놓을 자신이 있는 것 같았다.

"시골에 연락해 줄까?"

주임교수가 이렇게 말했다. 나는 고개를 저었다.

"그년이 그래도 연락을 해줬으니 망정이지……. 정말 큰일 날 뻔했어요."

미나 어머니는 울고 있었다.

"정말 연락 안 해도 돼?"

주임교수는 재차 물었다. 나는 고개를 또 흔들었다. 어머니가 쫓아 올라오면 앞뒤 사정쯤 가리지 않고 주임교수 멱살은 찢어지고 미나 어머니는 머리끄덩이가 성치도 못할 것이었다.

나는 그 순간에 다혜를 생각했다. 다혜를 부르고 싶었다. 그녀는 간호대학 출신이고 나를 사랑하고 있기 때문에 내 치료를 맡게 되면 가장 빨리 완치시킬 것 같았다.

그러나 나는 다혜를 부를 수 없었다. 비록 죽음이라는 공포

속에서지만 미나와의 뜨거운 입맞춤을 생각하면 다혜를 쳐다볼 것 같지 않았다.

우리가 입술이 마주쳤다는 걸 아는 사람은 없었다. 그러나 다혜 앞에서만은 들킬 것 같았다.

뜨거웠었다. 그렇게 뜨거운 입맞춤, 그렇게 끈끈하고 그렇게 흡인력 강한 충돌은 처음이었다.

어떻게 그리도 뜨거울 수 있을까? 입 안에 불을 감추고 있었을까. 미나의 육체가 타고 있었을까. 미나의 열정이 폭발한 걸까.

아무튼 풀 수 없는 숙제였다.

"미안해요. 정말 미안해요. 이걸 어떻게 다 말로 할 수 있겠어요."

미나 어머니는 아직도 울고 있었다. 나는 그녀의 고운 얼굴과 윤기 흐르는 입술과, 눈물 흘리는 모습을 보며 뭔지 모르지만 죄책감 같은 걸 느꼈다.

응급실에서 병실로 옮기며 나는 다시 한 번 천국직행교에 대한 복수를 계획했다.

이빨 세 개가 못 쓰게 되어버렸다. 왼손의 팔목뼈에 금이 가버렸다. 허벅지를 다섯 바늘이나 꿰맸다. 손가락 관절에 부목을 댔다. 무릎 관절이 조금 늘어났다.

이것이 내가 당한 구체적 증거였다. 물론 그때 당한 고통이나 몸 전체가 뒤틀릴 만큼의 통증을 뺀 것이었다.

"미나, 그년……. 그래도 자넬 구할 생각을 하고……. 어떻던 가, 자네 생각엔."

주임교수가 내 고통에 대한 위로만큼 미나에 대한 걱정을 하고 있었다.

"별로 말도 못 해보고 이 지경이 됐어요."

미나에 대해서 어느 얘기도 할 수가 없었다. 미나의 창녀 대역행위를 얘기할 수도 없었고 강경한 태도, 내게 보여준 뜨거운 입맞춤, 마지막의 살고 싶다는 얘기……. 어느 것도 얘기할 수 없었다. 내 머릿속에는 오로지 미나의 마지막 행동과 마지막 말만이 남아 있었다.

미나를 구해야 돼.

나는 복수와 미나의 구원을 동시에 해내야만 했다. 그러기 위해서는 치밀한 준비를 하고 완벽한 계획을 세워야 할 것 같았다.

나를 풀어준 것이 미나라는 게 탄로났을지도 모르는 일이었다. 만약 그렇게 되었다면 미나는 무슨 수모를 겪게 될지도 모른다.

그들 집단은 무슨 짓을 할지 모르는 무리들이었다. 그들의 힘은 무서운 것이었다. 죽음을 두려워하지 않는 정신은 물리적 힘으로 당할 수 없는 것이다.

내가 아무리 많은 인원, 솜씨가 탁월한 친구들을 데리고 가더라도 결과는 마찬가지일 것이다.

"다음에 가서 미나를 꼭 데려오겠습니다. 빨리 낫게만 만들어주세요."

"이 사람이 정신 못 차리고……."

"제발 빨리 낫게 해주세요."

"글쎄, 최선을 다하겠지만 아예 그놈들 근처엔 얼씬도 하지마."

"전 해낼 겁니다. 반드시 미나도 구할 겁니다. 빨리 낫게 해줘요."

정말 견딜 수 없이 답답했다. 움직일 수만 있으면 지금이라도 달려가서 나도 목숨을 걸고 한판 붙어보고 싶었다.

당하진 않을 것이다. 아까처럼 멍청하게 당하진 않을 것이다. 이번에는 기필코 본때를 보여줄 것이다.

"중간고사 끝났으니 망정이지, 큰일 치를 뻔했네. 축제다 뭐다 해서 며칠이야 괜찮겠지만……."

"걱정 마세요. 까짓 거 한 학기 더 다니면 그만이죠."

"이 사람이 큰일 날 소리 하네."

"걱정 마시라니까요. 그 새끼들 요절내기 전에는 졸업장이고 나발이고 다 필요 없어요."

나는 슬그머니 주변머리 없는 주임교수가 미웠다. 졸업장 걱정이나 하고 있는 그가 얄미웠던 것이다.

"그깟 일 잊어버리게. 그년 하나 버린 셈 치지, 뭐. 그러면 되는 걸 가지고 자네같이 훌륭한 청년이……."

"끝장 보지 않고 뭐러 삽니까. 사내새끼로 태어나서 하고 싶은 일마저 못하고 성질대로 못 살면 뭐러 삽니까."

주임교수는 씁쓸하게 웃었다. 그는 내 성깔을 알고 있었다. 그래서 내가 무슨 짓이고 할 수 있는 사내라는 것도 알고 있었다. 그는 그것이 두려웠던 것이다. 입으로는 그년이니 버린 자식이니 하지만 아직도 미나를 찾겠다는 욕심이 있었다. 그래서 내가 날뛰는 걸 막으려는 속셈이었다.

병실의 밤은 참으로 견딜 수 없었다. 고독이란 낱말에 대해 깨닫는 시간이었다. 또는 천국직행교를 때려 부술 온갖 계획이 떠올랐다. 그러나 역시 나를 지배하는 것은 내가 당한 수모에 대한 아픔이었다.

패배는 고통스러운 것이었다. 생각하는 사람으로서 치러내기 어려운 아픔이었다. 더구나 주먹 솜씨로 패배해 보지 않은 나로서 처음 겪은 처절한 참패였다. 주먹 한 번, 표창 한 개 제대로 써보지 못한 일방적인 패배였다.

칠 일째 되는 날 아침에 허벅지의 실밥을 뺐다.

그리고 나는 병원을 도망쳐 나왔다. 무릎이 시큰거리고 허벅지가 당겨드는 아픔을 참으며 길거리로 나섰다. 어디든 돌아다니지 않고는 견딜 수가 없었다. 내가 일주일 동안이나 침대에 누워 있었다는 건 마치 일주일 동안 내 생명을 반납했었다는 기분이 들었다.

청계천 시장으로 발길을 옮겼다.

일주일 동안 머릿속으로 세웠던 계획표대로 내가 필요한 물건을 사두고 싶었다. 성전과 성소, 그리고 성역과 독생성자, 나를 무자비하게 다룬 사내들과 그 광신도 무리에게 한꺼번에 치명적 참패를 안겨주고 싶었다. 그리고 가엾은 미나를 구해낼 계획이었다.

물건을 대충 고르고 나서 대충 메모를 해두었다. 당장 가진 돈이 없어서 살 수는 없었다.

공중전화통 앞에 서서 한참을 망설였다. 기억나는 얼굴들을 차례로 꼽아보았다. 모두 한가락씩 할 수 있는 애들이었지만 그렇게 많은 사람이 필요한 게 아니었다. 행자승 한 사람만 있으면 좋을 것 같았다. 그러나 그는 만날 수도 없고 이런 일을 보고 껄껄거리며 웃을 사람이었다. 나는 수양이 덜 되었는지 모르지만 껄껄 웃을 사내는 못 되었다.

나는 결국 혼자 해치우기로 마음을 다져먹었다. 솜씨 좋은 애들을 믿을 수 없어서가 아니라 그들 악다구니 같은 광신도들을 해치울 수 있는 것은 힘이 아니라 꾀에 있다고 생각했기 때문이다. 죽음을 두려워 않는 그들에게 무기나 솜씨는 아무짝에도 쓸데없는 것이었다.

"다혜 좀 바꿔주세요. 저 총찬입니다."

내 목소리를 듣고 다혜 어머니는 무척 반가워했다.

"며칠을 다혜가 연락하려고 찾던데. 어디 갔었나 보죠? 다혜, 병원에 취직했어요. 그래서 더 찾은 모양이던데. 전화번호

알려줄게 기다려요."

나는 씨익 웃었다. 결국 다혜는 내 말대로 병원으로 돌아간 것이었다. 그것은 다혜가 이미 미래를 설계했다는 반가운 결심인 것 같았다.

"마침 교수님이 가보라고 권하기도 했고……. 심심하기도 했을 거구……. 작은 병원이지만 대우도 괜찮은 모양예요."

다혜 어머니가 이런 설명까지 해주었다. 그래 그 사건 이후에 나는 신임 받는 사위 후보였다.

다혜는 화를 냈다. 나는 낄낄거리고 웃기만 했다.

"정말 그렇게 웃기만 할 거야?"

"간호원의 상상력이란 게 고작 그거니? 어디 여자를 꿰차고 도망이나 가는 사내처럼 보이니?"

"그럼 어째서 그렇게 감쪽같이 사라질 수 있어. 내가 취직문제 때문에 할 얘기가 있다고 했는데도, 연락도 못한다는 게 말이나 돼?"

"글쎄, 그럴 수밖에 없었어. 나중에 자세하게 얘기할게."

"유치장에 갔었지? 그렇지?"

"넌 어째서 내가 안 보이면 유치장 속에서 썩었다고 생각하니. 여자 데리고 팔자 좋게 놀러 다닌 거라고 생각하는 건 아니겠지."

"아무리 그래도 나 지금은 나갈 수 없어. 오늘은 당번이라 꼼짝 못해. 내일은 일찍 나갈 수 있지만."

"나, 느네 병원에 입원해 버릴까 생각 중인데."

"어쭈, 그래 놓고 시골에 있는 엄마 불러다가 공작하겠다 이거지."

"그게 아니고 내가 입원할 일이 생겼어."

"목소리 들어보니까 팔팔한데 뭘."

"간호원은 목소리 듣고 진찰까지 할 수 있는 거니?"

"괜히 어디 가서 재미보구 미안하니까 그러는 거지? 괜찮아, 나두 재미있는 일 많으니까."

"차암, 이러지 말자. 진짜 환자라니까그래. 정말이야."

나는 공중전화통에다 10원짜리 동전 여섯 개를 먹여가면서 상황설명을 해주었다.

"그렇다면 큰 병원에 있는 게 좋아. 여긴 말이 병원이지 개인 병원이나 마찬가지야."

"그래도 네 곁에 있고 싶다."

"그런 걸 보구 꼴값한다고 그러는 거야. 원숭이도 나무에서 떨어질 때가 있는 거야. 내가 언젠가는 그런 꼴 볼 줄 알았지. 제발 정신 좀 차려."

"걱정 마. 너 과부 만들지 않을 테니까."

"누가 시집간대?"

"김칫국 마시는 것도 괜찮잖아."

우리는 이튿날 만나기로 하고 전화를 끊었다. 목소리라도 듣고 나니까 마음이 좀 가라앉는 것 같았다. 병실에서도 수없이 전화를 걸어볼까 망설였다. 내가 당한 꼴을 다혜에게만은 알려주고 싶지 않았기 때문이었다. 그러나 나는 다혜에게 털어놓을 수밖에 없었다. 그것이 그녀를 사랑한다는 증표인지도 모르겠다.

나는 서너 시간 동안 길거리를 헤메다가 병원으로 다시 돌아갔다. 병원으로 돌아가겠다는 것이 다혜와의 약속이었다. 병원에는 주임교수가 걱정스러운 표정으로 지키고 앉아 있었다.

"죄송합니다. 하도 답답해서 바람 좀 쏘이고 왔습니다."

"이 사람아, 정신 차리게. 빨리 나아야지, 어쩌려고 이러나. 그러다가 정말 졸업 못해."

어이가 없는지 주임교수는 혀를 찼다. 간호원의 입이 툭 삐져 나와 있었다. 나를 담당해 온 간호원이 원장에게 심한 꾸지람을 들은 모양이었다.

"다시는 도망치지 않을 테니까 안심하세요. 대신 하루라도 빨리 나가게 해주세요. 이거 견딜 수가 없어요."

"내가 약속함세. 손목하고 무릎만 어느 정도 치료되면 통원하며 할 수 있으니까. 앞으로 일주일 정도만 참아보게. 알았나?"

나는 그러겠다고 약속했다. 일주일쯤은 참아보는 게 현명하다는 걸 알았다. 다혜의 의학지식에 내가 굴복하기로 이미 작정한 뒤였다.

다혜는 이틀에 한 번씩 들렀다. 우리는 침대 위에 걸터앉아서 서로 사랑하는 걸 확인하곤 했다.

그것은 입맞춤이었다.

나는 몇 번이고 미나와의 입맞춤을 고백하려고 했다. 다혜가 없는 시간에 나는 고백하리라고 결심했지만 다혜가 나타나기만 하면 고백은 감추어졌다. 차마 그것만은 고백할 수가 없었다.

내 몽롱한 의식, 완전히 탈진된 상태에서 힘을 불어넣어준 입맞춤이었다. 미나의 입맞춤은 나를 살려 보낸 입맞춤이었다. 그것은 다혜와의 입맞춤처럼 사랑을 확인하는 것이 아니었다.

어쩌면 미나의 입맞춤은 내 생명을 되돌려주는 입맞춤이었는지 모른다.

종합검사를 끝낸 원장은 2, 3일에 한 번씩 통원치료를 꼭 하겠다는 약속 아래 나를 퇴원시켜 주었다.

"이빨은 내가 시키는 대로 오늘 당장 가서 빼도록 해요. 얘기 다 해놨으니까 이빨 해 넣을 때까지 의사가 시키는 대로 해요."

나는 원장이 소개해 준 치과에 가서 이빨 세 대를 뽑았다.

"이빨을 뭐하려고요?"

내가 빼낸 이빨을 싸달라고 조르자 치과의사는 의아스러운 듯이 물었다.

"그냥 꼭 갖고 싶어요."

의사는 이빨을 탈지면으로 싸 주면서 괴이하게 웃었다.

내 마음을 알 턱이 없지. 이놈의 이빨을 책상 앞에 걸어놓고 복수가 끝날 때까지 지켜볼 테다. 복수가 끝나면 나는 우리 어머니가 하듯 이빨을 지붕에다 던질 테다.

젖니가 빠지면 어머니는 그것을 늘 지붕에 던졌다. 새로 나오는 이빨이 그래야만 정상적으로 예쁘게 난다는 것이었다. 나는 어김없이 젖니가 빠지면 지붕에 던졌다. 어머니처럼 지붕에다 대고 꾸벅꾸벅 절을 했다.

이빨이 새로 나올 리는 없지만 나는 지붕에다 던질 생각이었다. 그래서 잃어버린 이빨, 치욕의 이빨을 젖니처럼 지붕에다 살게 할 것이다.

나중에 내 새끼의 이빨도 그렇게 할 것이고 손자놈도 그렇게 할 것이다. 그래서 내 이빨이 왜 가짜인지 옛날 얘기처럼 해줄 셈이다.

다혜는 바람 새는 소리가 나는 내 말투를 교정해 주며 다시는 나와 입을 맞추지 않겠다고 했다. 핏자국이 남아 있는 험상궂은 이빨 뺀 자국을 본 것이었다.

"나 병원 그만둘까 봐."

"그게 무슨 소리야?"

"내키질 않아. 첫 월급 타면 그만둘까 그러는데."

"헛소리 작작해. 사는 게 장난하는 건 줄 알아. 배부르니까 뵈는 게 없는 모양이지?"

"누가 배불러서 그런다나 뭐. 그냥 다니기 싫으니까 그러지. 다른 병원으로 옮기려고 그런다니까그래."

"뭐가 어때서 그러는 거야. 정말 그런 식으로 살 거야."

나는 은근히 부아가 돋았다. 별로 유복하지도 못한 초등학교 교장 선생의 딸치곤 너무 배부른 흥정을 하며 사는 것 같았다.

"그게 아냐……. 화내지 않는다고 약속하면 얘기해 줄게."

나는 할 수 없이 다혜에게 무슨 일이 있더라도 화내거나 솜씨를 보이려고 안달하지 않겠다고 손가락을 걸어주었다.

"사실은 말야, 우리 원장 선생의 손버릇이 나쁜가 봐. 겉으로 보기엔 점잖고 신사 같은데……. 간호원들한테 자꾸 손대나 봐."

"다혜한테도 수작 걸든?"

"그렇다고 봐야겠지, 뭐. 좌우간 수상쩍어. 부인도 의사인데 무척 속 썩는 모양야. 어찌나 나를 경계하는지 불편해서 못 견디겠어."

다혜는 배부른 탓으로 병원을 나오려는 게 아니었다.

"죽일 놈, 그걸 그냥 뒀어? 눈깔을 빼버리지. 나와버려."

"월급은 받아야겠어."

다혜도 그냥 나오기는 억울한 것 같았다. 나는 고개를 끄덕여주었다.

그 괘씸한 친구를 어떻게 코필 터치나.

비밀

단전호흡과 한풀을 하기 위해 암자에 들어온 지 열이틀 만에 나는 비로소 건강을 되찾은 느낌을 받았다.

몸을 움직이는 게 전 같지 않았지만 단전호흡이 제대로 되고 운동신경이 예민해진 것 같았다. 무릎 관절이 늘어나서 발차기를 할 때 조심스러운 걸 빼면 육체적 기능은 원상태로 돌아온 것 같았다.

"새벽잠 깨우는 짓 좀 그만하세."

육순이 넘은 보살은 공양시간마다 내게 이런 꾸지람을 했다. 물론 그것은 미워서 하는 소리가 아니었다. 꼭두새벽부터 밤까지 운동을 하는 내가 행여 건강을 망칠까 싶어 그러는 것이었다.

심기가 불편할 때마다 신세를 지는 암자였다. 보살은 이십여 년을 암자에서 살고 있어서 그런지 너무도 곱게 늙어 마치 탄력 있는 사십 대 여인 같았다. 보살은 일 년에 한 번씩 찾아오는 나를 친자식처럼 아껴주곤 했다.

"뭐하려고 이번엔 그리 몸을 푸노."

전에 없이 운동을 해대는 내게 이렇게 물었다.

"뵈기 싫은 녀석들 싸그리 패대기치려고 그래요."

"아서, 아예 그런 생각 품지 마. 나 같은 할망구 좀 봐. 부처님 모시고 여기서 사니까 신간 편코, 늙지 않고, 얼마나 좋아. 세상 꼴보기 싫다고 흥분해 봐야 부처님 손바닥 안에서 벗어날 수 없는 거야."

청아한 목소리에 때 한 점 없는 인자한 마음씨였다.

"부처님이 손대기 전에 주물러줄 사람들이 있어요."

나는 그러면서 쉬지 않고 단련을 했다. 단전호흡이 마음대로 조정되기만 하면 육체적 치료도 쉽게 이룰 수 있었다.

아침 운동을 하고 들어와서 공양을 하려는데 바깥에서 인기척이 났다. 보살이 문을 열고는 웃었다.

"일찌감치도 올라오셨네."

등산객 차림의 사내 세 사람이 암자의 우물가에 앉아 물을 퍼 마시고 있었다.

"끓인 물도 있어요."

보살이 부엌을 가리키며 말했다.

"됐습니다. 더워 죽겠는걸요."

청바지 입은 사내가 꾸벅 인사를 하고 대꾸했다.

"어디까지 가실 참인데 이렇게 일찌감치 올라오셨나."

"어젯밤에 요 밑에서 잤어요."

"들어와 쉬었다 가시구려. 우린 이제 아침이라오."

"많이 먹고 푹 쉬었습니다. 이렇게 사시면 생전 늙지 않으시겠네요."

"늙지 않으려면 전부 산속에 들어가면 될 거라오. 젊은이들도 들어오면 지금부터 딱 늙지 않을 거라오."

"에헤……."

사내들은 웃었다. 며칠째 텐트 생활을 했는지 수염이 미울 만큼 솟아 있었다.

"거 신문 좀 볼까요."

내가 이렇게 말하자 빨간 모자 쓴 사내가 배낭에 아무렇게나 꽂아놓은 신문을 빼 주었다.

"볼 게 뭐 있어야지요."

"그래도 오랫동안 안 보니 궁금하네요."

이 암자에는 신문도 라디오도 없었다. 누가 신문을 배달해 줄 리도 없고 보살이 내려가 신문을 구해 올 리도 없었다.

보살은 세상 돌아가는 걸 알려고도 하지 않았다. 그래서 내가 올라올 때마다 라디오를 가져오는 것조차 싫어했다.

젊은이들은 물통에 물을 채우고 다시 산길로 올라섰다. 보살이 뛰어가 산나물 한 뭉치와 고추장 볶은 것을 건네주고 손을 흔들었다.

나는 신문을 펼쳐 들고 구겨진 곳을 펴가며 읽었다. 나흘 전 신문이었다. 나는 신문을 내려 읽어가다 말고 눈에 익은 활자를 발견했다.

T병원의 여의사 자살.

눈에 확 뜨이는 활자, T병원이란 다혜가 취직해서 첫 월급을 받는 대로 그만두겠다던 병원이었다.

T병원 원장과 여의사는 부부였다. 원장이란 친구가 손버릇 나쁘다는 건 알고 있었다.

신문 기사대로라면 여의사는 의료사고 때문에 피해자에게 시달리고 있다가 견디지 못하고 자살했다는 것이었다.

피해자 가족이 법정투쟁으로 밀고 나온다고 해서 자살할 수 있을까?

나는 갑자기 다혜의 거취와 함께 의구심이 솟구치기 시작했다.

벌써 며칠 전의 사건진상이었다. 병원이 그 지경이 되었다면 첫 월급을 받겠다던 다혜의 고집도 무산되었을 것 같았다.

"참하게 있는가 싶더니 무슨 바람이 불어서 그렇게 서두르나?"

보살은 내 갑작스런 하산에 이렇게 말했다. 보살은 말리지도 붙잡지도 않았다. 그것이 그녀가 내게 보이는 최선의 위로인 것이었다. 그녀는 늘상 그랬다. 내가 하고 싶은 대로 내버려두었다. 그녀는 모든 일에 달관한 것처럼 언제나 내가 하고 싶은 대로 내버려두었다.

"내려가겠습니다. 내년에 또 올게요."

"그러게. 이담엔 색시두 델구 오게나. 이 할미 몰래 장가갔다 간 큰일 날 테니 그리 알고."

나는 인사를 하고 지름길로 발길을 잡았다. 마음이 급해서 돌아갈 생각이 나지 않았다. 빨리 내려가서 다혜를 만나야만 마음이 가라앉을 것 같았다.

다혜는 마침 병원에 있었다. 전화로는 자세한 얘기를 할 수가 없다면서 병원 근처에 와서 다시 연락해 달라고 했다. 나는 병원으로 가면서 다혜가 병원을 떠나지 않은 이유를 곰곰 생각해 보았다.

아무리 생각해도 이해할 수 없었다. 그런 손버릇 나쁜 원장 밑에서 참고 견딜 이유가 없었다.

혹시······. 혹시······.

의문의 물방울이 가슴에 자꾸 떨어지고 있었다. 손버릇 나쁜 원장이 무슨 짓을 했을지도 모른다는 생각도 들었다. 언젠가 읽은 책에서 못된 의사가 마취제로 간호원을 사냥한다는 얘기를 나는 왜 이럴 때 기억해야 하는지.

다혜가 천천히 걸어왔다. 수심에 찬 얼굴, 뭔가 괴로운 표정,

늘 명랑하던 웃음기를 잃은 모습이었다.

"별일 없었니?"

"별일 있기를 바라는 거야?"

"왜 여태 이따위 병원에 남아 있는 거야? 도대체 뭣 때문에……."

"……."

"말해 봐. 뭣 때문에 있는 거야? 내가 그만두라고 그랬잖아."

"누가 그걸 몰라. 나갈 수가 없으니까 그렇지."

투정조였다. 뭔가 지쳐 있는 모습이었다.

"왜 못 나와. 뭐가 아쉬워서."

"나도 미치겠어. 무섭기도 하구. 그런데 못 나가게 하니까 그렇지. 수사가 종결될 때까진 못 나간다는 거야."

"수사? 자살이래며 무슨……."

"자살이든 타살이든 사람이 죽었는데, 지금 그만뒀다간 괜히 오해받아. 그렇잖아도 매일 조사받는데."

"조사를 받는다……."

나는 왜 미처 그 생각을 못 했는지 모른다. 다혜의 일만 몰두하느라고 그런 것 같았다.

"병원 사람 모두 조사 받아. 병원은 텅텅 비었지만 우린 매일 조사가 끝날 때까지 있어야 된대."

"원장 그 친구는 어때? 울어?"

"마누라가 죽었는데 안 울어?"

"새장가 갈 것이 기뻐서 화장실 들어가 키득키득 웃는 거 아냐?"

"내가 화장실에 따라 들어가보지 않아서 알 재간이 없지."

"졌다, 졌어."

우리는 다방 귀퉁이에 앉아서 원장에 대한 손버릇 얘기를 하고 있었다. 다혜는 조금씩 평정을 되찾는 것 같았다.

"확실히 자살한 거니? 혹시 원장이 그 더러운 손버릇을 위해 어떻게 한 거 아닐까."

"아냐, 자살은 확실해."

"신문에 난 걸로 봐서 유서가 있다고 하지만……. 어쩐지……. 괜히 믿어지지 않아. 뭔가 흑막이 있을 것만 같아."

"나도 유설 보진 못했어. 그러니까 그런 줄 아는 거지. 선생님은 언제나 죽고 싶다고 했었어."

"피해자 가족이 그렇게 괴롭혔니?"

"응, 나래두 안 괴롭히겠어? 부인이 죽었는데 어떤 사내가 그냥 있으려고 하겠어."

"그러나 그건 일단락 지은 거래잖아."

"법적으로야 일단락됐지만……. 남편이 자꾸 돈을 요구했나 봐."

"얼마나 요구했는데."

"자식 데리고 살 만큼 달랬다니까 얼만지는 몰라. 선생님이 그것 때문에 꽤 신경을 쓰기는 했어."

"그렇다고 자살해? 차암, 인간의 생명을 지키겠다는 의사가 그까짓 돈 몇 푼 때문에 자살해? 말도 안 돼."

"우리도 그 점이 석연치 않은 거야. 그만한 돈도 있고, 자식도 훌륭하게 크고 있고, 병원도 번창하고 있었으니까."

"그런데 어째서 자살했을까? 아무래도 무슨 사연이 있지 않겠니."

"내가 그걸 알면 여태 왜 있어. 나도 갑갑해 미치겠어. 어서 끝나고 나가야지 못 견디겠어."

"우리가 이렇게 만나고 있는 걸 알면 나도 혹시 조사대상이 되는 거 아닐까?"

"그럴지도 몰라. 수사관들은 별걸 다 꼬치꼬치 캐물으니까."

남을 헐뜯는다는 것은 확실히 기분 좋은 일이었다. 다혜와 나는 한 시간 가깝게 원장과 자살한 여자를 집중적으로 헐뜯었다.

사람의 생명을 존중해야 할 의사의 죽음과 인간의 육체적 고통을 덜어줘야 할 의사가 여인의 육체를 파괴하는 비리에 대해 온갖 상상력과 온갖 비난으로 헐뜯었다.

"자살은 확실해. 그러나 피해자 가족에게 시달려서 자살한 건 분명 아냐. 아마 원장의 손버릇 때문에 그랬을 거야."

다혜가 내린 최종 결론은 이랬다.

나도 동감이었다. 유서가 발견됐다지만 공개하지 않은 점, 여의사가 항상 남편 때문에 죽고 싶다고 말한 점, 여의사가 원장의 형편없이 기궁한 살림을 뒷바라지해서 의사를 만들었으며 생활이 윤택해지자 간호원을 손대면서 이혼을 요구한 점, T병원의 간호원을 지낸 여자들에게 목돈을 떼어 줘 딴살림을 차렸던 과거, 지금도 김 간호원과 비밀스런 관계를 맺고 있는 부도덕성 따위를 유추해 보면 단순한 피해자 가족의 협박 때문에 자살할 것 같지는 않았다.

"유서를 본 사람 얘기는 더 이상해. 유서가 채 말을 끝내지 않은 상태에서 끊어졌다는 거야. 아마 한두 장쯤 원장이 없앴을 것 같다는 거야. 발견된 유서에서 아마 피해자 가족에게 보상을 해주라는 얘기가 씌어 있었나 봐. 선생님은 평소에 늘 보상을 해주는 게 좋지 않겠느냐고 했고 원장은 한사코 반대를 했으니까."

"그것 봐. 보상을 해주자고 우긴 여자가 왜 자살을 해."

"글쎄 말야. 뭐가 뭔지 모르겠어."

우리는 나름대로 사건의 결말을 이렇게 내리고 헤어졌다. 더 있고 싶었지만 다혜의 입장을 난처하게 만들 수는 없었다. 괜히 의심을 받을지도 모르기 때문이었다.

다혜와 헤어진 지 꼭 하루 만에 사건은 종결되었고 다혜는 해방되었다.

"월급은 받았니?"

"월급 같은 소리 말아."

"내가 그만두랄 때 그만뒀으면 그 고생은 않잖아."

"더 고생했을 거야. 그만둔 사람들도 죄 불려다녔으니까."

그건 사실이었다. 수사관들이 보아도 여의사가 자살할 만한 석연한 이유가 발견되지 않았기 때문이다.

그날 신문에 여의사 자살사건은 단순한 피해자 가족의 협박 때문에 자살한 사건으로 기록되고 말았다.

"이거 괜히 피해자의 남편만 죽일 놈 된 거야."

다혜가 신문을 구겨 휴지통에 처박으며 흥분해서 한 말이었다.

"단언할 수 있니?"

"단언할 수 있어. 피해자 가족은 착한 사람들이야. 순박하고, 차라리 때 묻지 않았어. 그 사람들은 부인, 어머니, 여동생이 죽은 원인이 무엇인가를 구체적으로 알고 싶어 한 거야. 그리고 선생님 말처럼 마땅히 보상받아야 될 사람들야. 원장 그 새끼가 지독스런 노랑이라서 그런 것뿐야. 단 한 푼도 안 주고, 장례비마저 안 주고 교묘하게 법망을 피해 다니며…… 죽은 선생님만 불쌍해."

다혜는 몹시 흥분하고 있었다.

"왜 이럴 땐 흥분하지 않는 거야."

다혜가 내게 투정을 부렸다.

"내가 뭘 어떻게 할 수 있겠어."

"그렇구. 자신의 이익과 직결된 문제만 악다구니 쓰고…… 그게 정의감대로 사는 거야? 그게 총찬이의 정의감야? 그리고 그게 진실인 거야?"

"⋯⋯."

너무 갑작스런 공격이어서 대꾸할 말이 없었다.

"총찬이는 지금 그 천국직행교인가 하는 데 때려 부술 궁리만 하고 있지? 난 차라리 그따위보다는 이런 일을 더 까부숴야 된다고 생각해. 오히려 이 일에 더 흥분해야 마땅해."

나는 눈을 감았다. 그리고 다시 다혜를 쳐다보았다. 보통 여자였다.

부끄러웠다.

"좋아, 이거 먼저 해볼게."

"정말야?"

"그래 정말야. 해낼 거야. 다혜가 옆에 있는 한 말야."

나는 그 길로 다혜가 일러준 피해자 가족을 만나러 갔다.

전철을 타고 내려가면서 잠깐이지만 다혜에게 의혹의 마음을 가졌던 게 부끄러웠다. 귀엽고 예쁜 보통 여자의 모습이었지만 그 가슴속에 있는 정의감은 오히려 나보다 커 보였다. 내가 우쭐거리며 해치운 일들이란 실상 내 이익, 내 위안거리에 지나지 않았는지도 모른다.

"계세요, 주인 계세요."

대문을 두드려도 인기척이 없었다. 분명히 사람이 있을 것 같았는데도 대꾸가 없었다.

"서울서 왔습니다. 문 좀 열어주세요."

내 목소리가 컸다. 방문이 빼꼼히 열렸다. 마흔 살이 넘어 보이는 사내가 방 문턱에서 왜 그러냐고 퉁명스럽게 물었다. 색 바랜 티셔츠 차림이었는데 첫눈에도 피해자 가족이란 걸 짐작할 수 있었다.

"서울서 왔습니다. 억울한 사연을 알고 온 사람입니다. 도와 드리러 온 거예요."

사내는 엉거주춤 일어나 아직도 의심에 찬 눈으로 문을 열어 주었다.

"전 학생입니다. 그러나 아저씨께서 최근에 당한 억울한 사정을 알고 참을 수 없어서 왔습니다. 부인께서 어떻게 돌아가셨으며 보상은 어떻게 받으셨는지, 또 다른 얘기가 있는지 상세히 말씀해 주세요."

나는 여기까지 오게 된 사연을 모두 털어놓았다. 그제서야 사내는 글썽거리는 눈물을 닦으며 입을 열었다.

"글쎄, 나도 잘 모르겠습니다. 이게 어찌 된 심판인지. 멀쩡한 마누라 잃고 우리만 숭한 놈 돼버렸으니……."

한숨을 몰아쉰 사내는 아랫목에 누워 있는 애들을 가리키며 말을 이었다.

"저 어린 새끼덜하고 살 일이 깜깜합니다. 하느님이 원망스럽기만 하네요."

박명근(朴明根). 마흔다섯 살. 비료대금 내기에도 벅찬 농사꾼. 갑작스럽게 복통을 일으켜 뒹구는 마누라를 들쳐 업고 T병원에 갔다가 홀아비가 되어 나온 사내. 마누라가 왜 죽었는지 확인하러 가봤지만 복잡한 병명, 외지도 못하는 영어로 된 병명과 치료비 청구서만 받아가지고 나온 사내.

마누라를 뒷산에 묻고 돌아서자 동네 사람들이 생목숨 잡아간 원수에게 가서 목숨 값이라도 받으라고 해서 찾아갔다가 욕만 먹고 돌아온 촌사람이었다.

박 씨는 동네 이장의 주선으로 T병원을 걸어 문제를 일으켰지만 오진이나 의료사고가 아닌, 무식하게도 병원에 늦게 데리고 간 형편없는 사내로 전락하고 말았다.

"어린 새끼들하고……. 팔팔하던 마누라 생각만 하면 가슴앓이가 도지고 벌렁벌렁 뛰고, 보리죽이라도 끓여 대던 여편네 생각만 하면 의사를 쥑이고도 싶고 그런데요. 애들은 엄마 찾아내라고 떼쓰고, 동네 사람들은 숭한 병신이라고 놀려대고, 무당은 의사가 잡아갔다고 그러데요. 아무리 생각해도 마누라는 주사 잘못 놔서 죽은 것만 같고……. 꿈에 나타나서 마누라도 그러데요. 의사가 날 잡아먹었는데 병신처럼 쭈그리고 있느냐고 악을 쓰데요. 그래서 너댓 번 찾아가서 생전에 고생시킨 마누라 비석 값이라도 내라고 땡깡 좀 놨지요. 여자는 주겠다고 내일 오라고 하고 남자는 이튿날 가보면 펄펄 뛰며 공갈죄로 감옥에 넣겠다고 악쓰고……. 나도 오기가 나데요. 그래서 쫓아댕겼지요. 그런데 느닷없이 그 순한 여자가 나 때문에 죽었다고 하데요. 하이고, 이눔이 마누라 쥑인 것만도 미치겠고 환장하겠는데……. 난 쥑일 놈이지요. 그나저나 이제 뭣에 쓰나요. 죽은 사람만 억울하지요. 이눔의 팔자가 어찌 되려고 이러는지…….

박 씨는 꽁초를 끝까지 피우고 아랫목에 누워 있는 애들을 처량하게 바라보았다.

"난 그 여의사를 괴롭힌 적이 없어요. 정말 억울해요. 사람들이 나보고 모진 놈이라고 손가락질하는 게 젤 못 견디는 일이죠."

못된 원장의 병원에서 아내를 잃은 박 씨의 힘줄 솟은 손등에는 굳은살이 역력히 드러났다. 마디마디에 굳은살이 박혀 농사꾼이라는 걸 대번에 알 수 있었다.

"잘은 모르것습니다만, 사람들은 그런대요. 남편이란 작자가 바람을 너무 피워서 여의사가 자살한 거라구요."

"그럴 리가 있겠어요."

내가 은근하게 떠보기 위해 이렇게 말했다.

"그야, 머. 그런 얘기가 있다는 것이지요."

"떠도는 말처럼 괴롭혔다고 생각하진 않으세요?"

"차암……."

그는 혀끝이 아린지 혀를 차더니 이내 담배를 빼 물었다.

"하느님이 알 거구만……."

"그럼 왜 그런 소리가 들려요."

"내가 쥑일 놈이지, 하느님이 무심합니다. 무심해요."

그는 더 말을 하지 않으려고 했다. 나는 한참 동안 내가 이

곳에 오게 된 동기를 얘기해 주었다. 그는 그래도 나를 경계하는 눈치였다.

나는 문을 열고 나왔다. 그는 엉거주춤 일어나 내 손을 잡았다.

"고맙습니다."

손마디에 못이 박혀서 우악스러웠다. 찡하게 감전되는 느낌을 받았다. 모를 일이었다. 하느님은 알고 있을까?

나는 박 씨 집을 나와 골목길에 서서 욕지거리를 했다. 누구한테 한 것인지 모른다. 나 자신에게 한 것이기도 했고 그 의사한테 한 것이기도 했고 하느님과 세상에게 한 것이기도 했다.

아니, 어쩌면 꿀 먹은 벙어리처럼 살아가는 박 씨에게 한 것인지 모른다.

하느님, 우리 말 좀 해봐요. 탁 까놓고 얘기 좀 합시다.

박 씨가 가엾지도 않은가요? 그의 말처럼 생때같은 마누라 잃은 것만도 억울한 판에 여의사 죽인 포악한 사내로 꼭 전락해야만 할 전생의 죄라도 있는 겁니까.

가난하고 그래서 못 배웠다는 게 정말 죄가 되는 겁니까?

당신은 그랬죠. 부자가 천당 가는 것은 낙타가 바늘구멍 지나가는 것보다도 어렵다구요. 잠언에 그렇게 씌어 있잖아요.

낙타가 무슨 재주로 바늘귀를 지나갈 수 있단 말입니까. 낙타가 아니라 혹시 밧줄을 잘못 표기한 건 아닐까요. 희랍어론

338

낙타(cameros)와 밧줄(camiros)은 이(e)와 아이(i) 차이뿐이니까요.

어쨌든 그런 거야 하느님 잘못이 아니니까 내가 상관할 바는 아닙니다.

하느님, 제발 공평하게 해주쇼. 나 같은 놈도 하느님 좀 믿게 해주쇼.

병원 문은 굳게 잠겨 있었다. 나는 다혜가 일러준 대로 송(宋) 간호원을 찾아 나섰다. 송 간호원은 정규대학 출신의 간호원이 아니라 여학교를 졸업하고 보조원 노릇을 했던 여자였다. 그녀가 어떻게 해서 자격증 없이 간호보조원 노릇을 했는지는 알 수 없었지만 몇 번인가 낙태수술을 받은, 원장 선생의 직접 집도로 낙태를 하고도 계속 근무해 온 여자라고 했다.

그녀가 간호원 노릇을 할 수 있었던 것은 순전히 원장 선생의 비위를 맞출 수 있었기 때문이란 얘기도 들었다. 그녀는 실제로 다혜에게 고민 상담을 한 적이 있었다. 한 이태 동안 처녀다움을 발라먹은 원장은 송 간호원에게 은근히 나가줄 것을 요구했다고 한다. 송 간호원은 밥줄을 잃어버려서는 안 되는 여자였다. 자격증 없이 간호원이란 칭호를 받을 수 있는 곳은 이 병원뿐이었다. 그녀가 이 병원을 나서면 그때부터는 단순히 직장 잃은 여자일 뿐 아니라 아리따운 처녀까지 뜯어먹힌 여자, 여러 차례의 낙태수술로 망가진 몸, 농락을 너무 일찍 경험한 여자, 싱싱한 젊은 사내를 사랑하기엔 너무나 많은 쾌락을 아는 여자가 되는 것이다.

송 간호원은 슈퍼마켓 경리사원 일을 보고 있었다. 전혀 어울릴 것 같지 않았는데 계산대 앞에 앉아 있는 모습이 그렇게 어울릴 수 없었다.

처음에 내가 불러내자 그녀는 나를 형사나 되는 줄 알고 몹시 두려워했다.

"그런 걸 왜 꼬치꼬치 캐묻죠?"

내가 형사가 아니라는 걸 안 그는 퍽 거만한 태도를 보였다.

"나쁜 사내를 혼꾸멍내줄 필요가 있는 거 아닙니까."

"원장 선생님이 왜 나빠요."

"손버릇도 나쁘고 멀쩡한 사람을 제 마누라 죽인 사람으로 몰아붙였으니까 나쁘죠."

"그런 말이 어디 있어요. 점잖은 원장 선생님인데……. 그런 말 누구한테 들었어요?"

목소리에 힘이 들어 있었다.

"좋아요. 그거야 미스 송 생각대로라고 쳐요. 내가 알고 싶은 것은 최근에 원장 선생이 누구랑 어디서 살림을 몰래 차렸으며 간호원 중에서 누굴 손대고 있었는지 그것만 얘기해 주면 돼요. 알겠어요?"

"뭐라구요? 이 사람이 보자 보자 하니까."

말꼬리가 심상치 않게 올라갔다.

"조용조용합시다."

"조용이고 뭐고 사람 뭘루 보고 이래요? 원장 선생님은 소문처럼 그런 사람이 아녜요. 설사 그렇다 쳐도 내가 그런 걸 어떻게 알아요."

조용조용하자는 내 뼈 있는 말에 가슴이 찔리는지 그녀는 이렇게 대했다.

"다 알고 왔어요. 솔직하게 얘기해서 억울하게 누명 쓴 사람을 구해주는 게 좋을 거예요."

"이 사람이……. 댁은 누구예요? 공갈치는 거예요? 경찰을 부르겠어요."

방귀 뀐 놈이 먼저 성질 낸다더니 이 여자가 그런 것 같았다.

"불러주쇼. 그러면 얘기가 더 쉽겠구만. 아가씨를 취직시켜준 원장 선생께서 그동안 아가씨하고 어떻게 놀아났는지 죄까발려주고 싶으니까요. 어서 부르쇼."

나는 그녀에게 공중전화통을 가리켰다. 그녀는 멈칫거렸다. 그리고 고개를 더 빳빳하게 세우고 말했다.

"후회하지 마세요. 그런 터무니없는 짓으로 돈 뜯어가려는 걸 모를 줄 아세요. 그렇게 자신 있으면 여기 꼼짝 말고 기다려요. 신고해 줄 테니까요."

그녀는 성큼성큼 공중전화통으로 갔다. 나는 가슴이 섬뜩했다. 내가 잘못짚고 넘어가는 것인지 모를 일이었다. 그녀가 너무 대범하게 나가니까 다혜가 뭔가 잘못 일러준 것 같은 생각도 들었다. 그러나 여기서 물러설 수는 없었다. 내가 잘못짚은 거라면 조금 뒤에 삼십육계를 놓으면 그만이니까.

촉각을 곤두세워 그녀가 어디에 전화를 걸어 무슨 소리를 하는지 들어보려고 했지만 워낙 낮은 소리로 지껄이고 있어서 들을 수가 없었다.

한참 만에 그녀는 돌아섰다. 나는 윙크를 보내며 웃었다. 전화를 더 걸어보라는 시늉을 지어 보였다.

그녀는 돌아섰다. 그리고 힘 빠진 걸음걸이로 내게 왔다.

"좀 빨리 오라고 그러죠. 눈썹을 휘날리며, 발이 안 보이게, 발바닥에 불이 나도록 뛰어오라고 그랬겠죠."

내가 이기죽거리자 그녀는 털썩 주저앉아 얼굴을 감쌌다. 얄미운 대로 하자면 한 대 갈겨주고 싶었다. 여자의 그 자존심, 죽을 때까지 버티려는 자존심을 모르는 것은 아니지만 이 여자는 가엾게도 나한테 걸린 것이었다.

"난 알고 왔어요. 털어놔요."

"난 아무것도 몰라요. 괴롭히지 마세요. 생사람 잡지 말란 말예요."

"정말 끝까지 이런 식으로 나올 참입니까? 정 그렇다면 어디 견디나 해봅시다. 아가씨 직장이고 집안이고 확 불어버릴 테니까."

나는 일어섰다. 그녀는 붙잡지 않았다. 그러나 나는 주저앉을 수는 없었다. 그녀가 뒤따라 나와 붙잡기만 기다릴 수밖에 없었다.

계단을 하나씩 세며 내려갔다. 다섯 계단째 내려서는 순간 그녀는 나를 불렀다.

"약속할 수 있어요? 나한테 들었다는 말 않겠다고."

"아까도 얘기했잖아요. 절대로 아가씨에게 피해를 끼치지 않을 거라고."

그녀는 천천히 계단을 내려왔다. 난감한 표정을 감추지 못하고 땅바닥에 시선을 두고 걸었다.

"그 여자, 지금 아담이란 살롱을 하고 있어요. 정말 내가 얘기했단 말 하면 안 돼요."

"난 약속 지키는 사람이오. 간호원은 누굴 손댔죠?"

"정말 비밀 지켜주는 거죠?"

"아가씨, 정말 이럴 거요."

나는 소리를 질렀다. 나를 너무 못 믿는 것이 불쾌했기 때문이었다.

"임 간호원요."

"지금 어디 있어요?"

"시집갔어요."

"잘 살아요?"

"그런가 봐요."

"아가씬 어쩌다가 당했죠?"

"……."

그녀는 눈을 동그랗게 떴다가 이내 고개를 숙였다.

"더 안 물을게요. 어쩌다가 당했는지만 얘기해 줘요. 부끄러울 거 없어요."

"꼭…… 얘길…… 해야……."

그녀는 더듬거리기 시작했다.

"얘기해요. 꼭 해야 해요. 간단하게 얘기해요. 한마디로 말예요."

그녀의 얼굴이 붉어졌다. 그리고 입을 실룩거렸다.

"마취주사……. 어쩔 수 없었어요. 언니들도 그렇게 됐었대요."

그녀는 내가 미처 말도 꺼내기 전에 골목길로 달아나버렸다.

'복수해 줄게.'

나는 속으로 이렇게 말했다. 스물한 살짜리 처녀가 지난 이태 동안 당한 고통을 나는 짊어지고 걸었다. 어깨가 무거워졌다. 원장 녀석을 어떻게 갈아 마셔야 시원할지 모르겠다. 성질 같으면 당장 쫓아가 목을 풍뎅이처럼 비틀어놓고 싶었다.

벼락 맞아 뒈질 놈.

열아홉 살짜리를 데려다가 마취주사를 찔러놓고 욕심을 채우다니. 그런 꼴 보기 싫어 유서 써놓고 자살한 마누라의 죽음을 엉뚱하게 다른 사람에게 책임을 돌리고 저는 감쪽같이 죄를 벗어버리다니. 그것도 유서를 뒷부분만 남기고 없애버렸을 것 같았다. 그래서 누가 보아도 피해자 가족의 등쌀에 자살한 것처럼 조작했을 것 같았다.

나는 어두워질 때까지 기다렸다. 밝은 낮에 아담 살롱으로 쳐들어가봤자 만날 수도 없을 것 같았다.

밤늦게 나는 아담 살롱으로 들어갔다. 가운데 홀을 통과하여 계산대 옆을 지나자 안채와 연결된 복도가 나섰다. 복도 끝에는 작은 문이 있고 그 위에 비상구라는 푯말이 붙어 있었다.

방문 앞에 섰다. 심호흡을 하고 방문을 불쑥 열었다.

"누구요?"

제법 우람한 목소리였다. 잠옷 차림의 마담이 소리 지를 자세를 취했다.

"떠들면 혼나. 가만히 앉아 있어."

내 우람한 주먹이 붉은 등에 반사되어 벌겋게 빛나고 있었다.

"달라는 거 다 줄 테니 해치지 마소."

사내는 조금 대담했다.

"당신이 의사 선생인가?"

사내는 고개를 끄덕였다.

"옷을 입으시지그래."

사내는 허겁지겁 바지를 꿰어 입었다.

"마담도 옷을 입으쇼."

두 사람은 운동회에 나간 선수처럼 옷을 입었다.

"묻는 말에 군소리 말고 정확하게 대답하시는 게 만수무강에 좋을 거요. 허튼짓 했다간 염라대왕 면회하게 되니까."

"누구시오. 대체 누군데 이러시오."

"보면 몰라?"

"그, 글쎄요."

사내는 여유 있는 척하려고 몹시 애쓰고 있었다.

"저승사자란 말 들어봤소? 더러운 새끼들 씨 말리러 온 저승 사자."

"왜 이러시는 거요. 뭘 원하는지 말을 해요. 다 들어준다고 했잖아요."

"너 돈을 얼마쯤 낼 수 있어. 살려준다면 말야."

"돈요. 있는 거 다 드리리다."

"얼마나 되는데."

사내는 잠깐 생각하는 시늉을 하고는 마담에게 물었다.

"얼마나 있어?"

마담은 턱을 덜덜거리며 떨었다. 그리고 작은 소리로 말했다.

"삼백만 원쯤 있을 거예요."

"현금야?"

"예 그래요. 그것밖에 없어요."

"이것들이 누굴 강도로 아나……. 니들 목숨값이 겨우 삼백 밖에 안 돼? 내가 삼백만 원 줄 테니까 죽어줄 수 있겠구만."

그들은 주춤 물러났다.

"수표하고 통장이 있어요."

마담이 재빨리 대꾸했다. 나는 마담의 턱밑에 주먹을 댔다.

"얼마나 돼?"

"오천만 원이 좀 넘어요."

"무슨 돈이 그렇게 많아."

"땅 판 거요."

사내가 볼멘소리로 대꾸했다.

"왜 땅을 팔았어?"

"……."

사내는 말 없이 나만 쳐다보았다.

"왜 팔았냐니까."

주먹이 사내의 목을 겨냥했다. 목의 힘줄기 솟은 사내가 힘 없이 대꾸했다.

"그냥……."

"어디로 이사가려구 그랬지?"

사내는 고개를 끄덕였다. 나는 발길로 사내를 걷어찼다. 이불 위로 발랑 자빠졌다. 마담이 벽에 붙어서 오들오들 떨었다.

"이 살롱 누가 차려줬어. 어서 말해."

"저, 저분이……."

"언제부터 이 짓거리 했어?"

"한 일 년 됐어요. 그렇죠?"

마담이 사내에게 반문하듯 물었다. 사내가 허리를 펴고 고개를 끄덕거렸다.

"니 마누라가 왜 자살했지?"

"피해자 가족들 때문에 고민하다가……."

"바른대로 얘기 못해!"

"사실입니다. 신문에도 났잖습니까."

"그래, 그럼 유서는 어쨌어."

"집에 있습니다."

"그거 말고 유서 앞부분 말야."

"한 장밖에 없어요."

"이게 혼나고 싶어서."

사내는 그 자리에서 서너 차례 이불 위로 나뒹굴었다. 숨을 제대로 쉬지 못해서 살집 좋은 근육 위로 힘줄이 솟구쳤다. 명치 끝을 얻어맞아 금방 죽는 시늉을 했다.

"마담, 넌 이불 뒤집어쓰고 끽소리 말고 누워 있어."

마담은 이불을 뒤집어썼다. 사내가 겨우 숨을 몰아쉬었다.

"살려주세요. 하란 대로 다 할 테니."

"한마디라도 허튼 대답을 했다간 다시는 사내 구실 못하게 해버릴 테니까 알아서 겨라. 알았지?"

사내는 새파랗게 질린 채 고개를 끄덕거렸다.

"저 여잔 누구야?"

"네, 우리 간호원이었습니다."

"처음에 어떻게 해치웠어? 솔직히 말해. 두 번씩 경고하진 않겠다."

사내는 잠시 망설였다. 내가 주먹을 쥐었다. 그는 얼른 고개를 숙였다.

"병신 되는 것보다는 나을 텐데."

사내의 고개가 더 수그러들었다.

"마취제로……."

"저 여자가 몇 살 때였지?"

"막 자격증 따가지고 왔을 때니까……. 스무 살쯤……."

"널 대학 졸업시켜 준 게 누구였어? 등록금 대주고 의사되게 만들어준 게 누구였어?"

"죽은 와이프였습니다."

"이게 영어 못해서 죽은 씨알받인가."

"죽은 마누라 말입니다."

사내가 재빨리 정정해서 말했다. 제 마누라를 굳이 와이프라고 할 바에야 코 큰 여자를 얻을 일이지.

"그런 마누라보고 이혼하자고 왜 했어. 네 은인이잖아."

"성격이 안 맞아서 그랬습니다."

"그랬겠지. 바람 피우는 거 막는 마누라와 성격 맞을 놈 하나도 없을 테니까. 최근엔 누구누구 건드렸어?"

사내는 작은 소리로 뭐라고 지껄였다. 알아들을 수가 없었다.

"너 가끔 귀도 먹고 벙어리도 되는 병 가졌구나. 그건 또 내가 전문의지. 무료로 고쳐주지."

발길로 두 번 걷어찼다. 사내는 엉치를 두 손으로 받쳐 들고 열 번쯤 높이뛰기를 했다.

"이제 좀 나았을 것이다. 아직 그놈의 병이 남았으면 본격적으로 치료해 줄게."

사내가 무릎을 털썩 꿇었다.

"살려주세요. 제발 살려주세요. 뭐든 원하시는 대로 하겠습니다."

"약속할 수 있을까?"

"맹세하겠습니다. 정말입니다."

"묻는 대로 대답하는 게 바로 내가 원하는 거다."

"……."

사내는 고개를 푹 숙였다. 내가 무엇을 알고 싶어하는지 대충 눈치챈 것 같았다.

"내가 저승에서 왔다지 않았어. 대답해. 마누라가 왜 자살했는지."

"아시겠지만, 잘 아시겠지만, 마누라는 피해자 때문에 못 견뎠습니다. 수사관들이 발표한 대로 피해자 가족이 못살게 굴었던 모양입니다. 견디다 못해서 자살한 모양인데…… 제가 견딜 수 없어서 이런 데 와서 잡니다만……. 다 해결된 건데, 법적으로 아무 하자가 없는데, 아마 약한 여자 마음이라 그런 것 같습니다."

"유서에 그렇게 써 있던가?"

"그렇습니다. 바로 그렇습니다."

사내는 내 얘기에 숨통이 트이는 눈치를 보였다.

"유서가 몇 장였어?"

"한 장입니다."

"한 장이라. 겨우 한 장 써놓고 죽는다 이거야! 이게 누굴 바지저고리로 보고 있어."

"정말입니다. 정말입니다. 조사가 끝났잖습니까."

"너 그럼 유서 욀 수 있어?"

"그걸 어떻게……."

"첫장부터 끝장까지 죄 욀어주든지, 그렇지 않으면 바른대로 말을 하든지 둘 중에 하날 선택해."

"사실인 걸 어떻게 합니까. 만들어낼 수도 없잖습니까."

뻗대볼 심사인 것 같았다. 뻗댈 수밖에 없을 일일 것이다. 그것만이 그가 지킬 수 있는 마지막 보루일 테니까.

"너, 나한테 맹세했지? 헛맹세할 때 어떻게 고치는지 내가 우연히 배운 적이 있어."

퍽퍽퍽퍽.

그는 내 울분과 약 오름의 스파링 파트너였다. 또 그는 내 정의감과 주먹 솜씨의 샌드백이기도 했다.

"네 마누라가 염라대왕에게 부탁을 했어. 잃어버린 유서를 찾아달라고. 난 염라대왕한테 청부를 받았지. 그냥 돌아갔다간 염라대왕이 내 목을 쑥 빼다가 야구 연습할지 몰라. 난 목이 하나뿐야. 너야 목이 몇 개 되니까 내가 두어 개쯤 뽑아가도 괜찮지만."

사내는 내 계속적인 주먹질에 견디다 못해 벽을 붙잡고 부지직거렸다.

"너한테 당한 여자들이 얼마나 아팠는지 이제 좀 알 것 같지?"

"죽을 짓을 했습니다. 다시는 이런 일이 없을 겁니다. 맹세합니다."

"넌 맹세에 걸신들려 죽은 조상이 있냐?"

"그게 아니고 정말 맹세 하겠습니다."

"유서 몇 장였어?"

"네, 솔직히 말하죠. 다섯 장였습니다."

"뭐라고 씌었었어. 그 유서 지금 어디 있어?"

"없앴습니다. 정말입니다. 믿어주세요."

사내는 체념한 것 같았다. 더 이상 버티다가는 살아남기 어렵다는 걸 눈치챈 것 같았다.

"그럼 피해자 가족 때문에 자살한 게 분명 아니겠지. 네 눈으로 봤으니까 아니라고는 못하겠지."

"네."

"그럼, 슬슬 말을 해보시지그래. 턱주가리가 철판으로 만들어지지 않은 한 내가 좀 부수어버릴 찰나니까."

사내가 벽에 얼굴을 가리고 울먹이는 소리로 이야기를 시작했다.

자살은 분명 자살이었다. 여의사는 일생 전체를 배신당한 꼴이었다. 집안의 반대를 무릅쓰고 이 사내와 결혼을 하면서까지 뒷바라지를 했던 것이다. 사내가 대학을 졸업하고 군의관으로 전방에 가 있을 때 여의사는 사내의 집안살림을 맡아 노인네들을 보살피고 장차 시누이가 될 계집애들 뒷바라지까지 해냈다. 제대하고 나왔을 때 사내는 탱자보다 작은 그것 두 쪽뿐이었다. 여의사는 집안의 이단자가 되면서 변두리에 병원을 개설했다. 비록 전세로 시작한 것이기는 했지만.

부부의사의 열성으로 의원은 병원으로, 전셋집은 4층 빌딩으로 바뀌었다.

사내의 바람기는 빌딩을 세우기 전부터 시작되었지만 빌딩에 근사한 병원을 설립할 때에 가서는 극에 달할 만큼 심했다. 사내는 공공연하게 병원의 간호원 가운데 얼굴이 반반한 여자에게 살림을 내주며 이혼할 것을 요구했다. 여의사는 이를 악물고 참았다.

친정 식구의 눈총과 자식들 때문이기도 했고 자신의 사랑에 대한 투자가 너무 억울해서이기도 했다. 아니 어쩌면 보잘것없는 사내의 뒷바라지가 이따위 서글픈 결과를 가져오게 된 미움 때문이기도 했다. 남편이 새파랗게 젊은 여자와 사는 꼴을 두고 볼 수도 없었다.

여의사는 죽고 싶은 마음까지는 없었다. 그러나 사내가 재산을 빼돌려 도망갈 궁리를 하고 있다는 걸 알게 되었다. 그것도 혼자 떠나는 것이 아니라 피해자 가족의 처절한 호소를 묵

살할 만큼 지독스런 노랑이짓을 하면서까지 재산을 챙겨 스물두 살짜리 간호원과 도피할 궁리를 하고 있는 걸 알았다.

여의사는 남편과 담판을 시작했다. 사내는 여의사의 얘기를 무시한 채 여의사가 평생을 바치다시피한 병원까지 팔아치우려고 했다.

여의사에게 남는 것은 약소한 위자료 정도였다. 이미 많은 액수가 빼돌려져 있었고 스물두 살짜리 간호원은 외국에 나가서 자리를 잡고 있었다.

여의사는 죽기로 결심했다. 그래서 그녀는 여러 사람에게 보내는 유서와 진정서를 남기고 가버린 것이었다.

사내는 눈치 빠른 사내였다. 여의사가 자신을 파멸시키기 위해 무슨 짓이고 할 거라는 생각 때문에 늘 경계를 게을리하지 않은 덕을 본 것이었다.

유서와 진정서를 없애버렸다. 그리고 여의사가 남편에게 남긴 유서 가운데 피해자 가족에 대한 부분이 들어 있는 것 한 장만을 유일한 자살의 증거인 것처럼 남겨둔 것이었다.

"그래서 떠나시게 되셨군. 혼자 잘 처먹고 잘 퍼대고 살고 싶다 이거군. 돈 쓰고 빽 써서 가서 뭘 하나. 더 높고 더 멋지고 그러면서 더 가기 쉬운 곳이 있는데. 황천이란 말 들어보셨겠지? 썩 괜찮은 곳이지. 너 같은 사람은 꼭 가봐야 할 거야. 대환영일걸. 현수막 걸고 카퍼레이드 해줄 거야. 어때, 미국보다 황천 가는 게."

"제발 이러지 마세요. 시키는 대로 다 했잖습니까. 약속했잖아요. 사내답게 약속하기로 했잖아요."

"약속했지. 아암, 사내답게 약속하고말고. 그런데 이런 걸 아는지 모르겠어. 서부활극에서도 뒤에서 총 쏘는 놈을 더 악당, 더 비겁한 놈 취급하지. 다만 뒤에서 총 쏴도 악당이나 비겁자 취급 받지 않는 사람이 있어. 애인 잃은 예쁜 여자, 부모를 악당에게 잃은 어린애가 그 원수를 뒤에서 총으로 빵 하고 갈겼을 때. 내 말 알아들어? 개쌍."

나는 응어리가 풀리지 않아 사내를 벽에 세워놓고 곰삭은 파김치처럼 만들어버렸다. 사내가 축 늘어져 눈을 게슴츠레 뜨고 나를 올려다보았다.

"너 같은 새끼는 밤새도록 맞고 새벽에 세 대 더 맞아야 돼."

나는 사정 볼 것 없이 사내의 중요한 부분만을 골라 앉은뱅이 턱 차듯 두들겨 팼다.

사내는 까무라쳐 누워버렸다.

"어이, 마담 아줌씨 일어나."

마담은 눈이 신지 얼굴을 돌리고 일어났다. 꽤 예쁘장한 얼굴이었다.

"저 새끼 될 거 알고 있었어?"

마담은 고개를 끄덕거렸다.

"왜 붙잡지 않았어. 너두 저 꼴 되기가 소원이라면 허튼수작해도 좋아. 지금 난 주먹이 근질거려서 미치겠거든. 어때? 입

좀 놀려보겠어."

마담은 그저 죽는 시늉으로 하라는 대로 다 하겠다고 말했다.

"이 술집 남겨주고 가는 조건이니까 뭐라고 할 수도 없었어요. 애초 그럴 줄 알았으니까요."

"이런 넋 떨어진 여자 같으니. 이 술집이라고 남겨놓은 줄 알아? 이것조차 넘겨버린 걸 왜 여태 몰랐어? 저 새끼가 죄다 털어놓은 소리 못 들었어? 정말 너 같은 여자만 있다면 발바닥에 흙 안 묻히고 살겠다."

"네, 뭐라구요? 정말예요?"

여자는 호들갑을 떨며 되물었다. 그리고 매서운 눈빛으로 사내를 쏘아보았다.

나는 아침이 될 때까지 마담에게 사내의 죄업과 달아날 궁리를 낱낱이 얘기해 주고 넋 빠진 사내에게 전후 사정을 그 자리에서 자술서에 기록하게 만들었다. 사내는 내가 어째서 오른손만은 다치지 않게 했는지 그때서야 알았고 여자는 사내의 지독한 행위를 치 떨며 들었다.

새벽녘에 마담은 사내를 법정으로 끌고 갈 것에 동의했다.

"시집간 여자들에 대해선 마담 당신 스스로 보호해 줄 의무가 있소. 무슨 말인가 알겠소?"

마담은 내 말대로 약속을 지키겠다고 했다.

"이 술집은 당신 거요. 저 새끼한테 분명히 돌려받게 하겠소. 이건 어차피 당신 명의로 돼 있고 저 새끼가 위조해서 팔아치운 거니까."

괘씸한 생각대로라면 마담에게도 본때를 보여주고 싶었지만 차마 그러고 싶지 않았다. 그녀도 피해자인 셈이었다. 늑대에게 간을 빼앗긴 연약한 토끼 신세와 다를 바 없었다. 간 빼앗긴 토끼의 귀를 잡아 흔들 수는 없는 노릇이었다. 그녀는 간만 빼 준 것이 아니라 쓸개, 허파까지도 빼 준 셈이었다. 나는 최소한 그녀의 쓸개와 허파만이라도 찾아주고 싶었다.

"너, 내 말 똑똑히 들어. 넌 여기서 배부르게 살 수 있지만 그동안 네게 당한 사람들은 평생 상처를 안고 살아야 돼. 그러니 네 손으로 네 재산의 반쯤을 갈라서 나누어 줄 용의가 있는지 없는지 말해 봐. 내가 제시한 조건을 들어준다면 정식으로 고발할 생각은 않겠다."

사내는 두 손으로 머리를 감싸 쥐고 울먹이는 목소리로 대답했다.

"정말입니까? 제가 원하는 대로 하면 모든 걸 없었던 일로 해주시겠습니까?"

워낙 다급했던 모양이었다.

"너 같은 친구는 가버리는 게 낫지. 거기 가서 여기서처럼 악착같이 해치우는 건 말 않겠어. 번갯불에다 콩을 구워 먹든 벼락 치는데 피뢰침 들고 춤을 추든 말야. 가능하면 여기서보다 더 악다구니 써서 살길 바라 마지 않겠다. 내 요구사항을 전부 들어주기만 하면 말이다."

사실 나는 그가 얌전하게 살지 않기를 바라고 있었다. 떠들썩하게 돈을 벌고 콧대 높은 여자를 제 맘껏 다루어도 내가 구체적으로 미워할 필요는 없었다.

나는 오히려 그가 되도록 문제를 일으키는 사내이기를 바랐다. 이 땅을 떠나서, 제발 이 땅덩어리 안에서만은 그따위 짓거리를 하지 말기를 바랐다.

내게 발목 잡힌 사내치곤 행운아에 속했다. 내가 어떤 놈인데 그 정도로 풀려날 수 있단 말인가.

"우선 너 때문에 파렴치범이 되어버린 집부터 해결하러 가자."

마담과 나는 갑작스럽게 한패가 되어버렸다. 마담은 그동안 빼앗긴 육체는 어쩔 수 없지만 경제적으로 손해를 면했다는 위안 때문에 내 편이 된 것이었다.

마당에 들어서자 박 씨는 눈을 휘둥그레 뜨고 웬일이냐고 물었다. 박 씨는 사내에게 깍듯이 절을 했다.

"원장 선생님께서 며칠 동안 박씨 아저씨 문제를 곰곰 생각하다가 이런 결론을 냈습니다."

나는 준비한 봉투를 내밀었다. 봉투 안에는 박 씨에겐 어울리지 않는 거금의 수표가 들어 있었다. 그것은 죽은 마누라가 안다면 무덤 속에서 벌떡 일어날 만큼의 액수였다.

"고맙습니다. 이렇게 생각하고 계신 줄 모르고 원망만 했습니다. 정말 제가 죽일 놈입니다."

박 씨는 봉투 속에 얼마짜리가 들어 있는지 알지 못하면서 이렇게 말했다.

"우선 그 돈 가지고 논이나 몇 마지기 사세요. 꼭 사세요. 제 간곡한 부탁입니다. 약속하실 수 있겠지요?"

사내가 이왕 이렇게 된 것, 인심이나 쓰자는 속셈에선지 이렇게 말했다.

"여부가 있습니까. 흙 파먹고 사는 놈이 말입니다."

박 씨는 봉투 속을 보고 눈을 크게 떴다. 아마 박 씨의 생전에 그렇게 크게 눈을 떠본 적은 없었을 것 같았다.

우리는 박 씨가 받아온 막걸리를 두어 사발씩 들이켜고 나왔다. 박 씨는 굽힐 수 있는 데까지 허리를 굽혔다.

"기분 좋지 않습니까?"

나는 갑작스럽게 사내에게 공손해졌다. 사내가 머리를 긁적이며 씩 웃었다.

"그동안 죄를 너무 졌다는 생각이 안 든 건 아니지만……."

우리는 박 씨가 안 보일 때까지 괜히 손을 흔들었다. 박 씨가 동네 어귀에 나와 서서 들어가지 않았기 때문이었다.

"자 그럼, 속상해하지 마시고 아까 약속대로 도장이나 파고 통장이나 수두룩하게 만듭시다."

사내는 고개를 끄덕거렸다. 칫값에 대한 보상을 강제로라도 갚게 되어 마음이 편하다는 표정이었다.

은행 앞 도장 파는 집에 가서 우리는 도장을 열 아홉 개나 팠다. 그리고 은행에 들어가 온라인 통장마다에 우리가 미리 약속한 대로 돈을 입금시켰다.

"눈치채지 않게 잘 좀 전해주세요."

사내는 내게 통장과 도장을 내밀었다.

그날 밤, 우리는 코가 비뚤어지게 마셨다.

이튿날 저녁에 병원 침대에 누워 우리는 낄낄거리며 웃었다.

〈2권에 계속〉

"내 소원 들어주는 거지?"

"그럼! 무엇이든지."

"약속했다."

"맹세할게."

소녀와 소년은 새끼손가락을 걸었습니다. 손가락 건 약속은 한 번도 어겨본 적이 없는 사이였습니다. 그들은 사랑하고 있었습니다.

소녀가 말했습니다.

"저 달을 따줘."

소년은 하늘을 올려다보았습니다. 별무더기가 쏟아지는 밤

하늘이 너무 아름다웠습니다. 거기 달님이 허옇게 걸려 있었습니다. 소년은 손을 내밀고 발까치를 세웠습니다.

소녀가 익다 만 옥수수처럼 하얀 이를 드러내며 웃었습니다.

"달을 따줘. 약속했잖아."

소년은 그런 소녀의 따귀를 깨물고 싶었습니다.

세월이 흘러갔습니다. 소녀는 화사한 계집애가 되었습니다.

소녀는 소년에게 손가락을 내밀고 말했습니다. 소년은 입맞춤을 하고 싶었습니다.

"저 달을 따줘."

소년은 능청스럽게 웃었습니다. 그리고 말했습니다.

"따줄 테니까 사다리를 만들어줘."

그리고 세월이 흘러갔습니다. 어느 날 갑자기 소녀는 소년 앞에 나타났습니다. 아주 귀부인처럼.

"저 달을 따줘."

소년은 대꾸 없이 소녀의 따귀를 갈겼습니다. 소녀가 악을 바락바락 썼습니다.

"왜 때려! 네가 뭔데 때려!"

소년은 아무 말도 할 수가 없었습니다. 왜 때렸는지 몰랐습니다.

소년은 폭행범이 되었습니다.

그 뒤로 소년은 눈 크고 살갗 고운 예쁜 소녀만 보면 때려주고 싶었습니다.

저잣거리의 허섭스런 물건처럼 사람들도 세월이 가면 그렇게 변질되는 것 같습니다. 그래서 나는 나 자신의 판매가격이 얼마쯤 될까 생각해 봤습니다. 도저히 값을 매길 수 없는 헐값이라는 걸 나는 가엾게도 알고 말았습니다.

《주간한국》에 '스물두 살의 자서전'이라는 제목으로 연재하는 동안 많은 채찍과 격려를 받았습니다. 아직도 연재가 계속되고 있어서 나 자신도 이 소설의 끝을 잘 모릅니다. 다만 스물두 살 먹은 위악적인 사내의 눈을 통해 인간시장을 좀 더 깊숙이 파고들어갈 생각입니다.

제목을 인간시장으로 바꾼 것은 평생 이 소설의 뒷얘기를 써나갈 결심 때문이었습니다.

나는 오늘도 소녀의 소원을 풀어주기 위해 달을 따러 나가겠습니다.

인간시장 1

초판 1쇄 1981년 9월 1일
제2판 1쇄 2004년 3월 10일
제3판 1쇄 2015년 5월 25일
제3판 4쇄 2023년 6월 20일

지은이 | 김홍신
펴낸이 | 송영석

주간 | 이혜진
편집장 | 박신애 **기획편집** | 최예은 · 조아혜
디자인 | 박윤정 · 유보람
마케팅 | 김유종 · 한승민
관리 | 송우석 · 전지연 · 채경민

펴낸곳 | (株)해냄출판사
등록번호 | 제10-229호
등록일자 | 1988년 5월 11일(설립일자 | 1983년 6월 24일)

04042 서울시 마포구 잔다리로 30 해냄빌딩 5·6층
대표전화 | 326-1600 **팩스** | 326-1624
홈페이지 | www.hainaim.com

ISBN 978-89-6574-491-7
ISBN 978-89-6574-490-0(세트)

파본은 본사나 구입하신 서점에서 교환하여 드립니다.